「一저도, 함께해도 될까요?」

「一」

사태의 변화는 람마저 예상치 못한 방향에서 엄습했다.

「……제가 이름 말씀드렸던가요?」

「으겍─」

「정의는 대가를 바라지 않노라——! 카고든 어데 가부렀다 카인」

「고게 말이 제 잘 모르긋다 안카나. 제일 큰 누나가 치유 마법으로 남동생 둘 상처를 치료한 기야 틀림없지만도……」

「그나저나 물건 찾는데 협력해주겠다는
그 묘인 삼남매 말인디여……. 어디 갔습니까?」

Re: Life in a different world from zero

The only ability I got in a different world "Returns by Death"
I die again and again to save her.

CONTENTS

『마이 페어 배드 레이디』
월간 코믹 얼라이브 제104호
003

『──페트라가 본 세상』
월간 코믹 얼라이브 제127호
050

『렘의 지극히 평범하고 행복한 하루』
월간 코믹 얼라이브 제125호
094

『카라라기 Girls meets Cats』
월간 코믹 얼라이브 제109, 110호
137

『태양빛, 수면을 비추고──』
월간 코믹 얼라이브 제119호
225

Re:제로

Re: Life in a different world from zero

부터 시작하는 이세계 생활

단편집 3

나가츠키 탓페이 지음

후게츠 마코토 일러스트

오츠카 신이치로 캐릭터 디자인

정홍식 옮김

표지 · 본문 일러스트
후게츠 마코토

『마이 페어 배드 레이디』

1

"저기, 스바루는 이야기 들었어? 내일 '떠돌이 천재 요리사' 란 사람이 온대."

"······뭐라고?"

눈을 반짝반짝 빛내는 에밀리아의 발언에 스바루는 목을 크게 갸우뚱하며 되물었다.

장소는 로즈월 저택의 안뜰. 시간은 아직 아침 식사 전인 새벽이다.

계약한 미정령(微精靈)과 맑은 아침 공기 속에서 대화를 나누는 에밀리아를 만나러 가는 건 스바루의 일과이기도 했다.

그런 일과의 첫 인사도 데면데면 넘기며 불쑥 꺼낸 게 처음의 그 발언이었다.

아침 해에 빛나는 은발과 보석처럼 동그랗고 큰 남보랏빛 눈. 평소에는 청초하고 의연한 인상을 주는 에밀리아의 미모지만, 몸짓과 애교에 귀염성이 넘치는 지금은 보는 이에게 평상시와 다른 매력을 주었다.

단적으로 말해 아름다운 얼굴이면서 귀엽다. 천사다.

"──애, 스바루, 똑바로 듣고 있니?"

"아아, 물론, E·M·T야. ……그래서, 저기, 뭐랬지?"
_{에밀리아땅 무지 천사}

"아유! 역시 안 들었잖아! 그러니까, '떠돌이 천재 요리사'가 저택에 온다고. 왠지 엄─청 기대되지? 그치?"

은방울 같은 목소리에도 신난 기분을 숨길 기색 없는 기대가 듬뿍 담겨 있었다.

마냥 지켜보고 싶어질 만큼 귀엽지만, 스바루는 에밀리아의 입에서 나온 '떠돌이 천재 요리사'라는 말에 의식이 쏠렸다.

"떠돌이…… 천재 요리사? 누구래? 호칭이 띨띨해 보이는데."

"아, 그렇게 말하면 못써. 나도 자세히 아는 건 아니지만."

수상쩍은 느낌에 인상을 찡그린 스바루가 묻자 에밀리아가 자기 입술에 손가락을 짚었다.

"아무튼 엄─청 요리를 잘하는 사람이래. 듣자니 '한 입 먹으면 몸이 사로잡히고, 두 입 먹으면 마음을 빼앗기며, 세 입 먹으면 영혼이 얽매인다'. 그런 소리가 나올 만큼 대단한 요리를 만든다고 유명하대."

"그거 요리를 선전하는 말 맞아? 저주가 아니고?"

노래하듯 읊은 평판이 너무 거창해서 참고가 못될 것 같다.

어쨌든 과장스러운 평판을 빼자면, 간단히 말해 솜씨가 좋은 요리사를 저택에 초빙해 회식하는 이벤트인 모양이다.

일단 저택의 사용인이기도 한 스바루의 귀에 들어오지 않은 건 이상하지만.

"하긴 로즈찌가 하는 일이니 서프라이즈 연출일 가능성이 있나. 에밀리아땅은 그 이야기 언제 들었어?"

"바로 좀 전에."

"아— 그럼 틀림없겠네."

저택의 주인인 로즈월 L. 메이더스는 해괴한 의상에 광대 화장, 그 망령된 행동거지로 주변을 휘둘러 대는 괴짜다. 엉뚱한 발언이나 제안은 일상다반사라서, 스바루는 이번 일도 그 일환이겠거니 하고 가볍게 사실을 받아들였다.

"어쨌든 이름값 못하는 실력이 아니기를 기대하고 싶은걸."

"그러게! 엄—청 기대돼! 잘 모르겠지만 내 앞날을 점쳐 볼 의미로도 중요한 기회라고 그랬으니까, 막 두근거려."

"에밀리아땅의 앞날?"

스바루의 맞장구에 에밀리아가 귀엽게 떠들지만 미묘하게 발언의 내용이 마음에 걸렸다. 하지만 어디가 걸리는지 구체적으로는 알 수 없어서 결국 그 원인은 모르는 채로 넘어갔다.

"──아무렴 어때. 그럼 라디오 체조 하자. 힘차게 쭉쭉 뻗으며 즐겁게."

"응, 알았어. 그럼 팔을 앞으로 뻗고 등 펴기 운동~!"

다른 세계의 아침 습관에 완전히 물든 에밀리아가 정해진 구령을 붙이며 라디오 체조의 막을 열었다.

기운차고 상쾌한 그 목소리를 들으면서 스바루도 아침 체조에 집중했다.

"스바루 군, 이야기 들었어요? 내일 '용마저 탄성을 지르는 궁극의 요리사' 디아스 레푼초 엘레만소 오플레인 파츠발름 6세 님께서 오신대요."

"……뭐라고?"

아침 라디오 체조를 마친 스바루가 직무로 돌아오자 렘이 눈을 빛내며 말했다.

평소 일하는 중에는 냉정과 신속을 좌우명으로 삼는 렘. 그 렘이 지금은 흥분을 숨기지 못하고 볼을 붉히고 있어서 스바루는 크게 놀랐다.

"네. 그러니까 '용마저 탄성을 지르는 궁극의 요리사' 디아스 레푼초 엘레만소 오플레인 파츠발름 6세 님께서 오신다고요! 대단하죠!"

"응. 이래저래 대단하네. 요리사 맞아? 모험가가 아니라?"

"우. 스바루 군, 무슨 소리예요. 당연하죠. 디아스 레푼초 엘레만소 오플레인 파츠발름 6세 님이라면 천하에 이름을 떨친 요리사라고요."

"그, 그렇구나……."

얼굴을 바짝 들이대고 콧김을 씩씩거리며 다그치는 렘의 모습에 스바루는 쩔쩔맸다.

어지간히도 그 요리사를 존경하는지, 평소 전면적으로 스바루 편을 드는 렘이 불만과 이의를 대놓고 팍팍 들이댈 정도다.

"음, 저기, 그건 내일 온다는 요리사가 맞지? 나도 아까 에밀리아땅한테서 막 들었는데, 유명한 사람이야?"

"물론이죠! 식(食)의 여신에게 축복받아 세상에 존재하는 온갖 미각의 정수를 통달하고도 여전히 미지의 경지를 찾아 용마저 탄성을 지르는 궁극의 요리사! '한 입 먹으면 몸이 사로잡히고, 두 입 먹으면 마음을 빼앗기며, 세 입 먹으면 영혼이 얽매인다'고 유명해요."

"그 선전 문구, 몇 번 들어도 불안하군. ……렘도 되게 잘 아나 봐."

"렘도 모자라지만 주방을 책임지고 있으니까요. 그 길의 정점에 서신 분이라면 존경하고, 동경해요. 그래서 내일은 정말 기대돼요."

설레는 마음에 좀처럼 보기 힘들 정도의 웃음을 아낌없이 뿌리는 렘.

보는 사람의 입가에 웃음이 번질 만큼 멋진 미소지만, 그게 보지도 못한 누군가의 공적이라고 생각하자니 탐탁지 않은 게 남자의 마음.

음유시인 릴리아나 사건 때 발각된, 의외로 유행에 약한 렘의 기질이 훤히 드러났다.

"어? 스바루 군, 왜 그래요? 왠지 살짝 언짢은 눈치가……."

"딱히—? 렘도 에밀리아땅도 그 디아스 뭐라는 사람한테 푹 빠졌나 본데, 신경 쓰지 말아 주라. 난 구석에서 접시라도 핥는 게 어울리니까."

"후훗, 스바루 군도 참. 이상한 소리 말아요. 아, 하지만……."

렘은 토라져서 비굴해진 스바루의 말에 웃다가 중간에 뭔가 떠올랐는지 손뼉을 쳤다.

"접시를 핥는 건 농담이라고 쳐도, 디아스 레푼초 엘레만소 오플레인 파츠발름 6세 님은 예의범절에 매우 엄격하신 분이라고 들었어요. 요리는 극상, 지고의 실력이지만 먹는 사람에게도 어느 정도의 양식을 요구한다고 해서요."

"아, 성격 까다로운 장인이란 말이군. 그건 어느 세계든 마찬가지구나. 일단 물어보겠는데, 매너를 안 지키면 요리를 못 먹게 한다는 거야?"

"아니요. 요리해 버린다고 그래요."

"*주문이 많은 레스토랑 타입의 장인?!"

식재료 대신에 조리된다는 말에 스바루의 등줄기에 공포가 뻗쳤다. 하지만 렘이 곧 웃음을 터트리자 농담임을 깨닫고 어깨에서 힘을 뺐다.

"나 참, 좀 봐주라. 잠깐 그런 작자도 있는 줄 알았잖아."

"죄송해요. 너무 순진한 스바루 군이 귀여워서 그만. 하지만 꼭 식사가 아니라도 예의는 중요해요. 이번에 렘이랑 스바루 군 같은 아랫사람의 예절까지 따질지는 모르겠지만요."

"뭐, 궁정 요리 클래스의 매너를 요구해 봤자 밥맛도 모르게 될 뿐이겠지."

---

* 미야자와 켄지의 단편 동화 『주문이 많은 요리점』. 식사하기 전에 손님에게 이것저것 시키는 줄 알았더니, 사실은 손님을 요리하기 위해 그런 것이었다는 이야기.

교육을 받은 쪽과 받지 못한 쪽을 같이 봐서는 배길 재간이 없다. 물론 교육을 받은 사람만 상대하겠다고 하면 그뿐이지만.

——거기서 다시 무언가 묘하게 마음에 걸렸다. 도대체 무엇일까.

"기왕이니 렘도 내일은 공부해 보고 싶어요. 스바루 군, 오늘 렘의 맛을 기억해 주세요. 모레는 꼭 달라진 렘을 맛보여드릴게요."

"왠지 그런 식으로 말하니 렘을 먹는 것 같아서 엉큼하게 느껴지는데……."

"그럴 수가……. 귀여워서 먹고 싶다니, 부끄러워요."

"그런 말 안 했거든!"

살며시 볼을 붉힌 렘의 말에 딴지를 거는 동안 앞서 느낀 위화감이 급속하게 멀어졌다. 스바루는 아무 생각 없이 렘의 머리를 쓰다듬고 나서 둘이서 같이 아침 업무를 재개했다.

좌우지간 내일도, 내일 이후의 식사도 기대해 봄 직하다.

3

"바루스, 들었어? 내일, '호색하고 여자에 환장했지만 전설인 요리사' 디아스 레푼초 엘레만소 오플레인 파츠발름 6세가 저택에 초대받아서 올 거야. 실례하지 말도록 주의하렴."

"……뭐라고?"

아침 업무를 할당하는 조례를 마치고 람과 함께 저택 청소를 시작하려던 순간 들은 말에 스바루는 고개를 깊이 갸웃거렸다.

　오늘 세 번째로 고개를 기울이고 스바루가 뒤돌아보자 팔짱을 낀 람은 유달리 거만하게 한숨짓고 어깨를 으쓱였다.

　"그러니까. 내일은 '호색하고 여자에 환장했지만 전설인 요리사' 디아스 레푼초 엘레만소 오플레인 파츠발름 6세가 저택에서 실력을 선보인다고. 대접받는 자리에 함께하지 못하는 바루스는 가엾지만, 로즈월 님의 명예를 훼손하지 않도록 조심히 행동해."

　"아니, 아니, 아니, 아니, 여러 가지로 잠깐만! 엉, 누가 온다고? 디아스 씨?"

　"디아스 레푼초 엘레만소 오플레인 파츠발름 6세야. 귀찮지만 이름을 빠짐없이 안 부르면 기분이 상한다나 봐. 바루스도 부를 적에는 실수하지 않게 잘 외워. 그리고……."

　"잠깐, 진짜로 잠깐만."

　스바루는 람이 연거푸 쏟아내는 말을 도중에 가로막고, 에밀리아로부터 시작한 '요리사 정보'에 새로운 페이지를 속속 추가했다. 즉, 어찌 된 노릇인가.

　"그 디아스 레푼초? 라는 사람은, 렘이 말했던 사람이랑 동일한 인물이 맞지?"

　"렘이 뭐라고 말했는지는 모르겠지만, 어젯밤 로즈월 님의 말씀은 함께 들었으니까 같은 사람이겠지. 그래서?"

　"렘이 말해 준 인물상하고, 약간이란 수준이 아닐 만큼 어긋나는데?"

신나서 설명해 준 렘의 인물평에 따르면, 그 요리사는 까다로운 면이 있는 장인이었지 호색한이라고 볼 요소는 없었다.

  "덤으로 스리슬쩍 내가 밥 못 얻어먹는 이야기가 나왔는데, 이유가 뭐야?"

  "호색하고 여자에 환장한다고 그랬잖아. 모든 미식을 통달해 미각의 정점에 이른 디아스 레푼초 엘레만소 오플레인 파츠발름 6세는 손님을 가리거든. 그것도 알기 쉽게 여성 한정. 엉큼해라."

  "그렇다면 로즈월도 못 먹는다는 뜻이잖아. 이상하지 않아?"

  "핫!"

  끈질긴 스바루의 트집에 람은 조롱을 숨기지 않는 태도로 콧방귀를 뀌었다.

  "로즈월 님께선 완벽하게 교섭하신 끝에 자리를 쟁취했다고. 안타깝지만 바루스 자리는 없지. 누구 접시라도 핥으며 만족해. 로즈월 님 건 안 돼. 에밀리아 님 것도 포기해. 렘의 접시를 건드리면 용서 안 할 거야. 람의 접시에 혀를 댈 바에는 죽어버려. ……베아트리스 님 접시나 맘대로 해."

  "접시 핥는 짓을 전제 조건으로 두지 마! 뭔 벌칙이냐?!"

  식사에 참가하지 못할 뿐더러 베아트리스가 사용한 접시를 핥는다는 굴욕까지 세트로 따라붙는다. 그런 처사에 언성을 높이지 않을쏘냐.

  "아무리 그래도 너무 심하잖아! 대우 개선을 요구한다! 로즈찌에게 직소하겠어!"

"공교롭게도 로즈월 님께선 바로 그 디아스 레푼초 엘레만소 오플레인 파츠발름 6세를 마중하러 나가셨지 뭐야. 돌아오시는 건 내일 저녁 식사 때……. 즉, 조리가 시작되기 직전이야. 안되셨네."

"속수무책이다——!"

그 자리에서 무릎부터 허물어진 스바루가 천장을 우러르며 불운을 한탄했다.

엘리 엘리 레마 사박다니—— 주여, 어찌하여 스바루를 버리셨나이까.

"아니 근데 애초에 왜 나한테만 정보를 늦게 줬어! 음모가 느껴진다!"

"각지를 떠도는 요리사라고. 좀처럼 잡을 수 없어서 이번에도 아슬아슬한 판국이었어. 하지만 저택에 미인 여성 손님이 네 명 있다고 전했더니 구미가 동한 것 같더라."

"호색하고 여자에 환장한 요리사다!"

요청에 응한 이유가 너무나 적나라해서 비로소 별명에 설득력이 생겼다.

에밀리아는 물론이거니와 람도 렘도 틀림없는 미소녀. 베아트리스도 입 다물고 가만히 미소나 짓고 있으면 인형이나 요정처럼 깜찍하다.

"그렇다고 이런…… 이런 횡포가 용서받을까 보냐……!"

"참아. 애당초 일개 사용인이 기대할 만한 행운이 아니야. 오히려 람과 렘이 특례지. 전부 로즈월 님 덕분이야. 멋지지 않아?"

"내가 따돌림당했는데 동의할 수 있겠냐!"

"종알종알 시끄러워. ……그리고 이번 일은 식사 말고 다른 의미도 있으니까."

억울해하는 스바루를 더 몰아치는 람. 그 끝말은 너무 작은 나머지 울분을 풀 길 없어 바닥을 두드리는 스바루는 알아채지 못했다.

결국 람은 위로도 중간에 내팽개치고 이내 일하러 갔다. 남은 스바루는 한바탕 분통을 터트린 다음.

"하다못해 에밀리아땅의 접시라도…… 아니, 그런 대담한 짓은 못해……!"

수준 낮은 갈등에 시달리면서 아침 업무를 시작했다.

4

"그러고 보니 넌 이야기 들은 것이야? 내일 '목 날리는 요리사' 디아스 레푼초 엘레만소 오플레인 파츠발름의 후계자가 온다더라."

"잠깐잠깐잠깐잠깐잠깐!"

오늘만 네 번째인 대화지만, 지금까지 반복한 대구를 잊어먹을 만큼 임팩트가 있는 도입부에 스바루는 참다못해 언성을 높이고 말았다.

웬일로 의기양양한 표정과 함께 화제를 꺼내려던 소녀, 베아트리스가 그 반응에 불만을 내비쳤다. 접사다리에 앉은 베아트리스는 "홍." 하는 콧방귀에 이어 스바루를 노려보았다.

"베티 말을 가로막다니 배짱도 두둑해. 그리고 이 방에서 소란 피우지 마. 먼지가 일고 무엇보다 책의 기분이 상하는 것이야."

"책의 마음을 이해한다는 투의 4차원 소녀 발언은 넘어가겠 지만, 너 좀 전에 뭐라고 그러셨어요? 반복 재생해 보련?"

"하아……. 내일 '목 날리는 요리사' 디아스 레푼초 엘레만소 오플레인 파츠발름의 후계자가 온다는 이야기를 했을 뿐이야."

"네, 거기! 그거! 그 무지 살벌한 별명은 뭐여! 목을 날려?! 첨 듣는데!"

들을 때마다 별명이 휙휙 바뀌는 요리사지만 그래도 여태까지 는 가까스로 요리사의 범주를 벗어나지 않았다. 그런데 이제 와 서 갑자기 엽기적인 이미지가 부가된다면, 천하의 스바루라도 인정으로 넘어가 줄 수가 없다.

"애초에 이명(異名)이란 폼 나는 거 하나면 충분하다고! 여러 개가 있으면 되레 박력이 흐려진단 말이야! '떠돌이 천재 요리 사'에 '용마저 탄성을 지르는 궁극의 요리사'에 '호색하고 여 자에 환장하지만 전설인 요리사'랑 '목 날리는 요리사'? 호색 대목부터 이미 괴상하잖냐! 치덕치덕 갖다 붙이지 마! 이렇게 이명을 잔뜩 달고 다니는 놈이 어디 있냐. 있으면 말해 봐! 설교 해 주겠어!"

"로즈월이 '아인 취향', '광대 귀족', '필두 궁정 마도사', '궁정 광대'라고 불리는 거랑 비슷한 것이지."

"돌아오면 설교해 주마!"

스바루는 한 식구 중에 해당자가 있다는 사실에 분개하면서 화제에 오른 이명에 머리를 쥐어뜯었다.

그런 스바루의 갈등에 베아트리스는 고개를 저으며 한숨을 쉬었다.

"뭐에 울컥하는 것이야……. 어차피 하찮은 일이겠지."

"하찮을까 보냐. 목을 날린다니 무섭기 짝이 없고, 최소한 두세 개는 목을 날렸어야지 그런 이명이 붙을 거 아냐? 어떻게 요리사 계속해 먹고 있대."

"……아아, 그런 소리구나. 너는 착각하고 있는 것이야. '목 날리는 요리사'란 호칭은 딱히 정말로 목을 베어서 그렇게 불리는 게 아냐."

기가 막힌다는 표정의 베아트리스. 그 발언에 스바루는 "그래?" 하고 눈썹을 까닥였다.

"하긴 그렇군. 아무리 그래도 마음에 안 드는 놈의 목을 팍팍 날리고서 느긋하게 살 수 있을 리가. 뭐야, 부풀려진 이름인가?"

"당연한 것이야. 단지 그 디아스 레푼초 엘레만소 오플레인 파츠발름의 후계자가 식사 석상에서 마음에 안 든다고 평가한 놈은 왠지 반드시 그 뒤로 지위나 직장에서 쫓겨나거나 몰락하는 사례가 많아서 그렇게 불린단 것뿐이지."

"인사 관리 의미로 '목 날리는 요리사'?!"

호색 때와 마찬가지로 또다시 설득력이 있는 내용에 스바루는 식겁했다.

은근히 해괴한 쪽 이명일수록 근거가 뚜렷해서 무시무시하지만, 현재 그 점이 나쁘게 작용할 요소는 없을 터. ──라고 스바루는 스스로 수긍하려고 했다.

"가만……?"

수긍하려던 차에, 스바루는 또다시 위화감과 정면충돌했다.

이 위화감은 오늘 아침에 에밀리아와 함께했을 때를 계기로 요리사의 화제를 나눌 때마다 얼굴을 내비치던 종류의 의문이다. 여태까지는 왠지 그냥 보고 넘겼던 위화감. 그것이 이 순간, 지금까지 얻은 정보와 조합되어 새로운 사실이 얼핏 모습을 드러냈다.

"에밀리아의 앞날을 점친다. 매너에 까다로우며, 호색하고 여자에 환장한 데다, 목을 날리는 요리사……."

불안하고 불온한 키워드가 겹쳐져 스바루의 무슨 색인지 애매한 뇌세포가 활성화했다. 그리고 끝내 스바루는 마침내 한 가지 답에 도달했다.

──그것은 너무나 악랄, 너무나 잔혹, 너무나 가혹한 계획의 존재였다.

"말도 안 돼……. 아니, 하지만 로즈월이라면 할지도 몰라."

로즈월 L. 메이더스는 왕선(王選)에서 에밀리아의 가장 큰 후원자이자 유일한 뒷배라고 해야 할 인물이다. 하지만 그 또한 왕국 귀족의 일원이며, 변경백 지위에 앉은 입장. ──응당 가혹한 판단을 요구받는 위치이기도 하다.

따라서 로즈월은 틀림없이 요구할 것이다. 왕을 뜻하는 에밀리아에게도, 동등한 각오를.

——심지어 자상하고 순진한 에밀리아는 필시 상상도 못할
방법으로.

　　"……어떻게든 해야겠군."

　　에밀리아의 웃음이, 들뜬 목소리가, 맞닿은 손가락의 온기가
기억 속에서 빛나고 있다.

　　그 웃음도 목소리도 온기도 다 지켜야만 한다.

　　"나만은, 반드시 네 편이고 싶으니까."

　　에밀리아의 눈이 바라보는 앞날이 밝아지도록 스바루는 언제
까지고 굳세게 받쳐 주고 싶다.

　　최선을 다하기 위한 보수는 이미 받은 뒤니까.

　　"이봐. ……참 내, 하나도 안 듣고 있어. 더는 모르는 것이야."

　　스바루는 결의를 새로이 다지며 주먹을 틀어쥐고 자기 세상에
빠져들어 베아트리스의 존재를 까맣게 잊었다. 베아트리스는
무시당하는 바람에 완전히 심통이 나서 고개를 돌렸다.

　　여기서 그런 두 명의 생각을 똑바로 말로 풀지 않은 게 이 사태
를 더욱 번거롭고 복잡한 방향으로 꼬았지만.

　　——스바루든 베아트리스든, 지금은 그 사실을 알 도리가 없
었다.

5

　　"팩, 알고 있냐? 내일, '떠돌이 용마저 탄성을 지르고 여자에
환장한 전설의 목 날리는 요리사' 가 이 저택에 와."

"……그게 그거였던가?"

오늘, 다섯 번째가 되는 대화는 여태까지와 비슷하면서도 결정적으로 달랐다. ——그렇다. 여태까지 듣기만 했던 스바루가 말하는 쪽으로 돌아선 것이다.

저택 정원에서 밀담 상대에게 화제를 꺼낸 스바루는 경계심으로 가득했다. 그런 스바루의 말에 고개를 크게 갸우뚱한 건 공중에 뜬 회색 털 새끼 고양이 정령이었다.

에밀리아와 계약한 정령이자 그 보호자임을 자처하는 팩이다.

갸우뚱한 팩은 자기 몸길이만 한 꼬리를 껴안고 그 끝을 만지작거리면서 대꾸했다.

"요리사가 온다고 리아가 좋아하는 눈치인 건 알아. 그런데 그렇게 이상한 칭호가 아니었던 것 같은데. 더 심플하게 수상쩍지 않았나……."

"확실히! 네 말마따나 좀 정확하진 않아. 원래는 별명이 이것저것 더 많았는데 헷갈려서 뒤죽박죽 섞였거든. 근데 지금 그런 건 중요하지 않아."

"으음, 무슨 말 하려는지 모르겠네. 대체 뭐야?"

"내가 너 하나만 불러냈잖아. 당연히 에밀리아땅에게 중요한 이야기지."

스바루가 목소리를 낮추며 본론으로 치고 들어가자 팩의 태도가 바뀌었다. 새끼 고양이는 태평하고 한가로운 분위기를 유지하면서도 스바루와 느릿느릿 눈높이를 맞추고 말했다.

"리아에 관한 일이라면 뭐든지 듣고말고. 이야기해 봐."

"그래. 근데 이건 에밀리아땅에게는 말하지 말아 줘. 그 애에게 쓸데없는 걱정은 끼치기 싫고…… 더구나 이건 그 애가 알면 아웃인 이야기야."

"흐응—?"

팩은 수긍할 수 없다고 태도로 드러내면서도 스바루의 발언을 끝까지 들을 자세였다. 스바루는 그 자세를 고맙게 여기면서 내일 이야기를—— 음모의 베일 뒤를 폭로했다.

"내일 회식 말인데…… 이건 로즈월이 깐 함정이야."

"무슨 뜻이야?"

"딱히 독이 들었단 말은 아니거든? 다만 꿍꿍이에는 독이 있지."

"복잡하네."

"복잡하지! 아, 요컨대 말이야. 로즈월 녀석은 내일 회식에서 확인할 심산인 거지. ——에밀리아땅의, 테이블 매너를!"

뜸을 들이다가 밝힌 꿍꿍이의 전모. 그 내용에 팩은 "매너?" 하고 의아해했다. 새끼 고양이의 이해가 도통 느려서 답답해진 스바루는 "모르겠어?" 하고 말을 이었다.

"왕 후보자인 에밀리아땅은 앞으로 여러 상황에서 식사 초대를 받을 거야. 파티니 입식 연회니 하는 곳에 걸맞은 언행이란 걸 시험받는다고."

"——즉, 내일 회식은 그걸 위한 전초전이란 소리야?"

"덧붙여 '목 날리는 요리사'는 매너가 글러 먹은 손님의 앞날을 저주한다지. 그치에게 찍힌 녀석은 다시는 올라가지 못해. 여태까지도 많은 이들이 그치에게 앞날을 저주받아 세상을 비관하며 숨졌다더군. ……그게 로즈월의 노림수야."

금서고에서 이 음모를 깨달은 순간, 스바루도 처음에는 믿기 싫다고 진심으로 생각했다.

하지만 따져 보면 따져 볼수록 앞뒤가 맞았다. 즉, 이건 로즈월이 에밀리아에게 보낸, 왕선에 대한 시위이자 시금석이다.

이 결과에 따라 왕선 참가의 시비가 갈린다는 의사 표시——.

"그래도 로즈월이 그런 짓을…… 아니지. 그 남자라면 할 수 있어……!"

"할 수 있다? 아니지. 그게 아냐. 틀림없이 할 거야! 에밀리아는 시험받을 거야! 근데 이 사실을 전해서 회피하면 어떻게 되지? 또 다른 방법으로 시험받을 뿐이야."

"그럼 어떡하려고? 리아는 로즈월을 믿고 있어. 그런데 가엾게도."

팩의 고양이 귀가 힘없이 접히고 침울한 표정 속에서 검은 눈이 슬픔에 젖었다. 그런 그의 마음이 쓰라리도록 이해된 스바루는 자기 가슴을 두드렸다. 힘차게 용기를 북돋우듯이.

"그러니까 널 부른 거지. 나랑 네가 에밀리아를 돕자고."

"나랑 스바루가? 어떻게."

"간단해. 내일, 에밀리아의 테이블 매너를 로즈월이 시험하려고 하지. 에밀리아는 그걸 모르는 상태지만…… 그걸 우리가 지원하면 돼!"

번개에 직격당한 것처럼 팩이 뻣뻣하게 굳자 스바루는 고개를 크게 끄덕였다.

악마 같은 로즈월의 교활한 술수. 그러나 이번에는 그 조짐을 스바루와 팩이 알아챘다. 둘은 에밀리아의 절대적인 아군이다. 그녀를 위해 맞서겠다.

"해보자, 팩. 나랑 네가 에밀리아를 도와주자고!"

"──응, 좋아. 알았어. 스바루의 그 마음에 걸어 보겠어."

스바루가 손을 내밀자 망설임은 딱 한순간, 팩은 곧장 그 손바닥에 착지했다.

악수가 아니다. 하지만 둘의 의사는 여기서 하나가 됐다. 그렇다면 문제는 하나도 없다.

"그래서, 내일은 어떡할 거야?"

"이미 방해 작전은 몇 가지 강구했지. 하지만 우리는 그걸 능가하자고. 상황에 맞춰서 지원 사격도 해야 하니 사전 합의는 필수야. 오늘 밤은 못 잘 줄 알아."

목적을 함께하며 함께 소중한 소녀를 위해 힘을 다하겠다고 맹세한 사이.

스바루와 팩은 옆에서 보자면 똑 닮은 웃음을 지었다. 그리고 흉계를 파괴하고자 호시탐탐 그 발톱과 이빨을 갈듯이 내일을 대비했다.

6

그날, 람은 아침부터 기분이 언짢았다.

물론 그 언짢은 기분을 겉으로 드러낼 만큼 미숙하지 않다. 그렇기에 행동은 여느 때처럼 늠름하게, 표면상으로는 완벽하게 꾸미고 있었다. ──그 속마음은 편치 않더라도.

"바루스 녀석, 어쩜 이렇게 꼴불견이람."

잠깐 마음을 놓을 때마다 그 입술에서는 실실대는 낯짝의 허드레꾼에 대한 짜증이 새어 나왔다.

본래 람이랑 렘과 마찬가지로 저택의 사용인으로서 잡무 전반── 오늘 같은 때는 손님 접대도 맡아 맹렬하게 활약해야 할 나츠키 스바루.

그런데 이 중요한 날에 몸이 상하는 바람에 아침부터 방에 틀어박혀 나오질 않는 것이다.

"언니, 스바루 군은 익숙지 못한 일 때문에 피로가 쌓인 거예요. 렘이 열심히 일할 테니 편히 쉬게 해 주세요."

반쪽이나 다름없는 렘만이 람의 짜증을 깨닫고 스바루를 옹호했다.

그러나 귀여운 동생의 부담을 늘릴 뿐더러 비호까지 받는 스바루에 대한 인상은 나빠지기만 할 따름. 람의 내면에서 스바루 평가는 바닥을 친 거나 마찬가지였다.

"바루스에게 내일 살 자격은 없어."

염치없이 다음에 얼굴을 보였다간 용서하지 않겠다고 람은 결심했다. 그 분노가 서린 채로 일에 종사하다가── 저택은 대망의 손님을 맞이했다.

저택의 주인인 로즈월이 '호색하고 여자에 환장하지만 전설인 요리사' 디아스 레푼초 엘레만소 오플레인 파츠발름 6세를 데리고 돌아온 것이다.

"──초대해 주셔서 영광입미데."

"_____."

저택 현관에 당당하게 모습을 드러낸 남자를 맞이한 람은 표정을 딱딱하게 다잡았다.

뚱뚱한 배, 번들거리는 얼굴, 숱이 적은 회색의 비실대는 머리카락. 세로로나 가로로나 체적이 넓은 거한이 천박한 웃음과 함께 그 자리에 서 있었다. 옆에는 얼굴이 가려질 만큼 두건을 깊이 눌러쓴 짐꾼을 거느린, 그야말로 거물이란 분위기였다.

"합류하는데 조오──금 수고가 들었거든. 늦게 돌아와서 미안한걸. 하나 소문 이상으로 유쾌한 양반이시더군. 모쪼록 실례가 없도오──록."

로즈월이 그 요리사 옆에 서서 미소와 함께 환대할 뜻을 드러냈다. 주인의 명령이었다. 람, 그리고 그녀와 함께 손님을 마중한 렘은 깊이 허리를 굽히며 인사했다.

"어서 오십시오."

"오호──, 못 참겠습미데요."

남자는 입을 모은 둘의 환영에 비만인다운 목소리를 내며 배와 가슴과 볼살을 푸들거렸다.

"아름답고 사랑스러운 면이 쌍둥이라는 특색으로 더욱 매력이 붙어났습메. 나 원, 변경백님도 좋은 취미입메요. 그헬헬."

"이건 또 참 감사아—합니다. 칭찬해 주셔서 영광인데요."

홍분한 투로 던진 남자의 말에 로즈월은 어느 쪽으로든 받아들일 수 있는 인사치레로 대답했다. 그 말을 들은 람은 머릿속에서 비만 남자의 따귀를 치고 배를 걷어차 공놀이처럼 온 현관에 튕기게 해서 속의 울분을 다스렸다. ——감히 렘에게 추잡한 눈길을 보내다니.

"————."

"이크, 안 됨메. 급해서 미안합미데만, 주방 쪽으로 안내 받아도 상관없음메? 저도 초대받은 본분을 다하고 싶은 바입미데."

여전히 추잡한 잡담이 이어지려던 순간, 짐꾼 시종이 남자의 등을 찔러서 본론으로 되돌렸다. 남자는 표정을 확 다잡고 주방이 있는 곳을 물었다.

"네, 이쪽입니다. 렘이 안내하겠습니다."

남자의 말에 안내하러 나선 렘이 앞장서서 두 사람을 인도했다. 그 순간, 람은 남자가 앞을 걷는 렘의 엉덩이를 보는 것을 알아챘다. 하지만 시종이 주인의 무례를 사과하듯이 굽실굽실 고개를 숙이는 모습에 머릿속 공놀이를 재개하는 걸로 간신히 참았다.

"——불편하게 했나아—?"

"……아뇨. 당치도 않습니다. 로즈월 님께서 모시고 오신 손님께 결단코 악감정을 품지는."

"진짜로는?"

"귀여운 렘에게 발칙한 눈길을 던진 저 눈알을 쥐어 터트리고 싶더군요."

추잡한 시선과 천박한 어조에 소름이 돋았다. 저 꼴이라면 차라리 스바루 쪽이 낫다.

허당인 구석과 성격 탓에 좀처럼 발칙한 눈길을 보내지 않는 점은 높이 사고 있다.

"렘은 신경 쓰지 않겠고, 에밀리아 님과 베아트리스 님은 애초에 눈치도 못 채리라 생각합니다. 그러니 람만 참으면 되죠."

"고생하게 하는걸. 그나저나 스바루의 모습이 보이지 않는데, 그 친구는 어쩌고 있지?"

"죄송합니다. 바루스는 오늘 아침부터 몸 상태가 안 좋다고 해서 방에서 쉬게 했습니다. 본래라면 손님 대응은 전부 바루스에게 떠넘길…… 맡기려고 했는데요."

"이런, 그건 아쉽군. 오늘 저녁 식사는 틀림없이 가치관이 바뀔 만큼 특별한 맛일 텐데."

로즈월의 그 말이 진정으로 아쉬운 것처럼 들려서 람은 눈을 내리깔았다.

"밤에 얼굴을 내밀라고 바루스에게 말을 해 둘까요?"

"무리하게 하고 싶지 않아. 나올 수 있다면야 아무리 안색이 나빠도 환영하겠지이—만. 자, 스바루만 신경 써 봤자 의미가 없어."

부드럽게 어깨를 만지는 손길에 람은 그 부분이 열기를 띠는 감각을 느꼈다. 로즈월은 살며시 볼을 발갛게 물들인 람에게 웃음을 건네며, 한쪽 눈을 감고 노란 시선으로 익살을 떨었다.

"너도 기대하도록. 그만한 가치가 있는 식사가 될 테니—이."

──검은 눈은 커튼 틈새에서 방문객의 등장을 똑똑히 포착하고 있었다.

"목표를 확인했다. 틀림없어. 사전 평판이랑 똑같은 인물상이야."

"……그렇단 말은, 우리 추론은 옳다고 봐도 되겠는걸."

어둠 속을 뒤돌아본 소년의 말에 공중에 뜬 새끼 고양이가 짧은 팔로 팔짱을 끼고 끄덕였다. 그 말에 어깨를 으쓱이는 몸짓으로 동의한 소년의 삼백안이 사악 가늘어졌다.

분위기가 돌변했다. 새끼 고양이가 이를 알아채고 한숨을 쉬었다.

"진짜로 할 거구나?"

"그래. 하든 안 하든 나는 분명히 후회할 테지. 그렇다면 하고 후회하는 편이 훨씬 나아. ──지금은 그렇게 생각해."

"……나는 널 오해하고 있었을지도 모르겠네. 알았어. 그만한 각오가 있다면 나도 미력하나마 힘을 빌려줄게. 무엇보다 귀여운 딸을 위해서."

"그 애를 위해서 말이지."

차분한 분위기 속에서 둘은 찬찬히 말을 주고받다가 함께 끄덕였다.

목표는 세워지고 목적은 공유됐다. 이미 망설임은 존재하지 않았다.

"_____."

앉은 의자의 위치를 고친 소년은 숨을 고르고 눈앞의 도구를 내려다보았다. 결코 낯익은 도구는 아니지만 처음 접할 만큼 인연이 없는 것도 아니었다.

옛날 경험이 설마 이런 식으로 다시 도움이 될 줄은 생각도 못 했다. 인생이란 대체 뭐가 도움이 될지 모르는 법이다.

소년은 자그마한 감상과 그 이상의 각오를 품고 싸움에 나서기 시작했다.

8

몇 시간 뒤, 저녁 식사가 준비되고 에밀리아와 베아트리스가 식당으로 호출됐다.

그동안 저택의 잡무는 전부 람이 떠맡게 됐다. 그렇게 된 까닭은 지고한 실력을 가진 요리사, 디아스 레푼초 엘레만소 오플레인 파츠발름 6세가 일하는 모습을 견학하고 싶은 렘이 웬일로 람에게 간절히 부탁했기 때문이다.

렘이 간절히 부탁한다면 람이 분발할 수밖에 없다. 그래서 남은 일은 전부 람이 평소 이상으로 완벽하게 해치웠다.

"네 이놈, 바루스."

물론 그런다고 고생이 없는 건 아니므로 분노는 결근한 스바루에게로 쏠렸다.

그렇다고는 해도 결국 스바루의 몸 상태는 저녁 식사 시간이 되어도 좋아지지 않았고——.

"그토록 기대했었는데, 스바루는 엄—청 타이밍이 안 좋다니까. ……뭔가 조금만이라도 남겨줄 수 없으려나. 물어봐도 돼?"

"그 부분은 로즈월 님께서 배려해 주실 테죠. 에밀리아 님은 아주아주 사소한 일에 애써 마음을 쓰지 마시고 식사를 즐기시면 될 거예요."

"음—, 알았어. 그럴게. 고마워."

스바루의 결석을 안타까워하던 에밀리아는 람의 말에 미소를 짓고 고마움을 표했다. 하지만 에밀리아가 정말 걱정해야 할 쪽은 남이 아니라 자기 자신이어야 했다.

디아스 레푼초 엘레만소 오플레인 파츠발름 6세의 회식. 그것이 고귀한 지위에 있는 인물에게 '그만한 의미' 가 있음을 에밀리아는 깨닫지 못하고 있다.

"그러고 보니 팩도 얼굴을 안 내밀고 있더라. 저택 어디에 있는 것 같은데 결정석 안에 돌아와 주질 않아서. 람은 못 봤어?"

"유감스럽게도. 그리고 대정령님의 모습으론 회식 자리에 부르기가 어렵지 않을까요."

"역시 문제 있어? 항상 깔끔하게 털 손질하고 있는데……."

정령이라고는 해도 역시 고양이 모습의 존재가 식탁에 있는 건 좋지 않으리라.

이게 또 수인(獸人)이라면 루그니카 왕국에선 또 여러모로 복잡한 사정이 얽혀들지만, 이 자리에선 고양이 외양을 하고 있는 게 허물이 됐다고 순순히 이해해 주길 바란다.

"흥. 그 녀석도 상당히 딱한 남자인 것이야. 평소 소행이 고스란히 나온 걸로 보여."

다음으로 식당에 들어온 베아트리스 또한 스바루의 결석을 언급했다.

에밀리아와 달리 그 발언에는 배려가 한 톨도 없지만, 반대로 신경 쓰고 있음이 뻔해서 람이 보기에는 도리어 미소가 번질 정도였다.

"네, 그렇군요. 베아트리스 님께선 섭섭할지도 모르겠습니다만."

"……잠깐만. 왜 베티가 섭섭하단 소리가 나오는지 모르겠어. 애, 대답하는 것이야. 자매 중 언니. 야, 자매 중 언니!"

"네, 네. 베아트리스 님. 식사 준비해야 하니 얌전히 계세요."

얼굴을 붉히며 고함치는 베아트리스를 달래어 그녀 또한 식탁 자리에 앉혔다.

그러는 차에 마침 로즈월과 렘 두 사람이 들어왔다. 렘은 준비를 진행하는 람을 알아채자 허둥지둥 달려와서 말했다.

"언니, 일을 다 떠넘겨서 죄송해요. 괜찮았어요?"

"평소 하던 일의 연장선상이고, 렘이 웬일로 떼를 썼는걸. 렘 쪽이야말로 실컷 즐겼고?"

"네! 언니, 내일 이후의 렘을 기대하고 계세요!"

수확은 많았는지 평소에는 소극적인 렘이 뽐내고 있어서 사랑스럽다. 저도 모르게 그 머리를 쓰다듬으니 동생은 간지러운 듯 눈웃음을 지었다.

"주방에 있던 렘이 돌아왔다는 말은 슬슬 식사가 나올 때인가 봐?"

"네. 상 차리는 걸 도울 필요는 없다며 렘과 언니도 식탁에 앉으래요. 언니, 같이 앉죠."

"후후, 그렇게 떠들 것 없잖니. 버릇없게."

못 기다리겠다는 낌새인 렘의 손에 이끌려 람도 자기 자리에 앉았다. 옆에 앉은 렘이 안절부절못하며 식당 입구를 쳐다보았다.

"스바루 군이 이걸 즐기지 못하는 것만이 가엾어요."

"……그만큼 나중에 렘이 실컷 감상을 말해 주면 되지."

"──네! 역시 언니세요. 스바루 군은 기뻐해 줄까요?"

"꺼이꺼이 울걸? 틀림없이 말이야."

람은 그게 기쁨의 눈물인지 통한의 눈물인지는 별개라는 말은 붙이지 않았다.

그렇게 자매 사이의 대화가 일단락되고, 동시에 식당의 쌍바라지 문이 활짝 열리고 오늘 밤 만찬의 주역인 지고의 요리사가 나타났다.

"오래 기다리셨습미데. 여러분, 다 모이셨습메?"

남자가 비만한 몸뚱이를 출렁이며 식당 안을 둘러보았다. 그 시야에 비치는 건 식탁에 앉은 하나같이 아리따운 미소녀들. 남자는 콧김을 씩씩대며 만족스럽게 끄덕였다.

"확실히, 확실히 그렇습미데. 변경백님의 말에 거짓이 없습미데. 그럼 준비와 확인도 끝난 차에 슬슬 요리를 가지고 오겠습미데."

"네. 잘 부탁드립니다."

에밀리아는 특히 더 서슴없이 온몸을 핥는 것 같은 눈초리를 받았지만, 전혀 개의치 않는 눈치로 태평한 웃음을 띠고 있다.

맛있는 요리가 기대된다며 천진하게 기대하는 눈치다. 람은 그 모습을 곁눈질하며 이 회식이 어떻게 결판이 날지 불안해졌다.

하지만——.

"——저도, 동석해도 될까요?"

사태의 변화는 그런 람마저 예상치 못한 방향에서 엄습했다.

"————."

그것은 뭔가 새치름한, 살짝 허스키한 느낌이 나게 아리따운 목소리였다.

이 자리에 나타날 리 없는 제삼자. 난데없는 등장에 전원이 놀라서 저도 모르게 식당 입구로 눈길을 돌렸다. 선명한 검정 드레스를 두른 인물이 그곳에 서 있었다.

길고 윤기가 나는 흑갈색 머리, 여성치고는 큰 신장을 감싼 칠흑의 드레스. 살짝 짙은 연지를 그은 입술과 눈빛의 매력을 도드라지게 하는 아이라인과 긴 속눈썹. 어깨에 얇은 스톨을 걸치고 힐을 또각또각 울리며 우아하게 걷는 모습에선 기품마저 느껴졌다.

갑작스러운 만찬의 난입자에 모두 다 제 눈을 의심하고 숨을 집어삼켰다.

그 앞에서 당당히 그 인물은 살짝 고개를 갸웃하며 미소 지었다.

"왜 그러시죠? 저랍니다. ──나츠미 슈바르츠예요."

그 인물은 말 없는 시선을 받으면서 시치미를 딱 떼고 정중하게 이름을 밝히더니, 놀라울 만큼 우아하게 예의를 갖춰 인사했다.

"큭──."

첫 충격에서 회복한 람은 다음 행동 판단에서 오락가락했다. 즉시 행동하는 경향이 있는 람치고는 희한하게 주저한 까닭은, 그만큼 이 상황이 상상을 초월한 사태였기 때문이다.

람은 난입자로부터 눈을 떼기 어려운 흡인력을 느끼면서도 간신히 로즈월을 돌아보았다. 이 자리의 책임자인 주인은 이 사태에 어떤 판단을 내릴지──.

"──. ───. ─────. 이거 참 미──안했군, 나츠미 양. 자자, 자리에 앉게나. 미안하지만 지금부터 한 명 더 손님이 늘어도 상관없을까아──?"

──회식 속행!!

환대하는 로즈월의 자세는 그 대범한 사실을 여실히 설명하고 있었다.

묘하게 분위기 있는 영애는 미소와 함께 간들간들 걸으며 비만 체형의 남자 옆을 지나갔다. 지나치는 순간 비만 체형 남자의 턱과 목을 어루만지는 몸짓은 요염한 마성(魔性)을 띠고 있었다.

남자의 목이 저절로 핵핵 오르락내리락하다가 그대로 허겁지겁 요리를 나르러 밖으로 나갔다.

　가엾게도 한순간에 회식의 주역 위치는 요리사가 아니라 그 영애에게로 넘어갔다.

　남자를 배웅한 영애는 우아한 발걸음으로 자연스럽게 에밀리아의 옆자리로 갔다.

　"여기, 앉아도 되겠사와요?"

　"엄—청 예쁘다……. 아, 그럼요. 죄송해요. 아유, 참. 로즈월도. 이런 손님이 있는데 가르쳐 주지도 않고."

　에밀리아는 놀란 기색을 숨기지 못한 채 그 영애와 당연한 듯이 대화하고 있었다.

　람은 그 둘 말고 다른 사람들에게 힐끔 눈길을 돌렸다. 렘과 베아트리스의 반응은 각양각색. ——베아트리스는 입술을 뒤틀고 참으로 오묘한 표정을 짓고 있다. 한편, 렘은 살며시 뺨을 붉히며 참기 어려운 수수께끼의 충동과 갈등하는 게 전해졌다.

　그리고 유일한 희망인 로즈월은 몸을 숙여 테이블에 엎드린 채.

　"그러……그렇게, 나올 줄은…… 모, 몰랐는데…….."

　치미는 웃음과 필사적으로 싸우고 있었기 때문에, 람은 일단 이 자리에서 추궁하기를 그만뒀다.

　"무슨 짓을 저지를까 했더니…… 바루스, 무서운 아이."

　영애 나츠미 슈바르츠——. 나츠키 스바루의 여장은 본래의 인상이 남아 있음에도 불구하고 에밀리아가 여성이라고 감쪽같이 속을 정도로 무섭게 완벽했으므로.

9

완벽한 여장에 성공해 에밀리아의 옆자리를 획득한 나츠미 슈바르츠—— 가공의 여성으로 변장한 나츠키 스바루는 회심의 반응을 보고 슬쩍 사악한 표정을 짓고 있었다.

『그래도 아직 방심은 금물이야, 스바루.』

——안다고. 꼬리는 안 드러내.

화장한 얼굴로 미소 지으며 스바루는 의식에 직접 들어오는 팩의 목소리에 끄덕였다.

정신감응을 통한 텔레파시. 달리 말해 염화(念話)다. 이 덕분에 스바루는 팩과 영거리에서 의사소통하며 나츠미 슈바르츠라는 허상을 만들어냈다.

이 회식에 잠복한 음모를 깨달은 순간, 스바루는 사전에 입수했던 요리사의 정보와 합쳐 이 수단밖에 없다는 판단에 여장을 단행했다.

다행히 여장은 첫 경험이 아니라 방법은 알고 있었다.

——여하튼 고등학교 입학식에서 완벽하게 소화해 사흘째까지 속여 넘겼거든!

화장에 생각 외로 적성이 있었다는 점과 이름이 남녀 어느 쪽으로도 통하는 '스바루'였던 게 결정타였으리라. 같은 반 여자그룹에 소속해서 하마터면 그대로 여학생으로 학창 생활을 구가할 뻔했다.

『왠지 그 전말은 별로 듣고 싶지 않은 느낌인데.』

——응. 옛 상처를 긁을 뿐이니까 건드리지 말아 줘.

배려가 섞인 염화에 수긍한 스바루는 자신의 여장이 흐트러지지 않았는지 재차 확인했다.

사나운 눈매를 진한 아이섀도로 속이고, 가짜 속눈썹과 도구를 통해 일시적으로 쌍꺼풀을 떡하니 획득. 화장과 입술의 색 대비로 피부색을 선명하게 꾸미고 긴 흑갈색 가발은 의상실에서 가져왔다. 남자 체격을 숨기는 드레스도 같은 방에서 찾아냈는데, 아마도 예전에 저택에서 일했던 덩치 큰 메이드 것이리라.

언젠가 실제로 얼굴을 볼 때가 오면 오늘 일을 사과해야 할 것이다.

하지만 지금은 그 덕분에 나츠미 슈바르츠가 완성됐다.

겉만 꾸미면 잔재주 많은 스바루에게 몸짓이나 행동거지로 영애를 연출하는 것쯤이야 손쉬웠다. 자기가 봐도 생각 이상으로 영특한 애였다.

그러나 단 한 가지, 스바루 혼자서는 속수무책인 부분. 그것이 성대였다. 예전의 여장이 결국 실패로 끝난 이유는 사흘째에 가성을 내다가 대차게 실수했기 때문이다.

그러나 그 실패를 반성했던 스바루는 파트너의 협력을 통해 이를 극복했다.

"요리가 참 기대되어요. 에밀리아 님, 예의범절 쪽은 자신 있으시고요?"

"어, 저요? 저기, 음, 공부 중이에요. 하지만 창피하지 않게 열심히 해야죠."

"오호호, 그렇죠. 요리에 너무 푹 빠지지 않도록 해야죠."

입가에 손을 얹고서 미소와 함께 당당히 에밀리아와 말을 나누는 나츠미 양. 그 목소리는 나지막한 남자 목소리가 아니라 왠지 모르게 중성적인 인상을 주는 허스키 보이스였다. 그리고 바로 그것이 스바루의 개인기가 아니라 파트너의 힘을 빌린 부분—— 다시 말해 팩의 목소리였다.

팩은 지금 나츠미 양이 걸친 스톨에 가려진 가슴에 들어가서 스바루를 대신해 몰래 말을 주고받고 있었다.

말하자면 이것은 둘이 들어간 인형 탈—— 스바루와 팩, 둘이서 한 사람인 나츠미 슈바르츠다.

"———."

그 나츠미 양의 얼굴에 람과 베아트리스가 하염없이 뜨거운 시선을 보냈다.

알기 쉽게 표정을 찡그린 그녀들은 나츠미 양의 정체가 스바루임을 당연히 눈치채고 있다. 다만 그건 여장의 퀄리티 문제가 아니라 달리 짚이는 인물이 없기 때문일 것이다.

덧붙여 같은 이유로 렘도 나츠미 양을 바라보고 있지만, 평소부터 스바루를 바라보는 자애로운 어머니 같은 시선과 변함이 없었다. 속으로는 이 상황을 어떻게 생각하는지는 모르겠지만, 정체를 밝히지 않고 지켜보겠다면 일단 아군이다.

그리고 이 작전에서 가장 경계할 '적'인 로즈월은——.

"풉, 크큭……."

순수하게 흥이 오른 모양이라 나츠미 양의 정체를 언급할 마음은 조금도 없어 보였다. 로즈월이라면 기대를 저버리지 않을 거라 짚은 스바루의 예상은 딱 들어맞았다는 뜻이다.

참고로 문제의 에밀리아는 진짜로 나츠미 양의 정체를 깨닫지 못한 기색이라 이 기세로 단숨에 끝까지 밀어붙이고 싶었다. E·M·T.

"──기다리셨습미데."

돌아온 요리사, 디아스 이하 생략이 정중하게 한 접시씩 요리를 놓았다.

하얀 접시 위의 은쟁반── 클로슈(cloche)를 치우자 접시에는 흰살 생선을 조리한 걸로 보이는 요리의 모습이 있었다. 향기로운 냄새에 의식이 얼어맞았다.

"라우테 로이의 포와조, 라그디슈 소스 곁들였습미데."

까놓고 말해서, 이름을 들은 요리 중에 짚이는 것이 하나도 없다.

그러나 표면을 가볍게 구운 흰살 생선에 어우러진 알록달록한 노란색과 녹색 소스의 콧구멍 속에 스며드는 따스한 향기는 직접 위장을 움켜줘었다. 침이 대량으로 분비되어 현기증이 일었다.

『잠깐 좀, 스바루!』

──헉! 위, 위험해!

스바루는 무심코 고개를 처박고 뜯어먹기 직전에 팩의 목소리를 듣고 제정신을 차렸다.

하마터면 여장은커녕 사회적 지위까지 망칠 뻔했다. 문득 옆을 쳐다보니 에밀리아도 놀란 얼굴로 요리를 넋 잃고 쳐다보고 있고, 다른 이들도 크든 작든 똑같은 반응이었다.

이 폭력적인 미식의 예감에 식사 매너를 강제하는 장인 기질이라니, 지독하기 짝이 없는 조합이다.

향기에는 인간성의 껍질을 벗기고 야생의 본능을 일깨우는 힘이 있었다. 스바루──아니, 나츠미 양은 치솟는 침을 삼키고 누구보다 먼저 나이프와 포크를 손에 들었다.

『괜찮은 거지? 스바루.』

각오를 물어보는 팩의 염화에 스바루는 뺨을 일그러뜨리며 악랄하게 웃고 끄덕였다.

──칼을 뽑았으면 무라도 베어야 하는 법. 누구보다 빠르게 물어 주겠다고.

"어머나, 무척 맛있어 보여라. 먹기 아까울 정도야."

팩이 입술 움직임에 맞추어 나츠미 양의 정숙하고도 시원시원한 성품을 연출했다.

스바루는 이 멋들어진 조치에 부끄럽지 않을 태도를 엄수하고자 마음을 굳게 먹고 눈앞의 요리에 의식을 집중, 완벽한 테이블 매너로 흰살 생선을 건드렸다.

포크로 생선을 누르고 나이프로 떼어서 한입 크기로. 포크로 건드리기만 했는데 너무나 절묘하게 구워진 생선은 형상을 잃고 소스와 어우러지고, 시각적인 충격에 뇌가 유린당했다. 그 미관에 쓰러지지 않으려 숨을 죽이며 후각에 밀려드는 미식의 예감에 마음으로 저항했다.

지금 압도당하면 못 돌아온다.

에밀리아를 위해 길을 가르쳐 주기는커녕 스바루가 요리에 얼이 나갈 수도 있다.

──강철의 자제심과 에밀리아에 대한 마음. 그것을 무기로 요리를 공략한다.

결의를 새로이 다진 스바루는 눈을 부릅뜨고 포크로 찌른 한 입을 천천히 입술로 날랐다.

"─────."

순서, 분위기, 동작, 기품, 그 외 기타 등등이 아름답도록 세련된 흐름──. 그 노력과 의지의 결실이 요리를 혀에 얹은 순간에 붕괴했다.

눈이 쏙 빠지는 줄 알았다.

압도적인 미각의 폭력이 혀를 지나 온몸을 뚫고 생각하는 뇌가, 온몸의 혈액이, 육체를 지탱하는 근육이, 뼈가, 세포가 스바루의 미숙한 결의와 각오를 순식간에 용해했다.

짓밟히고 능욕당해 거꾸러져서, 정신이 들고 나니 스바루는 무너져 있었다.

"──왜, 그러십메?"

나츠미 양은 어느새 슬쩍 의자에서 일어나 힐을 또각거리며 디아스 이하 생략 앞에 섰다. 미심쩍은 표정의 남자 앞에서 조용히 호흡하다가 무릎을 꿇었다.

그리고──.

"──완전히 얕보고 있었습니다. 죄송합니다아!"

이마를 바닥에 붙이고 스바루 본인의 목소리로 완전 항복의 뜻을 표명했다.

『완패······구나.』

가슴에 숨은 팩이 염화로 중얼거렸다. 하지만 그 말이 맞았다. 완패였다.

스바루가 받은 충격이 정신감응으로 연결된 팩에게도 전해져 패배감이 공유되고 있었다.

그렇기에 스바루는 그 감동과 패배감대로 디아스 이하 생략에게 고개를 숙였다.

"요리, 무지막지하게 맛있어요. 품위 있게 먹자고 마음먹었죠. 그런데 그게 완전히 무리예요. 아마 누구나 그럴 걸요. 요리를 예의 바르게 먹는 거야 당연하다 싶고, 정론이죠. 하지만 요리의 감상을 주고받으면서 맛있네 맛있어 하고 웃으며 먹는 것도 좋은 법 아닐까, 못난 제 생각은 그래서!"

상대 얼굴도 못 보는 채로 나츠미 양── 아니, 스바루는 필사적으로 말을 거듭했다.

그 말은 변명이며 음모에 패배한 자의 오기지만, 진심에서 우러나온 아낌없는 칭찬이기도 했다. 이 요리에는 매너를 지키지 못할 만한 빠와가 있는 것이다.

그 마구잡이 칭찬과 오기에 디아스 이하 생략은 눈이 동그래졌다.

당연한 반응이리라. 하다못해 이 자리에서 목이 날아가는 건 자기 혼자만──.

"──와하하하하하하!"

그런 스바루의 기도하는 심정은 느닷없는 웃음소리로 단숨에 뒤집혔다.

순간적으로 고개를 드니 식당 입구에 선 인영이 거리낌 없이 웃고 있었다. 그것은 작은 체구에 머리까지 두건을 눌러쓴 풍모의 인물로서——.

"아니, 아니, 두 손 들었군. 설마 본인의 소문을 듣고 식사했음에도 그와 같은 발뺌으로 얼렁뚱땅 넘어가려 하다니, 약아빠진 데에도 한도가 있으렷다."

그 인물은 말과 함께 눌러쓴 두건을 걷어 그 얼굴을 드러냈다. 고풍스러운 말투임에도 카랑카랑한 목소리. 그 정체는 어린 생김새에 어울리지 않게 기세등등한 웃음을 띤 소녀였다.

디아스 이하 생략의 시종이라고 여기던 소녀의 난입에 스바루는 말문을 잃었다. 하지만 소녀는 그런 스바루의 얼빠진 낯짝을 바라보며 기분 좋게 이를 드러내고 말했다.

"본인의 요리에 완패했는데 떳떳하게 응수하는 손님은 드물지. 오호라. 변경백도 사람이 나빠. 본인도 마음에 들 거라 함은 이런 뜻이었나!"

"솔직한 감상이란 의미로는 적임 아니—일까 해서. 개인적으로는 다른 한 분, 그쪽이 더 주력이었는데 말이죠……. 뭐, 좋다고 칠까요오—."

가가대소하는 소녀의 말에 로즈월이 쓴웃음과 함께 동의했다. 그 대화의 의미를 이해 못한 스바루는 "뭔 소리야?" 하고 갸우뚱했다. 그러자.

"사부님에 관해 여러 풍문이 나돌고 있습미데만, 그 전부가 엉터리입메. 사부님은 여행지에서 살이 덕지덕지 붙은 소문을 부정하지 않고 그걸 감쪽같이 믿은 상대를 주옥같은 맛으로 희롱하며 가지고 노는 악취미가 있습미데."

스바루의 의문에 한숨과 함께 대답한 사람은 디아스 이하 생략이다. ——아니, 지금 발언으로 보건대 아무래도 그는 디아스 이하 생략이 아니다.

"그렇단 말은, 진짜 디아스 이하 생략은……."

"본인이다. 참고로 똑바로 이름을 안 부르면 비위가 상한다는 소문은 거짓말이 아니다. 따라서 잊지 말고, 틀리지 말고 똑똑히 기억하라."

소녀는 가슴을 떡 펴고 힘차게 바닥을 굴렀다.

"본인의 이름은 디아스 레푼초 엘레만소 오플레인 파츠발름 6세다! 소문에 대한 도전과 미각의 대립, 그 갈등과 번민은 실로 재미있다! 훌륭했노라!"

스바루는 소녀—— 진짜 디아스 이하 생략이 쾌활하게 웃는 모습을 아연실색하며 쳐다볼 수밖에 없었다.

그런 스바루에게 걸어간 진짜 디아스 이하 생략은 손을 뻗어 일으켜 세웠다. 정신이 들고 보니 완벽한 에스코트로 스바루는 식탁의 원래 자리에 앉혀져 있었다.

"제법 번듯한 변장, 이 또한 훌륭해! 그렇다면 나도 질세라 특기 분야로 응전하는 게 도리인 법! 로드리게스, 도와라!"

"알겠습미데! 사부님."

사나이답게 선언한 진짜 디아스 이하 생략이 제자 로드리게스를 데리고 식당을 뛰쳐나갔다.

　회식은 속행. 다음 요리를 기다리시라——인 거겠지만, 폭풍 같은 사건이었다.

　"자. 그으—럼, 무사히 전설급 요리사의 세례도 마친 참이니 식사를 재개해 보—올까. 스바…… 나츠미 양의 고귀한 희생에, 건배."

　그 말을 시작으로 유리잔을 들어 올린 로즈월이 스바루의 전사(戰死)에 성원을 보냈다.

　"제법이야, 바루스……가 아니라 나츠미 슈바르츠 님."

　"훌륭하게 꼴불견이었지. 빠냐는 언제나 멋진 것이야."

　"나츠미 님, 멋지세요. 렘은 아주 좋다고 봐요. 다음엔 꼭 렘이 화장과 드레스업을 거들게 해 주세요."

　로즈월에 이어서 람, 베아트리스, 렘 세 사람이 실패한 모습을 채점하는 바람에 스바루는 구멍이 있으면 진짜로 들어가 파묻히고 싶었다.

　그런 심경에 젖은 스바루의 어깨를 옆의 에밀리아가 톡톡 두드렸다.

　"잘은 모르겠지만, 한 가지만 물어도 돼?"

　"……얼마든지."

　무슨 말을 들을지 에밀리아의 반응에 제일 전전긍긍하면서 말을 기다렸다. 그러자 에밀리아는 세운 손가락을 볼에 대고 깜찍하게 고개를 갸웃하며 물었다.

"스바루하고 엄—청 목소리가 비슷한데, 누구세요?"

그렇게, 온갖 패배감 속에서 최대급인 그 말을 가차 없이 후려갈기는 에밀리아.

『짠, 짠.』

스바루—— 아니, 나츠미 양의 가슴에서 헤실대는 웃음과 함께 팩이 염화로 마무리를 지었다.

10

"소득이 많은 회식이었나 보군."

장사 밑천을 정리하고 큰 가방을 등에 멘 디아스가 껄껄 웃었다.

이를 배웅하러 현관 로비에 선 로즈월은 그녀에게 쓴웃음을 돌려주었다.

"당가 사람이 배웅하러 오지 못해 죄송합니다. 하나같이 다리가 풀리고 당최 몸을 가누지 못해서. ……렘을 가르쳐 주시기도 하고, 여러모로 도움을 받았구——운요."

"맛의 길을 통달하고자 욕망하는 이는 누구든 환영이지. 그애는 소질이 있어. 소중히 대하게."

디아스는 뚫어져라 조리 풍경을 바라보던 소녀, 렘의 존재가 기꺼운 눈치였다. 그리고 그녀는 옆을 올려다보고 탐탁잖은 표정의 제자, 로드리게스의 어깨를 쿡 찔렀다.

"뭐냐, 로드리게스. 출발할 때에 시시한 표정 짓지 마라. 당당히 굴지 못할까."

"늘 그렇습미데만. 이런 장난질 안 해도 평범하게 솜씨를 보이면 됨메. 그러면 저도 여자를 밝힌다느니 하고 이상한 소문을 부채질하지 않아도 되고예."

"아니 된다! 소문을 고스란히 믿고 새침한 표정을 짓는 놈들을 맛으로 분쇄해 주는 게 즐겁지 않으냐! 그리고 여자를 밝힌단 소문은 네 묘한 사투리가 사라질 때까진 안 지운다!"

"사투리라니, 무슨 소리입메?"

본인의 사투리를 깨닫지 못하는 제자로부터 고개를 돌린 디아스는 로즈월에게 손을 들었다.

"그럼 슬슬 실례하마. 이 세상에는 아직 본인의 맛을 바라는 이가 많아. 부르는 이가 수없이 많으니 난감하군! 놀려 주고 싶은 놈들은 끝이 없어!"

"나 원, 정말로 즐겁게 일하시는 분이구——운요."

"이건 취미다. 본인의 평생을 건 취미. ——그리고 말이지."

말을 끊고 디아스가 머리에 쓰던 두건을 건드렸다. 두건을 거칠게 벗자 그 안에서 드러난 것은 아름다운 금색 머리와 아주 살짝 남보다 긴 귀——.

"엘프인 본인에게 그 하프엘프 소녀를 보여 주는 게 가장 큰 목적이었으렷다?"

"……그 애가 걸을 길이 종족의 차별을 없앨지도 모릅니다. 그리되면 당신도 내력을 숨기고 제자에 숨어서 방랑하실 필요는 없어지겠죠."

"항. 재미없는 분석을 하지 마라, 궁정 광대. 본인은 하고 싶어서 하고 있다. 딱히 본인이 그 아이를 지지한다고 떠들며 돌아다닐 작정은 없네."

한쪽 눈을 감은 디아스는 이를 내비치며 웃고 나서 다시 두건을 썼다. 그리고 바람같이 로즈월에게 등을 보이고 당당히 밖으로 걷기 시작했다.

"그래도 여장 소년과 비슷할 만큼 솔직한 그 아이의 감상은 나쁘지 않더군. 따라서 무슨 일이 있으면 또 부르도록. 솜씨를 선보이라면 본인은 거부하지 않아."

"그걸 좋은 연줄이라고, 그리 믿어도 상관없겠스─읍니까?"

"맘대로 하게. 아아, 맞아."

물고 늘어지는 로즈월의 끈기에 진 디아스는 교환조건이라는 듯이 손가락을 세웠다.

"다음에도 또 솔직한 감상을 듣고 싶군. 그때까지 그 하프엘프 소녀와 여장 소년은 놔주지 말도록. 그리고 다음 기회에도 그 소년은 여장시켜 놔."

"그런 걸로 괜찮다면 기꺼이."

그 말이 흔쾌한 수락의 표시라고 받아들인 로즈월은 당사자도 없는데 맘대로 여장 요청을 접수했다.

그리고 디아스는 로드리게스를 데리고 이번에야말로 다음 여로를 향해 발걸음을 내디뎠다.

"……한때는 어찌 될까 싶었지만, 이걸로 발이 넓은 디아스 레푼초 엘레만소 오플레인 파츠발름 6세와 연줄을 만들 수 있었나.”

　곳곳에서 문제는 있긴 했지만 당초 목적을 달성해서 한시름 돌렸다고 해야 할까.

　이번에도 여러모로 부담스러운 문제는 많다. 그러나 오늘은 마냥 부담스럽기만 하진 않았다.

　“그건 그렇고…… 아아, 걸작이었지.”

　뇌리에 떠오르는 건 완벽하게 뽑힌 스바루의 여장—— 나츠미 슈바르츠의 모습이었다.

　한동안은 놀려 먹을 구실이 모자라진 않을 것이다. 매우 의의가 있는 회식이었다.

　눈과, 기억과, 자기 말고는 맛 또한 실컷 즐길 수 있는 시간을 보냈을 테니까.

　“풉, 하하, 아하하하.”

　그런 감상을 품은 로즈월이 참다못해 혼자 웃기 시작했다.

　아무에게도 못 보여 줄 얼굴로, 보이지 않는 곳에서, 아무 거리낌도 없이 목청 높여.

　——로즈월은 혼자 하염없이 웃었다.

『——페트라가 본 세상』

1

——페트라 레이테에게 세상이란 무척 작은 곳이었다.

페트라는 메이더스 변경백의 영지, 작은 마을 '아람'의 레이테 집안에서 태어났다.

페트라는 가호를 타고나지도, 유복한 집안에서 태어나지도 않았다. 지극히 평범한 마을의, 지극히 평범한 일가, 지극히 평범한 마을 소녀 중 한 명으로서 씩씩하게 컸다.

아람 마을은 특별히 소개할 것도 없는, 아주 흔하고 한적한 마을이었다.

마을 바로 옆에 영주인 변경백의 저택이 있다는 것을 빼면 두드러진 특색은 아무것도 없다. 영지의 다른 땅과 비교해서 영주님을 직접 뵐 기회가 많은 정도일까.

아직 어린 소녀더러 그게 귀중한 기회임을 이해하라고 한들 가혹한 이야기였다.

자, 이 영주님인 로즈월 L. 메이더스라는 인물이 또 보통내기가 아니라, 우선 그 행색부터 소문으로 듣는 귀족님이란 것과 전혀 일치하질 않는다.

동화에 나오는 광대 같은 화장을 기꺼이 하고, 기발하고 기괴한 의상을 두른 모습은 보는 사람에게 존경과 두려움보다 곤혹스러움을 느끼게 할 것이다.

——영주님이 똑바로 하지 않으면 영민인 우리가 고생한다.

그것은 페트라가 그림 동화나 어른들의 대화를 통해 어렴풋이 가슴에 담아 두던 생각이다. 그리고 어린 마음에 페트라는 영주님은 정상적인 인격자가 아닌가 보다고 깨닫고 있었다.

실제로 시찰이라며 때때로 마을에 훌쩍 찾아오는 영주님의 태도는 괴상하다.

영주라고 거들먹거리는 것도 아니고 어른들에게 참견하거나 잘 모를 소리를 해서 금발 메이드를 난처하게 하는 등, 멋대로 휘저어 혼란만 남기고 간다.

이장을 비롯한 어른들이 그 행동을 웃으며 용납하는 게 이해되지 않았던 페트라는 한번 정면으로 영주님한테 투덜거린 적이 있었다. 그런데——.

"이러——언, 이런. 이건 또 엄격하군. 하지만 그걸 나한테 말할 수 있는 너는 실로 용기 있는 여자아이야. 그 용기는 잊지 말고 소중히 키워 줬으면 좋겠는거얼——."

분개한 페트라의 마음을 무시하고 왠지 기쁜 눈치로 머리를 쓰다듬고 가 버렸다.

페트라는 그 이후로 영주님과는 이야기해 봤자 헛수고라며 그의 기행에 대해 생각하기를 포기했다.

　여기까지 이야기한 시점에서, 이야기의 초점은 마을과 영주님에서 '페트라'로 돌아온다.

　앞서 말한 대로 페트라는 특색이 없는 마을의, 평범한 마을 소녀의 삶을 살고 있었다. 영주님의 말을 빌려 '용기 있는 소녀'라는 수식어를 덧붙여도 좋다.

　그런 마을 소녀로 성장한 페트라는 철이 드는 것과 동시에 어느 사실을 깨우쳤다.

　그건 자기는 마을의 다른 아이들과 비교해서 아무래도 '약간 귀여운 것 같다'라는 자의식이 움튼 것이었다.

　실제로 페트라의 용모는 앳된 면을 감안하더라도 충분하고 남을 만치 화사했다.

　크고 동그란 눈, 분홍빛 입술, 가늘고 긴 팔다리에 하얀 살결. 불그스름한 느낌이 드는 갈색 머리는 가늘어서 바람에 부드럽게 사라락 휘날린다. 애틋하고도 어여쁜 페트라의 용모는 장래에 남다른 미인이 될 거라고 온 마을이 보장할 정도였다.

　그런 자의식은 어린애라 해도 좀체 우습게 볼 노릇이 아니다.

　덧붙이자면 페트라는 용모만 뛰어난 게 아니라 다른 아이와 비교해 총명하기도 했다. 단, 그것은 약았다고 불리는 부류의 총명함이었다.

　타고난 외모란 가호나 재능하고 똑같다고 페트라는 생각했다.

　그래서 그 용모를 잘 살려서 이용하며 사는 것도 당연하다고 생각했다.

——사소한 놀이 중에 물건을 망가뜨렸을 때.

——밭에서 달콤한 오렌지를 서리했을 때.

——가축 치는 일을 땡땡이 치고 친구랑 놀러 갔을 때.

화내는 어른들을 상대로 페트라는 꿋꿋하게 귀여운 용모를 이용했다.

페트라가 눈물을 글썽이며 고개 숙여 반성한다고 말하면 그것만으로도 어른은 매몰차게 야단치지 못한다. 그리고 한 사람을 용서하고 나면 다른 아이들을 꾸짖을 수 없어지는 것도 당연했다.

유일하게 그런 제약이 없이 꾸짖을 수 있는 부모님도 자기들 앞에서는 착한 아이를 연기하는 딸에게 홀랑 속아 넘어가서, 페트라는 순조롭게 작은 악마로 성장해 나갔다.

——페트라랑 있으면 좋은 일이 있다.

아이들이라도, 혹은 아이들이기 때문에 그런 이점에 달려드는 데에 주저가 없었을지도 모른다. 자연히 마을 아이들은 페트라를 중심으로 모이는 일이 많아졌고 그 결과로 페트라는 자꾸자꾸 우쭐해졌다.

마을 남자아이들이 추켜세우고, 마을 여자아이들은 믿고 의지하고, 어른들에게는 귀여움 받고, 페트라는 자의식의 꽃에 물을 주어 쑥쑥 꽃을 피웠다.

자기가 세상의 중심이다. 그렇게 착각하기 시작한 것도 이 무렵부터였다.

어쨌든 그런 착각도 포함해 아이란 사랑스러운 법이다.

우쭐거린다고 해도 페트라는 장난꾸러기의 범주를 넘지 않았고, 동료들을 끌고 다니는 행동도 작은 마을 안에서만 일어나는 사건에 불과했다.

세상의 중심, 페트라 레이테—— 그 착각을 깨닫고 세상의 넓이를 살짝 알게 된 것은 자의식이 싹트고 몇 년 뒤, 열 살이 됐을 때였다.

그것은 아람 마을에 드물게 비단 직물 등을 파는 행상인이 들렀을 때였다.

듣자니 그 상인은 기발한 의상을 좋아하는 영주님에게 진귀한 천을 팔고 돌아가는 길이었다고 한다. 돌아가는 길에 있던 아람 마을에서 장사판을 벌린 것이다.

"서쪽은 카라라기, 남쪽의 볼라키아. 그리고 왕도 루그니카에서도 유행하는 물건들이야."

호객하는 말과 함께 상인이 펼쳐 낸 물건들을 보고 페트라의 세상은 바뀌었다.

알록달록 화사한 직물에 눈길을 빼앗긴 소녀는 금세 환상에 홀렸다.

정신이 들고 보니 타고난 깜찍함으로 상인과 부모님을 잡고 휘둘러 몇 가지 직물을 손에 넣고는 자기 방 침대에서 질리지도 않으며 내내 쳐다보고 있었다.

그것은 그녀의 무엇과도 바꿀 수 없는 보물이 되어 한 가지 꿈을 품도록 했다.

2

──꿈을 품은 채로 세월이 흘러 페트라는 열두 살이 됐다.

이 또래가 되면 마음만이 아니라 몸에도 변화가 찾아든다.
아이들다운 앳된 면만이 아니라 여성으로서 꽃을 피울 준비가
조금씩 시작되는 것이다.
아직 봉오리에 지나지 않는 페트라도 천부적인 귀여움은 건재
했고──. 오히려 자각과 함께 갈고닦아 더욱 세련되고 화려한
존재가 되고자 했다.
열두 살이 되어도 변함없이 마을에서는 아이들의 중심, 어른
들에게서도 영리하고 귀엽다는 평판이었지만, 자기 방에서는
불만으로 볼을 부풀리고 있었다.
그 원인은 페트라가 품은 꿈에 있다.
그날의 우연이 초래한 충격은 페트라 내면에서 세월과 함께
커져 나갔다. 그 뒤로 2년이 지났어도 보물은 빛이 바래지 않고
소중히 보관되어 있다.
그리고 어렴풋하던 동경은 구체성을 띠어 페트라는 한 가지
꿈을 갖게 됐다.
──장래에는 왕도에 나가 옷을 만드는 일을 하고 싶다.
고운 천을 마음껏 꾸미고 귀엽고 멋있게, 그런 옷을 만들 것이

다. 그날, 눈길을 빼앗긴 직물을 향한 동경은 페트라에게 그런 꿈을 꾸게 해 주었다.

생각해 보면 페트라가 영주님을 별로 좋아할 수 없는 이유는 복장이 마음에 들지 않기 때문일지도 모른다. 그건 끔찍하다. 복식에 대한 모독이라고 생각한다.

영주님에 대한 분노는 제쳐 놓고, 페트라의 불만은 더욱 깊은 곳에 있었다.

그것은 이렇게 꿈을 자각하고 그 실현을 향해 재봉 연습을 하는 등 노력을 거듭하는 페트라에게 주위가 별로 긍정적이지 않다는 점이다.

특히 주위 아이들의 반응은 실로 한탄스럽다. 이따금 아이들에게 미래 이야기를 꺼내 봐도 바라는 답이 돌아온 적이 없다.

류카는 아빠랑 똑같이 나무꾼 일을 물려받겠다고 코 흘리며 말하지, 밀드는 어려운 생각을 하는 중에 꼬르륵거린다. 다인과 카인 형제는 마을을 나간다고 하는 페트라를 어느 쪽이 색시로 삼을지 싸움을 그치지 않는다. 여동생 뻘인 메이나는 귀여워서 못 참겠지만 왕도로 떠난다고 말하면 만날 울어 버린다.

이리하여 페트라는 고독을 맛보고 있었다.

주위 아이들은 페트라를 의지하지만 페트라가 의지할 수 있는 친구는 없다. 어른들에게 이야기해도 꿈같은 소리라며 웃고 넘어가는 게 고작이다.

세상에 맙소사. 귀엽다는 것은 바로 고독을 뜻했던 것이다.

무슨 일이든 귀여움으로 어떻게 손써 왔던 페트라에게 그것은 믿을 수 없는 현실이었다. 귀여움으로는 방법이 없는 사태에 페트라는 비로소 좌절을 맛보았다.

그 결과, 페트라는 꿈과 고민을 가슴에 담아 두고 번민하는 나날을 보내고 있었다.

장래에, 좀 더 어른이 되고 더 귀여워지면 해결되지 않을까.

일단 미래의 자신에게 그런 희망을 의탁하면서.

고민하는 사춘기, 열두 살의 페트라는 어느 날 다시 기묘한 만남을 경험했다.

그것은 친구 모두와 근처 강가에서 가자이 낚시를 하러 가는 중이었다. 옷을 더럽히기 싫은 페트라는 그저 낚시를 지켜볼 뿐이지만, 그래도 친구들이랑 노는 건 즐겁다. 장래의 불안을 안고는 있지만 그것과 이것은 다른 문제—— 그럴 때였다.

"헤이헤이! 거기 가는 아이들아! 마을에서 제일 높은 사람, 어디에 있는지 모르셔?!"

흑발 소년이 엄청나게 허물없이 말을 걸어왔다.

눈매가 사납고 칠칠치 못한 표정의 인물이었다. 실실대고 있는데 입고 있는 옷은 엄청 반듯해서 도통 어울리지 않는다. 얼굴이 옷값을 못하고 있다.

다만 그 어울리지 않는 복색 덕분에 상대의 내력은 금세 예상이 갔다.

"아, 영주님 저택에 새로 온 사용인이세요?"

"오오, 맞아! 역시 페트라! 똑똑해! 귀여워! 마을 최고!"

"……제가 이름 말씀드렸던가요?"

"으게엑!"

손뼉을 치며 시끌벅적하던 소년이 게슴츠레하게 바라보는 페트라에게 신음을 터트렸다.

처음 본 상대인데 대뜸 이름을 불리자 페트라의 경계심은 단숨에 커졌다. 첫마디에 놀란 원한도 있다. 도대체 어디서 자기 이름을 알았단 말인가.

"아, 그 왜, 그거야, 그거! 마을 최고의 미소녀! 아람 마을의 페트라 하면 그 용명이 로즈월 님의 저택에도 드높게 울려 퍼지고 있다 이거지!"

"어어…… 영주님 저택에? 어떡해, 나, 부끄러워……."

"당연한 거야, 당연! 오히려 필연! 아이고, 실물은 듣던 말보다 백 배는 더 귀엽네, 하하하!"

허둥지둥 당황하던 소년이 뺨에 손을 짚고 고개 숙인 페트라에게 노골적으로 안도했다. 그 소년에게 페트라는 창피한 듯이 —— 내숭을 떨며 가만히 반응을 살피고 있었다.

복장이 저택 관계자 같다고 해서 쉽게 신용해서는 안 된다. 전에 영주님 저택에 드나들던 인물 중에 아이들을 곧잘 응시하는 남자가 있었다. 얼굴이 멋있고 옷도 어울렸지만 그 시선은 차분하지가 않았다.

그리고 그 인물과 이 소년은 잘 뜯어보면 같은 복장이었다. 입고 있는 사람에 따라 이렇게까지 겉모습이 차이 나느냐고 놀라지만 방심은 금물. 귀여운 건 위험하기도 하다.

"내 이름은 나츠키 스바루! 벼락치기 수습 집사! 어제부터 로즈월 님의 저택에서 신세를 지고 있는 고생 전담꾼이지. 다들, 친하게 지내 주라!"

그런 페트라의 의심을 알아채지 못하고 소년—— 스바루는 야단스럽게 자기소개를 했다.

그 인사에는 어른의 차분함이 없고 행동거지 곳곳에서 예의가 막되어 먹었다. 아이들이라고 상대를 얕보는 감이 있어 거리를 좁히는 방식부터 성질을 돋웠다.

단적으로 말해, 페트라에게 스바루의 첫인상은 최악이었다.

다만 그런 어른이라고도 아이들이라고도 못할 태도가 마음에 들었는지, 처음에는 당황하던 류카와 밀드는 금방 속을 터놓고 이 남자랑 친해지고 말았다.

그렇다면 아이들의 대표격인 페트라도 그를 받아들이지 않을 수 없었다.

"……그래서, 마을의 높은 사람? 그 사람에게 무슨 용무야?"

"아니 뭐, 건네주라고 선배 메이드한테 부탁받은 게 있거든. 뭐, 심부름이지!"

"흐—응. 알았어. 그럼 이장 있는 데로 안내해 줄게."

등에 류카, 허리에 밀드랑 다인을 매단 채로 쓴웃음 짓는 스바루를 안내했다. 장난질에 화내지 않는 면도 만만하다고 페트라는 생각했다.

참고로 마을에서 가장 높은 사람은 본래는 밀데 촌장이었지만, 겉모습이 촌장스러운 남동생 라스훔 씨(이장) 쪽으로 일부러 틀리게 데리고 갔다.

아마 나중에 저택에서 호되게 혼날 거다. 재미있어.

이튿날, 마을은 새로 저택에 온 사용인에 관한 소문으로 가득했다.

작은 마을이다. 큰 소동이야 없지만 사소한 일이라도 금방 널리 퍼진다. 특히 영주님 저택의 사람은 빈번하게 마을에도 장을 보러 온다. 앞으로 몇 번이든 얼굴을 마주하게 될 상대. 어떤 사람일지 소문이 나는 것도 당연했다.

"응, 저, 좀 잘 모르겠어. 아, 그치만 나쁜 사람은 아닌 것 같아."

부모님이 물어서 페트라는 무난한 대답으로 얼버무렸다.

어제 안내 사건이 있어 스바루와 접촉한 페트라에게 소문의 진상을 확인하러 오는 사람이 꽤 많다. 다른 아이들도 질문 받고 있지만 어른들이 의지하는 건 역시 페트라였다.

스바루에게 별로 좋은 인상은 없지만 다른 아이들과 다른 말을 하는 것도 좋지 못하다. 귀여움을 유지하는 건 힘들다. 페트라는 질문 공세를 흘려 넘기고 깊은 숨을 내쉬었다.

"……어? 모르는 애다."

어른들 틈에서 빠져나와 마을 외곽으로 달아난 페트라는 눈을 동그랗게 떴다. 연한 갈색 머리를 땋아 내린 소녀── 이틀 연속으로 모르는 얼굴을 발견했기 때문이다.

"이런 곳에서 혼자 뭐 하니?"

"아……."

전날 상대와 비교하면 소녀에게 말을 거는 데 망설임은 없었다. 부르는 소리를 듣고 돌아보는 소녀는 페트라의 눈으로 봐도 제법—— 아니, 꽤 귀여웠다.

복장은 검소하고, 머리카락도 꾸밈이 없지만 이목구비의 소재는 상당한 인재다. 엄청나게 꾸며 주고 싶은 욕망이 치솟는다.

자신의 귀여움을 갈고닦는 데에 노력을 거듭한 페트라는 다른 사람의 귀여움에도 민감하다. 아까운 짓을 특히 미워해서 어머니랑 메이나도 이것저것 보살펴 주고 있었다.

이 소녀에게도 자신의 귀여움 정신을 쏟아 주고 싶다. 그런 욕구가 들었다.

"난 메일리. 가족 사정 때문에 잠시만 마을에 맡겨졌어."

그렇게 이름을 대고 미소 지은 소녀—— 메일리는 얌전한 애였다.

질문 받으면 금방 대답하지만 스스로 말을 붙이는 일은 별로 없다. 메이나의 성격과 닮아서 이건 언니 대신에 이끌어 줘야 한단 기분이 들었다.

"이리 와! 다른 아이들한테 소개해 줄게. 난 페트라! 네 친구야!"

소극적인 메일리를 데려가자 류카랑 다른 아이들은 금방 그녀를 받아 주었다.

아이들끼리 한 번 속을 터놓으면 이야기는 빠르다. 메일리는 눈 깜빡할 새에 페트라 일행의 동료가 되어 그날은 온 마을을 뛰어다니며 친목을 다졌다.

"자, 이리 온. ……이 아이는 암컷 같아."

"와아, 대단해, 대단해! 메일리, 동물이랑 이야기할 수 있는 것 같아!"

그런 장난 중에 특히 아이들을 기쁘게 한 것이 메일리가 길들인 강아지였다. 짙은 갈색 털 강아지는 메일리가 데려온 모양이라 유난히 붙임성이 좋다. 마치 메일리의 말을 이해하는 것처럼 재주를 부리는 모습에 아이들은 맥을 못 추고 빠져 버렸다.

"메일리! 내일도 꼭 놀자!"

저녁이 되어 헤어질 적에 페트라는 메일리의 손을 잡고 내일 약속을 주고받았다. 메일리는 부끄러운 눈치로 끄덕여 줘서 페트라는 만족하고 집에 돌아갔다.

"오늘은 있지, 새 친구가 생겼어. 혼자서 있기에 불러서 같이 놀았어!"

저녁 식사 자리에서 하루를 돌아보고 그렇게 이야기한 페트라를 부모님은 감탄한 표정으로 칭찬해 주었다. 그것도 페트라의 자존심을 채우는 한 요인이 됐다.

메일리가 착한 아이였기 때문이기도 하지만, 혼자 있는 아이한테 손을 내민 사람은 자신이다. 귀엽기만 하지 않고 착한 일도 했다. 이건 틀림없이 왕도도 가까워졌다.

그런 자그마한 타산을 부풀리면서 페트라는 기분 좋게 잠이 들었다.

그리고 이튿날, 페트라는 평소처럼 일어나 평소처럼 놀러 나갔다.

아무 이상할 것도 없는 하루——. 운명은 언제나 그런 일상을 가장한다는 것도 모른 채로.

"기다렸지—? 오늘은 뭐 할래—?"

불의 각 한중간, 점심에 류카랑 다른 아이들하고 만나기로 약속하고, 그다음 마을 외곽에서 메일리와도 합류. 그대로 다 같이 오늘은 뭘 할까 이야기하고 있으려니——.

"아! 스바루다!" "어! 스바루?!" "아싸! 스바루 왔다!"

류카랑 다른 아이들이 얼굴을 환히 밝히고 일제히 뛰어갔다. 그들이 가는 방향에 서 있는 건 제복이 안 어울리는 스바루였다. 그는 그 기세에 놀라면서도 반응했다.

"우오오! 와라! 얼른 와—…… 끄헉!"

두 팔을 벌리며 받아 내려는데 전혀 못 받아 낸다. 류카와 밀드, 거기에 다인과 카인 형제가 부딪쳐 맥없이 다 함께 지면에 나뒹굴었다.

"아유! 다들, 멍청한 짓 하지 마! 스바루, 괜찮아?"

"어, 어어, 끄떡없어, 끄떡없어. 자기 힘을 과신했었구만. 쪽 팔려."

엉덩방아를 찧은 스바루에게 말을 걸자 그는 쓴웃음 지으면서 머리를 긁었다. 스바루의 그 모습에 페트라는 "어라?" 하고 갸우뚱했다. 이 남자는 이틀 만에 보지만, 그때하고는 받은 인상이 퍽 다르다. 그때는 되게 여유가 없어서 바보처럼 보였는데.

"스바루, 어제는 무슨 일 있었어?"

"응?! 따, 따따따, 딱히 아무 일도?! 설마, 마음에 둔 애의 무릎을 빌려서 대성통곡한 끝에, 콧물 흘리며 꿀잠 잤다거나, 그런 일 전혀 없거든?!"

"……흐웅."

묻지도 않은 걸 부정당했다. 일단 누군가의 무릎에서 울고불고 하다가 콧물 흘리며 곯아떨어지진 않은 모양이다. 그것과 비슷한 일은 있었을지도 모르겠지만.

"아무렴 어때."

그저께 스바루와 비교하면 지금 스바루 쪽이 페트라에게도 바람직하다. 다른 아이들의 기분은 모르겠지만 조금은 친하게 대해 주잔 마음도 들었다.

"그래서, 오늘도 심부름?"

"그것도 있지만 지금은 자유 시간이야. 그래서 잠깐 마을 순방을…… 얀마, 등에 기어오르지 마! 콧물 묻히지 마! 코딱지라면 괜찮단 소리 아니거든?!"

"……저기 있지, 도움 필요해?"

"……부탁드립니다."

온몸에 아이들이 매달려서 질질 끌며 걷는 스바루를 살짝 동정. 그의 마을 순방에 동행하면서 엉겁결에 마을 어른들을 소개하며 다니는 상황이 됐다.

이장이라고 불린 라스훔 씨. 진짜 촌장인 밀데 씨. 마을의 젊은이들을 아우르는 마키지 씨나, 이따금 복면을 쓰는 수수께끼의 마키지 씨 등.

그렇게 스바루의 얼굴 소개를 도와주는 중에.

　"으─음……. 이렇게 되면, 그거로군. 내 피로연도 겸해서 아예 마을 사람들을 모아다가 한 자리 까는 것도 수단일지도 모르겠어."

　"한 자리 깐다?"

　"앞으로 친하게 지냅시다, 하고 크게 인사드리잔 거야."

　스바루는 그렇게 말하고 장난꾸러기 같은 표정으로 웃었다.

　페트라는 그 천진한 웃음을 보고 처음으로 스바루에게 호감을 가졌다.

3

　"빅토리!"

　"─빅토리!!"

　처음으로 스바루에게 품은 호감은 잘 모를 춤으로 상쇄됐다.

　마을 사람들을 잔뜩 끌어들인 '라디오 체조'라는 것은 사춘기인 페트라의 마음에 큰 창피를 주었다. 그런데 또다시 다른 아이들은 이걸 좋아했고, 심지어 어른들에게도 퍼졌다. 상쇄된 호감은 악화되어 페트라는 더욱더 스바루가 미워졌다.

　밉다고 하면 말이 심할지도 모르겠다. 어려웠다. 싫었다. 얼굴이 웃값을 못한다.

　"내 마음을 아는 건 너뿐이구나……."

　페트라는 애잔한 미소와 함께 메일리가 가슴에 안은 강아지

머리를 쓰다듬으며 이해를 나누려고 했다.

춤이 끝나고 돌아가던 중에 붙잡은 스바루를 강아지와 마주치게 하자, 놀랍게도 이 아이는 스바루의 손을 덥석 깨물었다. 다들 스바루를 받아들이고 있는 판국이라 실망하던 페트라는 겨우 같은 편을 찾아낸 기분이었다.

아예 메일리에게 부탁해서 오늘 밤은 이 아이랑 같이 자고 싶다. ——그렇게 페트라가 강아지에게 정을 주던 때.

"아——!"

놀란 소리를 지른 것은 카인인가, 메이나인가. 페트라 자신이었을지도 모른다.

별안간 강아지가 몸을 틀어 메일리의 팔에서 빠져나가 달려갔다. 당황해서 다 같이 쫓아가도 강아지는 도저히 따라잡지 못했다. 강아지는 그대로 마을 외곽에 있는 하얀 울타리를 지나서 숲속으로 들어가고 말았다.

"어쩌지……."

강아지가 들어간 곳은 평소에 노는 곳과는 반대쪽——. 어른들이 들어가면 안 된다고 단단히 말한 숲이었다. 마석(魔石)의 힘으로 결계를 쳐서 위험한 생물이 접근하지 못하게끔 해놓았다는 장소. 즉, 위험한 숲이다.

그런 곳에 아직 조그만 강아지가 들어가면——.

"페트라……."

불안해하는 아이들의 눈이 혼란에 빠진 페트라에게 쏠렸다.

페트라는 아이들의 중심이다. 무슨 일이 생기면 먼저 페트라를 의지한다. 그리고 신뢰받은 페트라에게는 그 신뢰에 부응할 의무가 있다.

"메, 메일리……?"

신뢰받는데도 아무 말 못하는 페트라. 그런 페트라를 대신해 하얀 울타리를 넘으려고 한 것은 메일리였다. 긴장으로 굳은 얼굴이지만 그래도 곧게 숲을 바라보며 말했다.

"저 아이, 마중하러 가야 해……."

책임을 느낀 메일리의 목소리에 페트라는 벼락에 맞은 듯한 충격을 받았다. 그리고 메일리 같은 아이가 필사적인데 멈춰 서려던 자기 자신이 한심스러워졌다.

"————."

결계용 마석은 숲과 마을을 나누듯이 같은 간격으로 나무에 걸려 있다.

그 마석의 위치를 확인한 페트라는 머릿속으로 지도를 그리고는 같은 간격의 결계를 그려서 강아지를 안전하게 찾을 수 있는 범위를 도출했다.

위험한 숲에 들어가 뭔가에 습격당하더라도 결계로 도망칠 수 있는 위치. ——이 루트를 따라서 간다면 강아지를 찾으러 갈 수 있다.

"나, 메일리랑 같이 숲에 들어갈래. 너희는……."

"그럴 순 없지!" "페트라가 간다며?" "저곳이 내가 죽을 곳이야!"

페트라가 메일리와 손을 잡자 남은 손을 메이나가, 그 메이나의 손을 류카가, 그렇게 전원이 손을 잡았다. 아무도 겁먹어서 물러나려고 하지 않았다.

"⋯⋯응. 고마워."

모두가 항상 페트라를 의지했다. 그렇지만 이 순간, 페트라가 처음으로 모두에게 의지한 기분이었다. 메일리와 둘이서는 용기가 나오지 않았을지도 모른다.

하지만──.

"──다 같이 손잡고 있으면 걷기 힘드니까, 그건 관두자."

페트라는 머리에 그린 지도를 따라 앞장서서 숲을 걸었다.

"_____."

나뭇가지와 나뭇잎을 밟으며 숲을 나아가는 페트라의 심장은 터질 것처럼 시끄럽게 뛰었다. 저녁놀은 다가오고 서서히 숲의 시야는 어두워졌다. 길을 잘못 들거나 놓치고 못 보거나 그러면 어떡하지. 불안과 긴장이 이마에 땀을 배게 했다.

숲에 들어온 지 대략 한 시간은 지났다. 페트라는 이제 와서 준비가 부족했음을 후회하고 있었다.

강아지를 유인할 먹이. ──안 돼. 위험한 동물이 올지도 몰라. 큰 소리로 부른다. ──그것도 위험해. 어른에게 알린다. ──혼나는 게 무서워도 그랬어야 했다. 결정등을 들고 온다. ──어두워지기 전에 돌아간다. 그거면 족할까.

"_____."

길을 잃지 않게끔 주운 돌로 나무에 흠집을 내고 있지만 한때의 위안이나 다름없다.

조금씩 친구들의 표정에도 불안한 기색이 짙어졌다. 누구 한 사람이 무너지면 단숨에 퍼지고 말 것이다. 어쩌면 처음 한 사람은 자기일지도 모른다.

결계가 있는 곳은 기억한다. 하지만 정말로 찾아낸 다음 도망쳐도 제때 맞을까. 어쩌면 지금 자신은 터무니없는 짓을 하고 있는 게 아닐까.

불안은 자꾸자꾸 커져서 페트라의 눈에 눈물이 맺히기 시작했다. 앞으로 두 번이나 세 번, 크게 호흡하고 나면 모두에게 돌아가자고 말해야 한다. 어른에게 맡기자고, 말해야 한다.

그리고——.

"애……들아, 이만, 여기서…….."

"——그러네에. 물러날 때일지도 모르겠어."

"어?"

눈을 꼭 감고 아이들한테 돌아가자고 말하려던 순간에, 목소리가 들렸다.

들어본 적이 있는 목소리인데, 들어본 적이 없는 어감을 띠고 있었다. 무슨 일인가 눈을 뜬 페트라의 정면, 바로 근처에 메일리의 얼굴이 있었다.

겁 많고 자신감이 없는 소녀——의 그 표정은 몰라보도록 어딘가 어른스럽게 요염해서.

귀여운 게 아니라 등골이 오싹해지게 예뻐서.

"미안해애, 다들. 하지만 이게 내 일이라서어."

미소와 목소리가 들렸다고 생각한 직후, 페트라의 의식은 등 뒤에 생긴 기척에 빼앗겼다. 다급하게 뒤돌아보았다. 검고, 거 대한 개가 있었다. 으르렁대는 소리가 들렸다. 창졸간에 '도망 쳐!' 라고 외치려 했는데 목소리가 나오지 않았다. ──의식은 여기서 끊겼다.

4

──결국, 페트라는 이튿날 저녁에 정신을 차렸다.

"페트라! 얘는…… 걱정만 끼치고!"

천천히 침대에서 눈을 뜬 페트라가 처음으로 본 것은 새빨개 진 얼굴로 자신을 껴안은 어머니의 모습이었다.

어머니의 목소리를 알아챈 아버지도 곧바로 방에 뛰어들어 왔 다. 아버지는 얼싸안은 페트라와 어머니를 한꺼번에 끌어안고 참으로 큰 소리로 울기 시작했다.

"숲에 들어간 너희를 저택 분들이 구해 주셨어. 특히 스바루 님은 큰 변고가 나셨는데 다 같이 데리고 오셨다."

무슨 일이 일어났는지 알지 못해 눈이 휘둥그레진 페트라에게 부모님은 그렇게 설명해 주었다.

듣자니 그 강아지는 숲에 살던 위험한 동물── 마수(魔獸)였 단 모양이라 페트라와 친구들은 정말로 위험한 순간이었다고 한다. 그런 위험한 페트라를 구해 준 것이 참으로 뜻밖에도 스바루와 저택의 메이드였다고 한다.

"그러고 보니…… 그런 일, 있었던 것 같아……."

이야기를 듣고 페트라는 어렴풋한 기억을 더듬었다.

그것은 숨이 답답하고 몸도 뜨거워서 엄청 괴롭던 기억이다. 페트라는 초원에 누워 있고 주위에는 류카랑 메이나의 모습이 있었다. 거기에 스바루와, 누군가가 찾아왔다. 그리고 말을 걸어 준 스바루에게 그 자리에 없던 메일리에 대해──.

"그래, 맞아. 메일리는? 걔는 어떻게 됐어?"

"……그 여자애는 스바루 님이 챙겨서 데리고 돌아갔단다. 금방 걱정하던 가족이 데리러 왔거든. 같아 돌아갔어. 페트라한테 잘 부탁한다더라."

"……그렇구나."

이별의 말을 남기고 아람 마을을 가족과 함께 떠났다는 메일리. 페트라는 그 말이 부모님의 거짓말이라고 왠지 모르게 알아챘다.

무슨 일이 일어나기 직전 메일리의 태도가 돌변한 것을 기억한다. 그 강아지가 마수라면 처음에 그 아이를 데려온 메일리에게도 분명히 뭔가가 있었을 것이다.

그렇더라도 가능하다면 한 번 더, 메일리와 말을 나누고 싶었는데──.

"──페트라, 일어났어?!" "페트라, 깨어났어?!" "일어나, 페트라!"

페트라가 감상에 잠기는 것도 허용치 않고 친구들이 우당탕탕

집에 쳐들어왔다.

페트라보다 일찍 깨어난 류카랑 다른 아이들은 역시 페트라와 같은 설명을 받은 모양에다, 심지어 그걸 고분고분 믿고서 메일리와의 이별을 아쉬워하고 있었다.

"저택에 스바루 병문안 안 갈래?"

그렇게 말을 꺼낸 사람은 평소에는 자기주장이 약한 메이나였다. 그녀의 제안에 류카와 다른 아이들은 두 손 들어 찬성했다. 페트라도 찬성이었지만 희한하다고는 생각했다.

"메이나가 그런 말 하다니 별일이야."

"그치만 스바루가 없었으면 나, 동생하고 못 만났을지도 몰라……."

메이나의 어머니가 임신한 건 페트라도 알고 있었다. 외동딸인 페트라는 조금 부러웠고, 동생이 생기는 사실을 안 메이나도 살짝 언니다워졌었다.

오호라. 그건 확실히 스바루에게 감사를 표하고 싶어질 만도 하리라.

"그럼 다 같이 저택의 영주님한테 부탁하러 가 볼까!"

아무리 페트라라도 생명의 은인이 된 스바루에게는 고마운 마음이 있다. 춤 때문에 호감도는 내려갔지만 그만큼은 쌤쌤해 줘도 좋다.

앞으로는 살짝 다정하게 대해 주자. 나는 영리한 아이니까.

"바루스한테 병문안? 아직 자고 있을 텐데…… 그러네. 얼빠진 낯짝을 보여줘서 창피한 기분 드는 건 바루스니까 괜찮아. 안내해 줄게."

저택을 방문하는 데에는 긴장했지만 응대해 준 분홍색 머리카락의 메이드 언니는 뜻밖에 자상했다. 표정과 목소리는 차가웠지만 페트라에게는 그게 그들을 꺼려서가 아니라 누구에게나 그런 거라고 왠지 모르게 짐작이 갔다.

"영주님한테는 말 안 해도 되나요?"

"저택의 잡무는 일임받고 있는걸. 만약 너희가 바루스의 숨통을 끊으러 온 살인 청부업자라면 이야기는 다른데…… 살인 청부업자니?"

"이렇게 귀여운 살인 청부업자는 없어요."

"그렇지? 그러니까 괜찮은 거야."

메이드 언니는 귀엽다는 말을 부정하지 않고 새치름한 얼굴로 페트라 일행을 안내했다. 처음으로 들어가는 저택에 두근대면서 여섯 사람은 거창한 문이 달린 방으로 이끌렸다.

그 안에서 스바루가 자고 있는 것이리라. 벌써 저녁인데 잠꾸러기다.

"들어갈게."

노크하고 대답이 없는 것을 확인한 다음 메이드 언니가 문을 열었다.

널찍한 방, 그 안쪽에 엄청 큰 침대가 있다. 그곳에 누워 있는 흑발 청년의 모습을 발견한 페트라는 안도와 함께 방에 들어가서——.

"스바루, 벌써 저녁인걸? 이런 시간까지 자면⋯⋯."

──웃으며 말을 걸려다가 페트라의 표정과 목이 얼어붙었다.

"⎯⎯⎯."

스바루는 편안하게 잠든 얼굴로 잔잔한 숨소리를 내면서 자고 있다. 그 부분만 떼어 내면 단순한 잠꾸러기로 끝났을지도 모른다.

그렇지만 잠자는 스바루의 몸은 상처투성이였다. 온통 붕대를 감고 이곳저곳에 하얀 흉터가 있었다.

──그 전부가 짐승의 이빨 자국임을 페트라는 이해하고 말았다.

"깨우지 않게 조용히 하렴. 직성이 풀리면 말해 줘."

그 말만 남기고 메이드 언니가 복도로 나갔다. 친구들은 메이드 언니의 말을 듣고 걱정스럽게 스바루 곁에 걸어가지만 페트라는 움직이지 못했다.

그 자리에서 한 발짝도 움직이지 못하는 동안 여태까지 있던 일이 단숨에 살아났다.

"──아."

숲에서 괴로워하고 있을 때, 페트라는 스바루에게 뭔가를 부탁했다. 뭔가가 아니다. 메일리를, 그 자리에 없던 메일리를 데리고 돌아와 달라고 부탁했다. 아버지는 말했었다. 스바루는 메일리를 데리고 돌아왔다고. 아이들을, 페트라를 데리고 돌아왔다고. 그때 조금 다쳐서 큰일이었다고. ──이게 어디가 '조금' 이란 말인가.

"아, 아……."

나 때문이다. 전부 페트라가 자초한 일이다.

메일리를 친구로 끌어들인 것도. 메일리가 데려온 강아지를 귀여워하다가 숲에 놓치고 만 것도. 들어가서는 안 될 숲에 모두를 데리고 간 것도. 돌아가면 되는데, 그렇게 결단하지 못한 것도. 몽롱했다고는 해도 스바루에게 터무니없는 부탁을 한 것도. 그 부탁의 결과, 스바루에게 지워지지 않는 상처를 입게 한 것도.

전부 다, 죄다 페트라의 우쭐한 마음이 부른 결과였다.

"스바루 붕대에다 뭐라고 적자…….""적자, 적어…….""병문안 왔다는 표시……."

다른 아이들은 굳어버린 페트라를 아랑곳하지 않으며 이불을 걷어 스바루의 다리에 감긴 붕대를 점찍었다. 일단 목소리를 죽이는 배려를 보이면서 그들은 각자의 말을 붕대에 적었다.

그리고 메이나가 창피한 내색으로 감사의 일문을 적고.

"페트라?"

마지막 순서가 된 페트라의 모습에 깃털 펜을 든 메이나가 갸웃했다. 다른 아이들도 거기서 간신히 페트라의 낌새를 알아챘지만 페트라는 펜을 받지 않았다.

무릎이 후들후들 떨려서 스바루 쪽을 똑바로 볼 수가 없다.

"페트라?""왜 그래?""괜찮아?"

페트라의 눈치가 이상하자 다른 아이들이 저마다 고개를 갸우뚱했다. 그 시선을 한 몸에 받자 페트라는 숲속의 기억이 떠올랐다. 숲에 들어갈 때에도 친구들은 페트라 쪽을 보고 있었다. 그때, 페트라는 없는 용기를 쥐어짰지만——.

"——흑!"

——오늘은, 그러지 못했다.

목 안에서 오열을 죽이고 페트라는 귀를 막으며 방을 뛰쳐나갔다. 복도에 있던 메이드 언니는 페트라가 달리자 눈을 가늘게 떴지만, 쫓아오려고는 하지 않았다. 페트라가 곧장 현관으로 가서 마을로 돌아가리라고 아는 것처럼.

실제로 그랬었다. 페트라는 달려서 도망쳤다. 집으로 도망쳐 자기 방에 뛰어들었다. 놀라는 부모님의 목소리에도 무서워서 웅크리고 그저 하염없이 떨었다.

용서받지 못할 짓을 했다고, 이 순간 페트라는 비로소 자신의 죄를 깨달았다.

"전부, 내가 잘못한 거야……. 잘못했어……!"

페트라가 눈물지면서 그 사실을 부모님에게 털어놓은 것은 그날 밤이 샌 다음이었다.

저택을 뛰쳐나간 페트라를 걱정한 친구들이 찾아온 것은 알고 있다. 부모님이 딸을 걱정해 몇 번씩 방에 말을 걸어 주던 것도.

그걸 죄다 내치고 못 들은 척 방에 틀어박혔는데, 그럼에도 하염없이 커지는 죄책감을 견디다 못한 페트라는 울면서 부모님 침실에 달려 들어갔다.

페트라의 이야기를 들으며, 부모님은 처음에는 무척 놀라고 있었다.

메일리에 대해서도, 강아지에 대해서도, 스바루의 부탁도, 그 큰 부상도. 죄다 자기 때문이었다고 이야기한 페트라는 어떡하면 되느냐고 흐느꼈다.

"그렇구나. ……확실히 페트라는 잘못했어."

어머니는 같은 침대에 딸을 들이고 그 머리를 쓰다듬으면서 말을 꺼냈다. 아버지도 옆에 들어와서 엄마와 아빠 사이에 낀 페트라가 코를 훌쩍였다.

"잘못을 했으면 사과해야지. 마음을 담아서, 열심히."

"……하지만 사과해도 용서는 못 받아."

"용서를 바라고 사과하는 거니? 사과하고 싶어서 사과하는 거니? 페트라는 어느 쪽이야?"

"―――――."

엄청 어려운 질문을 들은 느낌에 페트라는 입을 다물었다.

사과하는 건 용서받기 위해서가 아닌가. 적어도 여태까지 페트라는 그러기 위한 도구라고 생각하며 사과의 말을 해 왔다. 잘못했다고 생각해서 죄송하다고 말해도, 최종적으로는 용서받기 위한 수단으로써 사과의 말을 써 왔다.

사과해도 용서받지 못한다면 사과할 의미가 있는 것일까.

"똑바로 스바루 님한테 죄송하다고 말하러 가보렴. 혼자가 무서우면 아빠도 엄마도 같이 가마. 하지만 죄송하단 말은 페트라가 해야 해."

"＿＿＿＿＿."

머리를 꼭 안긴 페트라는 아버지의 가슴에 이마를 문질렀다. 생각해 보면 이렇게 본심으로 아버지와 어머니에게 어리광부린 적은 철이 들고 나서 처음이었을지도 모른다.

부모님 앞에서도 페트라는 속마음을 숨겨 왔다. 그렇기에 지금 본심으로는 두 사람의 조력이 필요하다고, 스바루에게 사과할 때 곁에 있어 달라고 생각했지만——.

"——아냐. 혼자서 똑바로 사과할 수 있어."

——어리광 피울 자격이 자신에게는 없다는 생각에 페트라는 그렇게 말했다.

5

무사히 깨어난 스바루가 마을에 인사하러 온 것은 이틀 뒤였다.

"이야아, 진짜 위험했어. 그래도 다들 무사해서 다행이야!"

엄지를 세우며 웃은 스바루의 복색은 늘 입던 저택의 제복 차림이 아니라 본 적이 없는 회색의 이상한 옷이었다. 페트라는 그래도 이상하게 딱딱한 복장보다는 훨씬 잘 빼입었다고 괜스레 객관적으로 판단했다.

"스바루—!" "건강해졌다!" "스바루가 일어섰어!" "스바루, 대지에 서다!"

"오— 오— 개구장이 짜식들. 너희도 건강해서 다행이다. 나한테 감사나 해라."

감사하는 어른들에게는 멋쩍은 얼굴로, 하지만 아이들 상대로는 평상시 태도로 스바루는 자신의 공적을 자랑스레 퍼뜨리고 다녔다. 그게 반대로 주위의 부담을 지우지 않으려는 언행임을 페트라도 어른들도 왠지 모르게 알고 있었다.

그런 식인 걸 알아채니 페트라는 답답했다. 스바루가 마을에, 페트라와 친구들에게 해 준 것은 무척 큰일인데, 어째서.

"스바루, 놀자!" "놀자, 놀자!" "가자이 낚시하자!" "큰 놈으로!"

한편, 류카와 아이들은 그런 배려를 깨닫지 못하고 여태까지와 다름없는 태도로 스바루를 끌고 가려고 했다. 류카가 기어오르려고 손을 뻗는 모습이 보여서──.

"──류카! 무슨 생각이야! 스바루는 이제 막 나은 참인데!"

"우와와와?!"

무심결에 큰 소리로 꾸짖자 놀란 류카가 그 자리에 엉덩방아를 찧었다. 그 고함에 일제히 모두 돌아보고는 무리에서 벗어난 곳에 있던 페트라를 깨달았다.

그리고 스바루도 혼자만 멀찍이 서 있던 페트라를 향해 손을 들고 말했다.

"오, 페트라. 왜 그런 곳에……."

"──우."

"응, 어라라?!"

스바루가 친하게 말을 붙인 순간, 페트라는 뒤돌아서 달려가고 있었다. 그 등에 스바루의 놀란 목소리가 닿지만 페트라는 발을 멈추지 못했다.

사과하겠다고, 그렇게 마음먹었을 텐데. 이래서는 저택 때랑 완전히 똑같다.

"하아, 하아……."

결국 페트라는 그대로 마을 반대쪽까지 달아나 버렸다. 무릎을 꺾고 연거푸 심호흡하면서 주위를 둘러보자 그곳은 마을 외곽── 메일리와 강아지하고 만난 곳이었다.

"전부……."

"──여기서, 여러 가지로 북적거렸더랬지."

이번에야말로 과장 없이 페트라는 자기 심장이 멈추는 줄 알았을 만큼 놀랐다.

뒤돌아보자 페트라 조금 뒤에 스바루가 서 있었다. 스바루는 마석이 걸린 나무줄기에 비틀비틀 기대어 호들갑스레 어깨를 들썩거리면서 입을 열었다.

"그, 그나저나…… 병석에서 일어난 몸으로, 전력 질주는 힘들었어……. 하아. 병이 아니라 부상일 때는 병석이라고 해도 되나……. 어떻더라……."

"어떻게……."

"역시 숨을 고르는 게 빠르기도 하지……. 아니, 내 스태미나가 너무 허접할 뿐인가."

쓴웃음과 함께 스바루는 그 자리에 털썩 주저앉았다. 페트라는 그 진의를 알 수 없어 그저 곤혹스러웠다. 그런 페트라에게 스바루는 자기 옆 땅바닥을 손으로 두드리고 말했다.

"아무튼 앉아 봐, 페트라. 잠깐 이야기나 하자."

"──응."

재촉당했는데 이를 거절할 용기는 페트라에게는 없었다.

페트라는 다소곳이 스바루 옆에 앉아서 고개 숙이고 힐끔힐끔 그의 옆얼굴을 훔쳐보았다. 화내는 눈치로는 보이지 않는다. 하지만 화내는 게 당연한 것이다.

"아─, 나도 당최 잘 모르겠지만, 다들 페트라를 쫓아가라 그래서. 나한테 무슨 하고 싶은 말이 있어?"

"──! 그, 그건, 그렇긴 한데."

아무래도 이 상황, 주위가 페트라더러 사과할 수 있게 조성한 상황인 모양이었다. 요컨대 온 마을이 나서서 페트라의 속죄에 힘을 보탠 상황이다. 류카와 밀드, 카인에 다인, 메이나마저도 페트라더러 사과하도록 하고 있다.

스바루도 이만큼 상황이 마련됐으면 당당히 페트라를 책망하려고──.

"무슨 이야기람. 혹시 숲에서 데려오기 전에 다쳤다거나?! 그 멍멍이들, 인정사정없이 물었을지도 모르니 흉터가 남았다거나…… 그렇다면 미안!"

"아, 어?"

"여자애한테 흉 지게 하다니 해서는 안 될 최악의 짓이지. 으음, 보자, 흉터가 남지 않게 하려면 아마 습기를 유지해 둔다느니, 그랬던 것 같은데……."

얼굴이 해쓱해진 스바루가 페트라에게 흠집을 낸 게 아니냐고 노골적으로 초조해하기 시작했다. 이것저것 지혜를 짜내는 모습에 페트라는 잠시 얼떨떨해하며 그게 죄책감을 부채질하기 위한 책략인지 의심하다가—— 전혀 그럴 심산이 아님을 금방 깨달았다.

"_____."

눈앞의 소년은 정말로 페트라가 잘못을 했다고 생각지 않는 것이다. 오히려 자신이 페트라에게 잘못했다고, 그쪽만을 반성하고 있다.

그 착각에, 오해에, 페트라는 도리어 부아가 치밀었다.

"스바루."

"그래! 페트라, 흉터를 보여…… 앗, 아니, 이상한 곳에 있으면 난감한가…….”

"——스바루!!”

"네네, 네네, 뭐야, 왜 그래?!"

페트라가 지른 고함에 깜짝 놀라서 돌아본 스바루는 겨우 페트라와 눈이 마주쳤다. 그 진귀한 검은 눈이 크게 뜨인 것은 페트라의 눈이 굵은 눈물로 젖어 있기 때문이었다.

감정이 복받쳐 소리치고 싶어졌다. 그렇지만 지금 목소리로 꺼낼 말은 분노 같은 게 아니다.

"죄…….”

"죄?"

"죄송해요……!”

말을 마친 직후부터 눈물이 뚝뚝 볼을 타고 흘렀다. 그 모습에 스바루는 더욱더 당황했지만 페트라는 감정이 무너지는 대로 마냥 되풀이했다.

"페, 페트라?! 왜 그래, 웬 사과야?!"

"죄송해요, 죄송해요……! 죄송해요오……."

쩔쩔매며 어쩔 줄 모르는 스바루 앞에서 오로지 페트라는 흐느끼며 사과하기만 했다.

"──그러니까, 전부 내가 잘못한 거야."

자기 죄를 고백한 페트라는 시선을 땅바닥에 떨어뜨린 채로 손을 꼭 단단히 쥐었다.

아직껏 눈물은 맺혀 있지만 그래도 이야기할 수 있을 정도로는 충동도 잦아들었다. 페트라는 그대로 부모님에게 이야기한 것처럼 더듬더듬 자기 죄를 스바루에게 털어놓았다.

메일리도, 강아지도, 스바루에게 한 부탁도, 심각한 부상도, 전부 자기가 잘못한 거라고.

"────."

죄의 고백을 다 들은 스바루는 마뜩잖은 표정으로 잠자코 있었다.

눈을 감으면 페트라의 눈꺼풀 뒤에 침대에 누운 스바루의 모습이 살아났다. 여기까지 자기를 쫓아와서 숨을 헐떡이던 모습도 기억에 선하다.

바로 옆에 있는 스바루의 실물, 그 소매를 걷은 팔에는 하얀 흉터가 여럿 있었다. 그건 분명히 사라지지 않을 흉터. 아까 스바루가 페트라를 걱정하던 것처럼——.

"——저기 말이야, 페트라."

"……응."

스바루가 이름을 불러 페트라는 드디어 그때가 왔다고 어금니를 깨물었다.

무슨 말을 들을지, 어떤 식으로 힐난당할지. 여태까지 무슨 문제도 반드시 용서받았던 페트라는 용서받지 못하는 게 얼마나 무서운지 모른다.

그렇기에 고개를 들어 스바루의 난처한 쓴웃음을 본 순간, 페트라는 호흡을 잊고 말았다.

그것은 절대로 용서 못할 상대에게 보일 만한 얼굴이 아니어서.

"딱히, 페트라는 잘못 없어……. 아니지. 사과해 줬다면……도 아니군."

"어, 저……."

"응, 아마, 이거겠다."

고개를 갸우뚱하며 말을 고르는 스바루의 모습에 페트라는 동요했다. 스바루는 페트라의 동요를 본체만체하고, 수긍한 표정을 짓고는 페트라에게 끄덕였다.

"——용서할게."

"————."

"페트라가 뭐, 여러 가지로 실수한 건 사실이야. 그걸 무책임하게 아무것도 잘못 없어——라는 것도 뭔가 아니란 느낌이 들었거든. 그렇다면 이렇게 울 만큼 반성하는 페트라한테 뭐라고 말

해 주는 게 제일 좋을까 고민했는데⋯⋯."

"⸺."

"페트라를 용서할게. 괜찮아. 화 안 났어. 흉터도 페트라랑 메이나에게 남지 않았다면 다행이지. 나랑 사내 녀석들은 별개다. 남자의 흉터는 훈장이라고."

스바루는 그렇게 말하고 화난 분위기가 전혀 없는 얼굴로 웃었다.

그 얼굴은 전에 페트라가 처음 스바루에게 호감을 품었을 때와 같은 얼굴이라서.

"⸺후아."

그때와는 전혀 다른 충격에 페트라는 또다시 무너지는 감정을 맛보며 울고 말았다.

6

밤, 페트라는 자기 방 침대에서 쭉 홀로 생각하고 있었다.

어째서 스바루는 화내지 않았는가. 나는 어째서 용서받은 것일까.

"내가⋯⋯."

귀여워서⋯⋯ 이건 아니다. 그거 가지고는 안 되는 일이 있음을 이미 페트라는 충분하고도 남게 깨달았다. 그렇기에 스바루가 용서해 준 이유는 그게 아니다.

무르다. 만만하다. 단순⸺. 그런, 여태까지 페트라가 귀여움을 무기로 어른과 아이들을 농락해왔을 때 상대를 평가했던 걸 떠올렸다.

그 어느 것도 아니다. 귀여움이 무기가 아니고, 그렇다면 페트라가 용서받은 건.

"……착하……니까."

착하다. 그 말이 떠오른 순간, 페트라의 마음속에 이해가 쏙 들어왔다.

스바루가 페트라를 용서한 것은 필시 스바루가 착하기 때문이다. 스바루가 페트라와 친구들을 구하기 위해서 숲에 들어서 열심히 노력하고 부상당해도 불만도 꺼내지 않고 걱정하는 마을 사람들에게 얼굴을 보이러 와서, 흐느끼는 페트라의 머리를 쓰다듬어 준 것은 착하기 때문이다.

"──아."

그 순간, 페트라는 여태까지 자신이 크나큰 착각을 하며 살아왔다는 사실을 깨달았다.

어른들이 페트라의 장난을 용서하고, 서리질을 용서하고, 일을 땡땡이치는 걸 용서해 준 것을 페트라는 자신의 귀여움이 이유라고 생각했었다. 아니었다.

웬 착각인가. 웬 바보 같은 오해인가. 그건 다들 착하기 때문에 용서받은 것이다.

똑바른 반성도, 자기가 잘못했다는 자각도, 똑같은 짓은 앞으로 안 하겠다는 맹세도, 죄다 대충 흘린 자신이 그냥 넘어갈 수 있었던 것은 다른 사람의 착한 마음씨에 의존했기 때문이다.

페트라의 인생은 항상 누군가의 마음 씀씀이에 의존하면서 성립됐다.

페트라는 겨우 그 사실을 깨달았다.

여태까지 경험한 것 중에서 으뜸가는, 넓고 넓은 마음씨 덕분에 깨달을 수 있었다.

"오, 페트라. 오늘은 꽤 치장했는걸."

다음 날, 마을 광장에서 얼굴을 마주친 스바루는 페트라의 복색에 미소 지으며 말했다.

어제의 눈물은 일절 언급하지 않는다. 그것도 스바루의 착한 마음씨라고 페트라는 생각했다. 그 마음씨에는 어리광 피우고 싶다. 그렇기에 페트라도 어제의 눈물은 언급하지 않았다.

대신에 치맛자락을 손끝으로 잡고 그 자리에서 귀엽게 빙글 돌았다.

"에헤헤. 그치? 귀여워? 귀여워?"

"어, 무진장 귀여워. 그런 옷, 어디서 산 거야?"

"응, 그게, 이거 말이야. 사실은 산 게 아니야! 만들었어!"

"만들었어?! 아아, 그렇군! 그래, 그렇군. 그렇지. 페트라 굉장한데!"

이해와 놀람과 납득으로 교차하는 스바루의 반응에 살짝 갸웃했지만, 페트라는 그의 솔직한 반응에 신이 나서 볼을 붉히며 가슴을 폈다.

오늘 페트라가 입은 복장은 사랑스럽게 화사한 원피스——.

스바루가 말한 대로 페트라가 직접 천으로 지은 것이다. 2년 전, 페트라에게 꿈을 보여 준 보물, 그 직물을 써서 꾸준히 만들다가 오늘 처음으로 피로했다.

"역시 페트라는 센스가 있는걸. 이건 장래에 가게를 차릴 수 있겠어."

"……진짜로 그렇게 생각해?"

"응?"

그때까지 고양됐던 기분이 스바루의 그 한마디에 대뜸 위축되고 말았다.

기운이 없는 페트라의 목소리에 스바루도 살짝 곤혹한 표정. 하지만 페트라는 지금의 말이 무서웠다. 장래, 옷을 짓는 직업을 가지고 싶다고 남에게 터놓는 건 처음이 아니다.

하지만 그건 언제나 농담 투였고, 아무도 진지하게 반응해 주지 않았다.

어른들은 웃고, 친구도 믿어 주지 않는. ──페트라의 꿈.

그것을 스바루라면 어떻게 생각할까. 그런 기분이 급격하게 부풀어서.

"나 있지. 장래에 옷을 짓는 직업을 가지러, 왕도에 가고 싶어."

"────."

"이 옷도 그걸 위한, 연습으로……. 아직 한 벌이지만 더 연습해서, 그래서."

더듬더듬, 살짝 말이 빨라지면서 페트라는 꿈을 이야기했다.

평소의 농담투가 아니라 들어줬으면 하는 사람에게, 소원을 담아서.

페트라의 그 꿈을 듣고, 스바루는──.

"좋은 꿈인걸. 페트라라면 분명히 왕도에서 제일가는 옷가게를 세울 수 있어."

"──아."

평소에는 웃으며 대답하는 스바루가 페트라의 꿈에는 웃지 않았다.

진지한 얼굴로, 목소리로, 불안한 눈치인 페트라의 머리를 쓰다듬으며 스바루는 꿈을 응원해 주었다.

──모두가 웃던 꿈을, 스바루는 웃지 않았다.

"_____."

이 사람은 왜 이렇게나 착한 것일까.

페트라는 그렇게 생각하며 크고 동그란 눈에 스바루를 비추고 무의식중에 뺨을 붉혔다.

──스바루밖에 보지 못한 그 얼굴은 여태까지 중에서 가장 귀여운 페트라의 모습이었다.

열두 살의, 페트라 레이테에게는 꿈이 있다.

그것은 일류 의복장인으로서 왕도에서 제일가는 가게를 여는 것──이 아니다.

"옷을 짓는 것은 정말 좋아. 그건 앞으로도 변함없지만……."

페트라는 지어 낸 보물을 바라보면서 꿈을 품은 날의 기억을 떠올렸다.

그날, 페트라는 알록달록한 직물에 눈길을 빼앗겨 왕도에 날개를 펼치는 꿈을 꾸었다. 그렇지만 그 감동의 진짜 의미를 지금의 페트라는 알고 있었다.

　그때, 페트라가 감동한 것은 아름다운 직물들 쪽이 아니다. 자신의 조그만 세상에는 없었던 것, 전혀 모르는 미지의 충격, 그 크기에 홀렸던 것이다.

　그것은 필시 복식에만 고집해야 하는 길이 아니다. 중요한 것은 페트라 레이테의 눈에 비치는 작은 세상을 힘껏 넓혀 주는 것.

　자기가 귀엽다는 이유로 페트라는 자신이 세상의 중심이라고 착각하고 있었다.

　여태까지 얼마나 큰 마음씨가 페트라를 지켜 주었던가. 그 사실을 가르침 받은 것으로, 페트라의 세상은 그 색채에 지지 않을 정도의 충격에 또다시 박살 났다.

　그렇기에——.

　"류카는 나무꾼 아빠의 뒤를 잇고. 밀드는 마을 술집의 부활? 밥 만드는 사람? 다인이랑 카인은…… 응, 물어봤자 헛수고지. 그래, 그래."

　친구들과 모여서 평소와 같이 장래 이야기를 하고 있으려니, 또다시 다인과 카인 형제가 싸우기 시작했다. 주제는 당연한 것처럼 페트라의 남편이다.

　"페트라는? 역시 왕도에 가고 싶어?"

　요즘 언니가 된다는 자각이 싹텄기 때문인지 전처럼 외로움을 타지 않게 된 메이나가 페트라에게 그렇게 물었다. 그 질문에 페트라는 볼을 붉히며 말했다.

"응, 있지……. 지금은 좀 다를 것 같아."

"그래? 그럼 장래에는 뭐가 되고 싶어?"

메이나의 되물음에 페트라는 혀를 내밀었다. 엉겁결에 넋 놓고 바라볼 만큼 귀엽게 웃는 얼굴로.

"——장래에는, 마음씨 착한 서방님의 색시가 되고 싶어."

『렘의 지극히 평범하고 행복한 하루』

1

　로즈월 저택의 사용인 우두머리이자 필두 메이드인 렘의 아침은 이르다.

　세 건물로 이루어진 로즈월 저택, 그 동관에 있는 자기 방에서 렘이 눈을 뜨는 건 아직 하늘에 밤이 짙게 남아 있는 새벽녘이다.

　"＿＿＿＿."

　동쪽 저편에 아침의 기척이 생기고 검은 밤하늘에 어렴풋이 빛이 섞인다. 침대에 누운 소녀는 그 새벽의 발소리가 들린 것처럼 조용히 눈을 떴다.

　작은 체구에 가는 팔다리, 가지런히 짧게 친 머리카락은 밝은 하늘색. 그 두발의 색에 가까운 연청색의 동그란 눈이 사랑스럽고 앳된 면을 남긴 이목구비도 가련하단 한마디뿐.

　물론 당사자는 자기 용모가 빼어나다고 전혀 자각하지 못하지만.

　"후암……."

　작은 하품과 함께 몸을 일으킨 파란 잠옷 바람의 렘은 침대로

부터 바닥에 발을 디뎠다.

기상은 무척 깔끔한 편이다. 졸음을 질질 끌지 않고 일어난 렘은 방 한복판에서 가볍게 기지개를 켰다. 눈꼬리에 맺힌 눈물을 손등으로 훔치니 꿈의 잔재와도 그걸로 작별.

"세수하고, 갈아입어야……."

해야 할 일을 입 밖에 내는 건 일을 시작하기 전 렘의 은밀한 버릇이었다.

별로 요령이 좋은 편이 아니라는 자각이 있는 렘에게 매사에 우선순위를 매기고 행동을 정리하는 일은 꼭 필요한 의식이다. 남몰래 그 의식을 치러서 가까스로 저택 사용인의 우두머리로서 역할을 완수하고 있다. 적어도 렘은 그렇게 생각했다.

"―――――."

머릿속을 정리하면서 수건을 한 손에 들고 세면장에 가 세수한다. 차가운 물로 늘어지던 사고를 다잡고 부드러운 수건으로 얼굴을 닦으면 방에 돌아와서 옷을 갈아입을 시간이다.

얇은 잠옷을 바닥에 떨어뜨리니 속옷만 걸친 소녀의 말랑한 살결이 드러났다.

렘은 열일곱 살이란 연령과 비교해서 몸집이 작지만 그 몸의 굴곡은 여성답게 도드라졌다. 특히 요 몇 개월은 가슴의 성장이 현저해서 그녀의 고민거리이기도 했다.

"하아……."

렘은 울적하게 숨을 내쉬고 옷장으로 돌아섰다. 의류를 수납하는 공간에는 몇 벌이나 있는 제복―― 같은 종류의 메이드복이 주욱 걸려 있었다.

렘은 그중 한 벌을 망설임 없이 고르고 몸에 익은 제복 소매에 재빠르게 팔을 집어넣었다.

생각해 보면 이렇게 메이드복을 착용하는 생활도 10년이 다 됐다.

10년—— 그것은 오니(鬼) 마을이 망하고 로즈월이 언니 람과 함께 거둔 이후의 세월과 같은 시간이다. 렘에게는 말 그대로 반평생 이상의 오랜 시간이다.

그만한 시간을 렘은 이 메이드복을 걸치고 보냈다. 그 사실에 불만이나 의문을 품은 적은 없으며, 이는 앞으로도 마찬가지라고 생각했었지만——.

"가끔 다른 옷을 입어도 이상하진 않으려나……."

옷장에 설치된 몸거울에 자신을 비추며 렘은 제복 차림을 꼼꼼히 확인했다. 겉모습을 단정히 가꾸는 건 메이드의 소양. 주인이 망신 사지 않기 위한 최소한의 마음가짐이다. 그건 수습 메이드로서 예의범절을 가르쳐 준 프레데리카에게 여러 번 들은 주의이기도 했다.

물론 그 가르침에 따른 렘도 몸가짐을 건성으로 한 적은 없다. 하지만 요 몇 주는 여태까지 이상으로 기합을 넣으며 체크에 임하고 있었다. 단, 그 기개는 '완벽할' 것보다 '귀여울' 것을 우선했지만.

"……이쯤에서, 타협하죠."

렘은 몸거울 앞에서 여러 번 빙글빙글 돌다가 끝이 보이지 않는 준비에 종지부를 찍었다.

노출이 많은 메이드복으로 갈아입기를 마치면, 마지막으로는 머리에 꽃 장식을 달아서 완성이다. 짧은 치맛자락을 나부끼며 경쾌하게 복도로 나가 심호흡한다.

저택 복도에는 아침의 찬 공기가 가득하다. 렘은 이를 폐 가득하게 빨아들이고 상쾌하게 걷기 시작했다. 가는 곳은 옆방, 언니 람의 방——이 아니다.

"——안녕하세요."

모기 소리만 한 인사와 함께 렘은 그 방에 발을 디뎠다.

방의 구조는 렘의 방과 같지만 실내장식은 미묘하게 주인의 개성에 좌우된다. 아직 개인 물품은 적지만 그 와중에도 그다운 모습이 연상되는 게 있는 듯해서 렘은 '매일 밤 매일 아침' 볼 때마다 가슴속이 따뜻해지는 기분을 느꼈다.

렘의 방도, 람의 방도 아닌 사용인용 방 중 하나다.

현재, 로즈월 저택에서 일하는 사용인은 자신들 자매를 제외하면 한 명밖에 없다.

즉, 이곳은 그 사람의 방이며——.

"——스바루 군."

어두컴컴한 방 안, 침대에 누운 소년을 내려다보며 렘은 그 이름을 불렀다. 단, 그 목소리도 가늘어서 꺼질 것만 같은 까닭에 아직껏 꿈속에 있는 소년에게는 닿을 턱이 없었다.

하지만 방에 들어오기 전에 인사는 했고 잠자는 그에게 말도 걸었다.

"그러니 그런데도 일어나지 않는 건 스바루 군이 잠꾸러기라서 그래요."

렘은 그런 명분을 내세우며 침대 옆에 섰다. 그리고 잠자는 소년—— 나츠키 스바루의 얼굴을 응시하자 치미는 사랑스러움에 얼굴이 실실 풀렸다.

스바루는 침대에 옆으로 누워 이불을 껴안고서 자고 있다. 검은 체육복—— 스바루가 원래 착용하던 이국의 옷가지, 그것과 비슷하게 렘이 재현한 잠옷을 입고서 자고 있다. 잠옷 대신에 써 주고 있었다. 훈훈하다.

훈훈한 건 그것만이 아니다. 무방비하게 잠자는 얼굴도 평소에는 세우고 있는 앞머리가 내려가 있어 앳되고 귀엽다. 뜻밖에 고요한 숨소리를 내는 입술이나 이불을 껴안은 가늘고 고운 손가락. 다리가 짧다. 침대에 침을 흘리고 있다. 귀엽다.

"스바루 군, 귀여워……."

이렇게 맹목적일 수가 있느냐고 스스로 생각해도 살짝 기가 막히지만, 자기 감성은 좀처럼 배신할 수 없다. 실제로 그렇게 느끼니까 어쩔 수 없지 않은가.

렘은 하얀 볼에 홍조를 띠고서 스바루의 잠자는 얼굴과 잠옷을 말없이 만끽했다. 모든 신경을 곤두세우며 스바루가 내는 신호를 남김없이 포착할 각오다.

그렇게 어처구니없을 만큼 요란한 관찰을 잠시 지속하고 있으려니.

"오, 오늘 아침은 이제 끝이에요……. 이 이상은 렘이 못 버텨

요. 이탈해야지…….”

심장 고동이 급해져 볼만이 아니라 귀까지 달아오르는 것을 깨달은 렘은 강한 자제심으로 간신히 의식을 스바루의 얼굴에서 떼어 냈다. 뒷걸음질 치며 완전히 소년의 모습을 시야에서 치우고 간신히 자기 자신을 되찾았다.

“위험했어……. 조금만 더 있으면 제정신을 잃을 뻔했어요.”

이마에 손을 짚고서 렘은 자신의 자제심을 칭찬했다.

잠든 스바루의 얼굴을 엿보러 오는 일은 ‘매일 아침’ 일과였지만, 이 욕망과 자제심의 공방이 편하게 정리된 적은 한 번도 없다. 항상 아슬아슬한 일전이다.

──덧붙여 잠자는 얼굴을 보러 오는 충동에 진 시점에서 욕구에 따르고 있다는 의혹이 있음을 본인은 전혀 깨닫지 못했다.

“스스로 생각해도 오늘 아침은 용케 힘냈어요. 참 내, 스바루 군은 죄 많은 사람이라니까요…….”

당사자가 일어나 있었으면 억울하다고 주장했을 한마디.

뜨거운 한숨과 함께 그 말을 남긴 렘은 총총히 스바루의 방을 나갔다. 그렇게 아침 첫 일과를 마치면 이번에야말로 람의 방에 발길을 옮긴다.

“──안녕하세요.”

언니 방에 들어갈 때, 안에다 부르는 렘의 목소리는 역시 모기 소리처럼 조그맣다.

조명을 끈 방은 어두컴컴하지만 스바루의 방과 비교하면 꽤 밝다. 그건 아침이 접근함에 따른 것으로. 렘이 스바루의 방에서 그만한 시간을 소비했다는 증거였다. 그렇다고는 해도 업무에 지장이 생길 만큼 늦지는 않았다. 잠자는 얼굴 보는 시간만큼 일찍 일어났다.

그만큼 수면 시간이 줄게 됐지만 하루하루의 업무에는 체력만이 아니라 기력도 중요. 어디까지나 렘은 기력의 충실을 꾀하고 있을 뿐이다. 그건 스바루의 얼굴만이 아니라——.

"——언니, 오늘도 멋져요."

침대에 위를 보고 드러누워 온화하게 잠든 모습을 드러낸 람에게 렘은 옅게 미소를 보냈다.

람은 렘의 쌍둥이 언니다. 외견은 판박이라는 말을 다양한 상황에서 듣지만, 렘은 그 말을 전혀 믿지 않았다.

늠름한 표정, 지적이고 강한 자신감에 넘쳐나는 연홍빛 눈. 아름답고 화려하며 동시에 애잔하고 요염하기도 한 분홍빛 머리. 균형 잡힌 완벽한 몸과 가늘고 낭창한 지체—— 어디를 봐도 완벽한 게 언니, 그리고 외견만 못마땅하게 닮은 여동생이 자신이다.

렘에게는 렘의 장점이 있다. 그렇게 말해 준 사람이 있었기에 그 사실을 부채감으로 여기지 않게끔 노력하고 있지만——.

"그래도 렘은 언니를 동경해요."

람은 항상 자신만만하고, 언제나 올바르며, 어떤 때에도 강하다.

그런 언니의 존재를 무거운 짐으로 여겼던 적도 있지만, 그 이상으로 자랑스러웠다. 그렇기에 렘은 경애와 친애를 담아서 잠든 람의 얼굴에 대고 말을 걸었다.

"언니, 언니. 아침이에요. 일어나세요."

편안히 잠자는 모습에 양심의 가책을 받지만 몸도 마음도 '귀신(鬼)'이 된 렘은 람을 흔들어 깨웠다. 이렇게 업무 시작 전에 람을 깨우는 것도 렘의 일과다. 부르는 소리에 가늘게 눈을 뜬 람이 "5분만 더……." 하고 힘없이 중얼거리는 것도 매일 있는 일이다.

렘 또한 가능하다면 원하는 대로 람을 재워 주고 싶지만.

"안 돼요, 언니. 얼른 옷 갈아입고 준비해 두지 않으면 수습인 스바루 군에게 모범이 못 돼요. 그리고 스바루 군도 아직 마수 사건의 상처가 다 아물지 않았으니까 일을 너무 시키면 가엾고 요……."

"……렘이, 람보다 바루스를 걱정하는 게 싫으니까 안 일어날래."

"언니, 그렇게 귀여운 말 하지 마세요. ……하지만 언니가 쉰다면 스바루 군이랑 단둘이서 일을……. 알겠어요. 언니, 오늘은 편히……."

"역시 일어날게. 자, 렘, 옷 입혀 줘."

깨끗하게 앞서 한 말을 취소하고 벌떡 상반신을 일으킨 람이 만세했다. 태세전환이 신속한 언니의 모습에 렘은 눈이 동그래졌다가 행복하게 미소를 지었다.

"언니, 마음이 급해요. 옷 입는 것도 그렇지만 우선은 머리부터 빗어야죠. 오늘은 더 머리가 섰네요. 늦게 주무셨어요?"

"요즘 렘이 옆에서 같이 안 자니까 잠자리가 불편하거든."

"렘이 언니랑 같이 잔 건 벌써 몇 년이나 지난 이야기잖아요."

그리운 추억에 잠기면서 렘은 빗을 꺼내 람의 머리카락을 빗기 시작했다. 윤기 있는 분홍빛 머리는 매끈해서 마치 손안에서 춤추는 것만 같다. 손가락에 닿는 가는 질감은 거의 렘 자신과 똑같을 터. ──문득 생각했다.

"머리카락, 길러 볼까요……."

렘이 머리를 짧게 자른 이유는 다름 아닌 람과 같은 머리 모양이고 싶었기 때문이다.

언니와 같은 머리, 같은 복장, 판박이라는 외견과 맞추어 특징을 비슷하게 맞추면 언니에게 다가설 수 있을 것 같았다. 그러는 것이 렘의 지주이기도 했던 것이다.

그렇지만 지금은 그런 어린아이 같은 고집을 바꿔도 되지 않을까. 그런 생각도 들어서.

"언니, 렘이 머리를 기르면 이상하게 여기지 않을까요……?"

"……그건 람이 이상하게 여길지 묻는 거니? 아니면 다른 누가 이상하게 여길지 묻는 거야? 그에 따라서 람의 답변은 달라져."

"그, 스바루 군이 이상하게 여기지 않을까요……?"

쭈뼛쭈뼛 불안의 원인을 꺼내 보자 람은 노골적으로 깊이 한숨지었다.

"갑자기 왜 그래? 바루스에게 무슨 소리라도 들었어?"

"아뇨. 그렇지는. 단지 언니의 머리카락을 빗다가 생각났을 뿐이라……."

"……에밀리아 님은 길고 고운 머리카락이긴 하지."

얼버무릴 생각이던 속내가 가뿐히 간파당하는 바람에 램은 쓰게 웃었다. 그 웃음의 기척에 람은 못 말리겠다는 양 고개를 젓고 말했다.

"물론 렘이 머리를 길어도 틀림없이 귀여워. 틀림없이 귀여우니까 바루스를 찢어발겨 주고 싶어지네."

"언니……."

목소리와 태도가 험악해지는 람에게 렘은 기쁨과 불안을 동시에 느꼈다. 람이 걱정해 주는 데에 대한 기쁨과 스바루와 람이 사이 나쁜 게 아닐까 하는 불안이다.

"언니, 스바루 군을 싫어하세요?"

"싫지는 않다는 거랑, 람의 귀여운 렘에게 어울리지 않는다고 생각하는 건 다른 이야기야."

람이 딱 잘라 말하자 렘은 무심코 눈이 동그래지고 말았다. 그러나 곧장 그 놀람은 웃음을 머금은 감정으로 바뀌었다.

방금 람이 대답한 것은, 요컨대 스바루를 싫어하지 않는다는 의미니까.

"고마워요, 언니. 렘도 언니가 자랑스러워요."

"그래. 뭐, 어쩔 수 없지. 람은 자랑하고 싶어지는 언니인걸."

이야기의 주축은 어긋났지만 자매애의 확인에 렘은 행복한 기분에 젖었다. 기분 탓인지 람도 기분 좋게 콧노래를 부르기 시작했다. ——그 콧노래가 또 만만찮게 뛰어났다.

"_____."

렘 또한 그 콧노래에 기분 좋게 빗을 놀리며 언니의 머리카락을 자상하게 빗었다.

이것도 매일 아침 반복되는, 람과 렘 자매의 소중한 정을 다지는 의식이었다.

2

로즈월 저택의 넓은 안뜰에서 스바루와 에밀리아가 뭔가 즐겁게 담소하고 있었다.

렘은 그 모습을 멀리서 내려다보면서 입술 끝에 웃음기를 띠었다.

"스바루 군, 재미있어 보여서 귀여워."

그런 감상이 흘러나올 정도로, 떠드는 스바루의 모습이 렘의 마음을 채워 주었다.

아침의 이 시간, 저택 안뜰에서는 에밀리아가 미정령과의 계약── 하루에 한 번 정령들과 대화하는 시간을 보내고 있다. 그건 에밀리아가 저택에 온 뒤로 줄곧 이어진 습관이며 그 자리에 스바루의 모습이 있는 것도 스바루가 저택에 온 뒤로 이어지는 습관이다.

"──정령과의 소중한 시간을 방해하고, 정말로 구제 불능인 녀석인 것이야."

문득 안뜰을 내려다보는 렘에게 옆에서 누가 말을 걸었다.

의식을 정원에 집중하던 렘은 그 기척을 깨닫지 못한 것에 살짝 놀라고, 말을 붙인 상대의 모습에 더 크게 놀랐다.

"베아트리스 님."

렘의 말에 바로 옆에 서 있던 베아트리스는 대꾸하지 않고 그저 팔짱만 끼었다.

깜찍하게 생긴 소녀다. 색깔이 연한 머리카락을 롤 모양으로 꼬고 주름 장식이 다용된 호화로운 드레스를 걸쳤다. 이목구비도 인형처럼 단정하여 흠 잡을 데가 없다.

귀엽다. 그 말이 어울린다는 의미로는 넘어설 이가 없는 용모다.

"아뇨. 언니에겐 못 당하지만요."

"……어째선지 느닷없이 모욕당한 느낌이 안 가셔."

"그렇지 않아요. 언니와 비교하면 어떤 분이라도 못 당해요. 베아트리스 님께는 베아트리스 님의 좋은 점이 있지 않을까요. 침울해지지 마세요."

"말하면 말할수록 베티가 비참해지는 구조가 된 것이야!"

격려할 셈인데 분노를 사서 발을 구르는 베아트리스. 렘은 "죄송합니다." 하고 허리를 숙였다. 화나게 할 작정은 아니었는데 뭐가 부아를 돋웠을까.

"혹시 속이 출출하신 건가요? 아침 식사 때까지는 시간이 좀……."

"배고파서 기분 상하다니 베티를 바보 취급하는 게 아냐! 요즘 저택 녀석들의 태도는 묵과할 수 없는 것이야! 이도 저도 죄 저 남자 때문이겠지……!"

그렇게 말하고 베아트리스는 얼굴을 찌푸리면서 안뜰로 시선을 보냈다. 그 방향에는 아직 스바루와 에밀리아의 담소가 이어지고 있었다.

"저 녀석의 영향이 너랑 네 언니에게 나온 것이야. 부아 치밀어 미치겠어."

"영향……. 네, 스바루 군은 멋지니까요."

"왜 거기서 미소 짓는 것이야……. 지금 베티는 네게 말을 붙인 것을 꽤 세게 후회하기 시작했거든."

스바루의 화제에 렘이 미소 짓자 베아트리스가 이마에 손을 짚고 탄식했다. 그 피곤한 모습은 물론이거니와 그녀의 중얼거림에도 렘은 처음처럼 다시 놀랐다.

베아트리스의 후회는 제쳐두고 그녀가 렘과 시답잖은 대화를 하는 건 희한한 일이다. 그것도 베아트리스 쪽에서 말을 거는 거라면 한 손에 꼽을 만큼 드문 일이다.

"이건 베아트리스 님도 오늘 일기에 적어 둬야겠네요."

"흐응. 너, 일기도 쓰는 것이야? 제법 꼼꼼한걸."

"네. 그날그날 스바루 군이나 언니에 대해 기록해두자고 요새 시작했어요. 아직 여섯 권째라서 뜸한 게 부끄럽지만요……."

"여섯 권……? 저 남자가 저택에 온 지 아직 1개월 남짓일 텐데……."

왠지 베아트리스는 전율한 표정이지만 렘은 미욱한 자기 자신이 부끄러웠다.

일기에 적을 내용은 수없이 많지만, 글재수와 시간에 도통 여유가 없는 것이다. 스바루의 장점, 람의 훌륭한 점, 그것들을 다 표현하기는 정말 어려운 노릇이라——.

"그래도 언젠가는 해낼 거라고 생각하는 건 렘의 자만일까요?"

"알 바 아닌 것이야! 맘대로 하면 되지! ……참 내, 그 꼴이면 베티가 지나치게 신경 쓴 모양인 것이야."

"지나치게, 신경이요?"

"너한테 또 휴가를 주겠다는 성가신 일에 말려드는 건 사절이야. 그러니까 그렇게 되기 전에 적당히 상황을 봐 두자고 생각했을 뿐이지."

베아트리스는 외견에 안 어울리는 한숨과 함께 토라진 표정으로 그렇게 내뱉었다.

그 내용에 숨을 죽이고 렘은 눈이 동그래졌다. 그만큼 놀랄 발언이었다.

베아트리스가 언급한 성가신 일이라면 지난번 '렘의 휴일' 이야기임이 틀림없다.

그건 렘의 몸을 걱정해 스바루가 로즈월에게 제안해 준 느닷없는 휴일. 렘에게 휴가를 주어 그동안 업무를 저택 모두가 대행해 주던 하루였다.

솔직히 갑작스러운 제안에 렘은 놀라고 몸 둘 바 몰라 하며 일을 맡기는 데에 불안해 했지만, 결과적으로 자신이 크게 복을 받았음을 실감할 수 있던 시간이기도 했다.

그 이래로 더욱더 정성을 쏟아 일하자고 마음먹었지만, 그날

일이 그날만으로 끝나지 않은 건 아무래도 렘만이 아니었던 모양이다.

"혹시, 렘을 걱정해 주신 거예요?"

"_____."

"감사합니다, 베아트리스 님. 그 마음, 무척 기뻐요. 알겠습니다. 앞으로는 더 사력을 다해서 일하겠어요!"

"그러지 말란 소리야! 적당히 힘을 빼고 지치지 않게 하는 것이야! 안 그러면 또 말썽이 생겨!"

기개를 새로 다지는 렘의 선언을 베아트리스는 팔을 휘둘러 내려쳤다. 그 반론에 렘이 시무룩하니 고개를 떨구자 베아트리스는 자신의 롤 머리를 손가락으로 잡아당기며 말을 이었다.

"사용인이 늘었는데 전보다 지치다니 이상한 이야기인 것이야. 저치가 쓸모없는 건 베티도 알지만 반푼이인 네 언니랑 잘 협력시켜서……."

"언니는 완벽해요. 반푼도 부족함이 없어요."

"……그럼 한 치 틈에 저 남자를 끼워 넣어서 잘 부려 먹어."

사실은 한 치 틈도 없다고 반론하고 싶었지만 렘은 그 말을 꾹 눌러 삼켰다. 이 경우, 중요한 건 틈새의 넓이가 아니라 베아트리스의 의도다.

다만 그 의도도 이전의 베아트리스와의 관계에서는 있을 수 없던 일이라.

"너, 웬 웃음인 것이야."

"죄송합니다. 하지만 기뻐져서요. 베아트리스 님께서 이렇게 렘을 걱정해 주시는 일은 예전에 없었으니까요."

"……딱히 그런 건 아냐. 베티는 배려심이 넘쳐나는 것이야."

볼을 부풀리며 고개를 돌린 소녀에게 렘은 아무 말도 하지 않았다.

실제로 그건 옳을지도 모른다. 베아트리스는 본디 자상하고 렘도 신경 써 주는 점이 있었다. 단지 여태까지는 그 감정을 입에 담지는 않았을 뿐이지.

"베아트리스 님은 조금 전 스바루 군의 영향이 렘과 언니에게 나온다고 말씀하셨는데…… 베아트리스 님도 그렇다 싶어요."

"제법 강렬한 비꼼인데."

"비꼴 작정은 아니었는데요……."

"그렇다면 더더욱 안 좋은 것이야."

베아트리스는 언짢게 콧방귀를 뀐 뒤 렘으로부터 뒤돌아서 바로 근처에 있던 방문의 문고리를 잡았다. 그곳은 객실 중 하나지만 『징검문』으로 금서고와 문을 연결할 수 있는 베아트리스에게는 자기 방으로 가는 입구나 다름없다.

"베아트리스 님, 이따가 아침 식사 때 모시러 들르겠습니다."

금서고에 돌아가려는 작은 등에다 전하자, 베아트리스는 말없이 손을 살랑살랑 흔들었다. 그리고 공간의 왜곡이 발생하여 소녀의 모습은 이곳이 아닌 금서고로 사라졌다.

"역시, 베아트리스 님도 변하신 것 같아요."

사라진 소녀에게 들리지 않을 걸 알면서도 렘은 그렇게 중얼거렸다.

이전의 베아트리스는 저택의 아침 식사에 얼굴을 내미는 경우가 드물었다. 그게 요 1개월은 거의 개근상, 오늘 아침도 거절하지 않아 줬으니까.

"———."

창밖을 보니 스바루와 에밀리아가 안뜰에서 떠나는 참이었다.

두 사람은 그대로 동행해 저택 근처에 있는 아람 마을로 가서 정기 행사가 된 라디오 체조라는 것을 마을 사람들과 하고 올 것이다. 아침 식사는 그 뒤, 두 사람이 저택에 돌아온 뒤에 한다.

"서둘러야겠네."

작아지는 둘의 그림자를 배웅하다가 렘도 서두르는 발걸음으로 주방 쪽을 향했다.

아침 식사 자리에서 저택 전원이 얼굴을 맞댄다. 그런 상황이 당연해진 일상에 만족감을 느끼면서 렘은 걸음을 빨리해 복도의 융단을 밟았다.

3

"와, 오늘은 렘이 차를 타 주는구나. 엄—청 오랜만이야."

자기 방에 찾아온 렘을 맞이하며 에밀리아가 환한 얼굴에 미소를 지었다.

긴 은발에 맑은 남보랏빛 눈. 언니인 람을 최고의 존재로 삼고 있는 렘마저도 엉겁결에 넋이 나갈 만치 용모가 아리따운 소녀였다.

시간은 양일(陽日), 불의 각도 절반가량이 지났을 즈음이다. 이미 점심 식사도 끝나 저택에 있는 사람은 각자의 역할에 몰두, 지금은 그 휴식 시간에 해당한다.

　달콤한 과자와 차를 날라 에밀리아에게 쉴 시간을 제공하는 것도 사용인의 임무. 평소에는 스바루가 솔선해서 그 역할을 떠맡고 있었지만.

　"스바루 군과 언니는 오늘은 함께 마을에 장을 보러 나갔는데. 품목이 좀 많은 까닭에 휴식 시간에 못 맞췄어요."

　"그렇구나. 요새는 드물지. 요즘 따라 마을에 사러 갈 때는 렘이 스바루나 람이랑 같이 갈 때가 많았는데."

　"네. 오늘은 렘이 졸라서 부탁했어요. ……스바루 군과 언니가 더 친해졌으면 좋겠단 마음에."

　아침에 한 대화대로 스바루와 람이 앙숙인 건 아니다. 오히려 대화만 보면 죽이 맞아서 관계는 양호하다고도 할 수 있으리라.

　다만 두 사람 다 조금 솔직하지 못한 구석이 있다. 그걸 개선하고 싶다.

　"그래서 일부러 렘은 몸도 마음도 귀신이 되어 봤어요."

　"그래. 둘을 친하게…… 응, 그건 좋은 일이지. 나도 대찬성."

　에밀리아는 가슴 앞에 손을 맞대고 활짝 밝아진 얼굴로 렘에게 찬동했다. 그러나 그녀는 그 몸짓 다음에 "하지만." 하고 갸웃했다.

　"나, 스바루랑 람은 엄―청 친하다고 생각했는데……. 그 왜, 전에 둘이랑 팩까지 셋이서, 산까지 차 재료를 따러 간 적도 있었잖아.”

“네. 덕분에 언니 안의 스바루 군 평가가 크게 올랐어요. 하지만 한 걸음이 더 필요하다 싶어요. 그 한 걸음의 기회를 렘이 만들고 싶었거든요.”

둘에게 부탁한 장거리는, 여하튼 온 마을을 돌아다닐 필요가 있어서 시간이 걸린다. 그사이에 두 사람이 속을 터놓는다면 렘의 행복 계획은 한 걸음 전진한다.

단, 그 행복 계획에는 렘만이 아니라 에밀리아의 협력도 필요하지만——.

“——왜 그래?”

“아무 일도 아니에요. 아무튼 그래서 오늘은 렘이 시중을 들겠어요. 언니만큼 차는 잘 타지 못하고 스바루 군처럼 즐거운 대화도 못하지만 용서해 주세요.”

렘은 속마음을 숨긴 무표정으로 묵례하고 짐수레를 밀어 에밀리아의 방에 들어왔다.

에밀리아의 방은 렘과 같은 사용인아 쓰는 방과 비교해서 한 둘레 이상 더 커서 로즈월의 집무실에 가깝게 실내 구획이 나뉘어 있었다. 방 안쪽에 흑단 책상, 중앙에는 큼직한 테이블과 응접용 의자가 있으며 침대는 옆방에 둔 모양새다.

그리고 집무용 책상과 응접용 테이블 위에는 다수의 책과 자료가 펼쳐져 있다.

“미안해, 어지러워서. 금방 치울게.”

“감사합니다.”

에밀리아는 한마디 양해를 구하고 응접 테이블에 펼친 자료를 정리하기 시작했다. 그 뒤에서 렘도 차 준비를 시작해 무사히 테이블이 비자 그곳에 김이 오르는 컵을 놓았다.

"어라? 렘 몫은? 안 마셔?"

"아뇨, 렘은 단순한 급사니까요. 에밀리아 님과 동석할 수는…….."

"하지만 람도 스바루도 늘 함께 마시고 갔는데……."

"──그럼 렘도 감사히 받겠습니다."

한순간 망설임을 느꼈지만 렘은 금세 앞서 한 말을 취소하고 같이 맛보기로 했다.

사용인의 준수 사항은 미묘하게 위반하지만 스바루와 람이 한 행위다. 준수 사항보다 그 관계를 중요시하고 싶다. 교육 담당이던 프레데리카에게는 미안하다고 생각하지만.

"다음에 또 만날 기회가 있으면 사과해 두죠……."

선배 메이드이자 일신상의 사정으로 저택을 떠난 여성에게 사과하면서 렘은 자기 차를 준비했다. 그리고 에밀리아의 호의를 받아 티타임을 함께하기로 했다.

"────."

서로 잔을 기울이며 조용히 차의 맛과 향을 즐기는 시간이 흘러간다.

그동안 두 사람에게 이렇다 할 대화는 발생하지 않았다. 그 사실을 깨달은 렘은 살짝 불편함을 느끼며 자신의 소극적인 성격을 심각하게 생각해 봤다.

램은 날 때부터 수동적인 성격이었다. 스스로 깨닫고 있다. 적극성이라는 의미로는 람은 물론, 활동력에 넘치는 스바루에게도 감히 못 미친다.

한편으로 에밀리아 역시 그런 램과 거리감을 가늠하지 못하고 있으리라. 이 침묵은 그 표시이며, 램은 그렇게 만드는 자기 자신이 한심했다.

역시 에밀리아의 호의를 받아서는 안 됐을지도――.

"……이따금 이렇게 조용히 차를 마시는 것도 멋지지."

"――――."

"평소에는 스바루가 많이 이야기해 주거나, 람이 공부에 관해 이것저것 조언해 주지만 램이랑 같이 있으면 엄―청 차분해."

희미하게 웃는 에밀리아의 말에 램은 놀랐다. 그 옆얼굴을 엿보니 에밀리아의 표정에 거짓말 같은 낌새는 전혀 없었다. 즉, 방금 한 말은 그녀의 본심이다.

침묵을 악이라 생각하며 한심하다고 고개 숙인 지레짐작이 참으로 창피하다.

"……공부의 진도는 어떠신가요?"

"나쁘지는 않으면 좋겠다 싶어. 내 경우, 본래 출발 지점이 다른 사람들보다 늦으니까 더 노력해야겠지만."

화제를 찾아 집무용 책상을 돌아본 램의 물음에 에밀리아가 눈꼬리를 내렸다.

차기 국왕 후보, 왕선 참가자인 에밀리아에게 요구되는 것은 많다. 왕으로서 왕국을 짊어지고 설 재질은 물론, 이를 지탱하는 지성과 교양 등 다양하다.

현재의 에밀리아는 그것을 배우는 단계에 있으며, 현재 상태는 빈말로도 충분한 수준이라고 말하기 어렵다. 그럼에도 머잖아 왕선은 시작된다.

"그 전에 조금이나마 할 줄 알게 되고 싶어."

"마음은 이해하겠습니다. 렘과 언니도 로즈월 님께서 거두신 직후에는 우선 배울 일뿐이었으니까요."

마을을 떠난 직후, 람은 몰라도 렘은 바깥세상에 무지 그 자체였다.

저택에서 배운 것은 딱히 사용인의 업무나 마음가짐만이 아니다. 최소한의 읽고 쓰기 외에 모르던 것은 전부 여기서 배웠다. 에밀리아가 열심히 매진하는 면학도 렘에게는 경험이 있는 것이었다.

"람과 렘도 처음에는 공부만 했어?"

"네. 특히 렘은 언니보다 못나서 무척 힘들었어요."

"너희라도 그렇구나. 역시 지름길이란 없는 거지. 살짝 초조한 기분도 있었는데…… 차근차근 해야겠지."

"에밀리아 님도 초조해하시나요?"

말꼬리가 약해지는 에밀리아의 토로에 렘은 뜻밖이란 느낌에 눈이 동그래졌다. 렘의 반응에 에밀리아는 "당연하잖아." 하고 볼을 부풀렸다.

"다른 후보자들은 다들 엄—청 어엿하다고. 나는 가뜩이나 하프엘프라고 문제시되고 있고, 그게 아니어도 내내 숲에 있었으니까.”

　엘리오르 대삼림, 그곳이 에밀리아가 나고 자란 숲이라고 들었다. 렘은 에밀리아의 출생에 관해서 그 이상 자세히는 듣지 못했다.

　——생각해 보면 렘은 여태까지 에밀리아와 깊게 관계하는 것을 피하고 있었다.

　그것은 렘의, 배타적으로 보수적인 생각이 원인이다. 렘에게 중요한 것은 둘도 없는 언니의 존재와 그 언니에 따라붙은 주위 세상뿐이었다.

　좋든 나쁘든 렘은 에밀리아에게 관심이 없었다. 그렇기에 그 동향에는 로즈월에게 명령받은 것 이상의 관여도 지원도 하려고 하질 않았다.

　그리고 항상 긍정적이고 노력가인 에밀리아에게 렘의 조력일랑 필요 없다고도 생각했었다.

　렘은 렘대로, 에밀리아는 에밀리아대로 저마다 최소한의 연결 고리 속에서 지내는 게 상책이라고 생각했던 희박한 관계.

　그러나——.

　“에밀리아 님은 노래가 엄청 딱하시죠.”

　“어어?! 얘, 갑자기 왜 그래?!”

　온화한 표정이 돌변. 렘의 발언에 에밀리아가 울 것만 같은 표정으로 소리쳤다. 렘은 그 표정 변화에 눈길을 두고 천연덕스러운 표정과 함께 말했다.

　“의외로 손끝이 서투르고, 좀 지나치게 솔직해서 속기 쉬운 점도 있어요. 그리고 주위 영향을 받기 쉬워서…… 양동이를 뒤집어쓰시기도 하고요."

"양동이는 스바루가 씌운 거야! 그리고 필요한 일이었잖아."

"네, 그러네요. ……전부, 요 1개월 동안 렘이 안 사항이죠."

깊이 관련되려고 하지 않았던 에밀리아를 지금 렘은 이만큼 알고 있다. 지금 이야기한 것 이상도 더 이야기할 수 있다.

렘의 중얼거림에 토라진 얼굴이던 에밀리아가 "아." 하고 입에 손을 얹고 나서 장난스럽게 미소 지었다.

"그럼 나도 복수. 렘은 실은 엄─청 완고하고 고집쟁이야. 그리고 그림책이나 시가를 좋아하고 마요네즈는 좀 싫어해. 또 스바루하고 무척 사이좋아!"

"역시 에밀리아 님, 반론할 여지가 없어요. 특히 마지막은 고개가 절로 끄덕여져요."

"후훗, 그렇지? 그런데 갑자기 왜 그래?"

자랑하듯 가슴을 편 다음에 에밀리아는 이상하다는 듯이 살짝 갸웃했다. 에밀리아의 의문에 렘은 "아뇨." 하고 고개를 가로 저었다.

"큰 의미는 없어요. 그냥 확인해 보고 싶어진 거죠. 에밀리아 님과 만난 지 반년이 되는데, 그 시간보다 요 1개월 쪽이 훨씬 많은 일이 있었다고."

"……응, 그러게. 스바루가 오고 나서 엄─청 어수선했는걸. 렘이랑 람과도 전보다 훨씬 많이 이야기하게 됐고."

"그러니까, 저기, 음…… 그게, 말이죠."

속마음을 잘 설명할 수 없어 렘은 말을 찾으며 골똘히 생각했다. 에밀리아는 그런 렘을 남보랏빛 눈에 비추며 이어지는 말을 그저 가만히 기다렸다.

그 자세에 결단했다. 솔직히 말해서 이전의 렘은 에밀리아의 거취에 무관심했다. 로즈월이 그린 그림대로 되지 못해도 상관없다고까지.

하지만 지금은 그때하고는 다른 기분을 품고 있기에.

"렘도, 에밀리아 님을 응원하고 있어요. 다가올 왕선에 임할 때도…… 렘의 힘이야 무척 작다고는 생각하지만, 미력한 힘으로 가능하나마."

"━━━━."

"에밀리아 님을 알고 렘은 그렇게 생각했어요. 아까 드린 말씀은 그 생각의 근거 같은 거예요. 렘이 배운, 에밀리아 님에 대한 것."

"……이상한 점뿐 아니었어?"

"그렇지는…… 그럴지도 모르겠네요."

물음에 렘이 자랑스럽게 마주 웃자 에밀리아가 "아유." 하고 뾰로통해지다가 금세 웃음을 터트렸다. 그대로 둘이서 테이블을 사이에 두고 웃음을 주고받다가.

"고마워. 렘이 그렇게 말해 줘서 엄━청 기뻐. 이것도 스바루 덕분이네."

"……네. 스바루 군은 멋지니까요."

"그렇지. 스바루, 엄━청 착한 애니까."

미묘하게 다른 견해를 공유하며 렘과 에밀리아는 동시에 잔에 입을 대었다.

하루 딱 중간, 차를 마시는 시간, 그것은 생각한 것과 다른 시간이 됐지만——.

"렘, 곧장 부탁해 봐도 돼?"

"네, 뭐죠?"

"차 한 잔 더 주라. 지금은 왠지 렘의 차가 마시고 싶어."

——에밀리아의 부탁에 렘은 진심에서 우러나온 친근함을 담아 차를 준비하기 시작했다.

4

호출 종소리에 렘이 달려가 보니 뜻밖의 조합이 기다리고 있었다.

"부르셨나요, 로즈월 님. ……그리고, 대정령님도."

밤의 로즈월 저택, 최상층 테라스—— 그곳에서 렘을 맞이한 것은 의자에 앉은 로즈월과 그 앞에 있는 테이블에 내려앉은 정령, 팩이었다.

광대로 분장한 마술사와 회색 새끼 고양이 모습의 대정령. 이 저택에는 인간의 지혜를 초월한 존재가 여럿 있지만 그중에서도 돌출된 두 명에게 렘은 황송해했다.

"진짜로 부르면 금방 와 주는구나. 그래도 그렇게 움츠리지

않아도 괜찮아. 하긴 나보다 더 조그맣게 움츠리기는 어렵겠지만."

"죄송합니다. 대정령님의 기대에 부응할 수 있는 재주는 없어서……."

"진담으로 들을 것 없지—이. 렘. 방금 말은 대정령님의 농담이니까."

"그래그래, 정령 조크. 정령에게도 별로 반응이 안 좋지만."

팩은 유달리 긴 꼬리를 몸에 휘감고 태평한 기색으로 헤실헤실 웃었다. 그런 팩의 발밑, 다시 말해 라운드 테이블 위에는 호박색 액체를 따른 유리잔이 있었다.

이와 대칭을 이루는 유리잔은 로즈월의 손에 있다. 이들이 모여서 뭘 하고 있었냐면——.

"대정령님하고 숨 돌릴 겸 해서 저녁에 술자리를 가졌지. 스바루가 애써 찾아낸 일족 비장의 술 창고이니, 자손으로서 선조의 공적을 확인해야 하는 버—업. 그랬더니 마침 술안주가 다 떨어져져—서."

"안주인을 불러라, 이렇게 됐지. 그래서 널 부른 거야. 미안해."

"안주인……. 카라라기에서, 지체 높은 여성의 호칭이죠?"

"렘, 방금 말했잖아아—. 대정령님의 말씀은 진담으로 듣지 말도오—록."

거듭해서 주인에게 명령받아 렘은 공손히 묵례했다. 그 말투에 팩은 "뿌—뿌부—." 하고 불만스러운 내색이지만, 대정령의 태도에도 로즈월은 태연자약한 표정이었다.

어쨌든 렘은 자신이 불린 이유를 금방 이해했다.

"알겠습니다. 바로 준비하겠습니다. 따로 요망하시는 건 있으신가요?"

"아아―니, 맡기지."

"난 마요네즈! 마요네즈가 좋아!"

주로 팩의 요청을 받은 렘은 빠르게 주방으로. 머릿속에는 남았을 식재료와 상담. 술안주, 마요네즈. 요즘 후자의 조미료는 저택 식사의 고정 메뉴다.

스바루가 고안한 마요네즈는 저택 사람들에게 대체로 호의적인 반응이었다.

렘은 신맛이 강해서 조금 거북했지만 모두가―― 특히 스바루가 좋아하기에 빠트릴 수 없는 맛의 하나로 아끼고 있었다. 그 외에도 에밀리아와 팩, 그리고 베아트리스에게도 호평이기에 새 요리에 활용하는 데에도 힘을 다하고 있다.

물론 안주에 그만한 역작은 바라지 않으리라. 렘은 마석을 이용한 저온 저장고에서 생선을 꺼내 제꺽 생선 토막을 굽고 마요네즈를 곁들였다.

"으―음, 내 본능을 흔드는 좋은 냄새인걸."

렘이 술안주를 챙기고 돌아오자 팩이 고양이 세수를 하듯 얼굴을 문지르면서 말했다.

팩은 외견이야 새끼 고양이여도 실상은 정령이다. 하지만 몸짓도 기호도 영락없는 고양이다. 렘은 그 모습에 쓴웃음이 나오는 기분을 숨기면서 테이블 위에 접시를 놓았다.

"접시와 유리잔은 그대로 두시면 렘이 치우겠습니다. 달리 더 없으시면 렘은 물러나겠습니다만……."

"수고했다. 그래—에. 이대로 오늘 밤은 쉬어도…… 된다고 말하고 싶은 바—아지만, 잠깐 있어 주겠나."

"——네? 알겠습니다. 저기, 렘은 술은."

"못 마시는 건 알다마다—아. 냄새도 위험하지. 잠깐 자리를 비킬까."

테라스에 남으라는 말에 렘은 희미하게 볼을 굳히며 대답했다. 그 말에 로즈월은 흐릿하게 웃으며 손에 들고 있던 유리잔을 테이블 가장자리, 렘의 맞은편에서 멀리 두었다.

오니족으로서 한심한 일이지만 렘은 술 내성이 전혀 없다.

오니는 술을 좋아하는 주호들뿐——. 그건 유명한 소문이고 렘도 마을에 있었을 적에는 어른들이 뒤집어쓰듯 술판을 벌이는 모습을 여러 번 보았다. 그리고 렘과 달리 람은 아무리 술을 마셔도 말짱한 진짜배기 주호, 그야말로 진정한 오니였다.

"너희 자매는 극단적이니까—아. 안색도 변하지 않는 람도 놀랍지만 렘도 다른 의미로 놀랍지. 요리용 술 같은 건 괜찮은데에— 말이야."

"요리에 필요한 거라고 마음을 먹은 것하고, 집중력의 차이일까요. 잔치 때는 도저히 긴장감을 유지할 수 없어서……."

"지난 연회 때, 리아와 둘이서 헤롱댔으니 말이야. 그건 그거대로 귀여우니까, 난 절도만 지키면 상관없다 싶지만."

고개 숙인 렘이 반성하자, 안주에 달라붙은 팩이 수염에 마요네즈를 묻히며 그렇게 말했다.

연회. 그것은 지난번에 로즈월 저택에서 열린 '별 구경 모임'을 말한다. 저택에 숨겨져 있던 술 창고가 발견되어 그 창고의 술을 돌린 연회석이 마련됐다.

그 상황에서 램은 참으로 한심한 추태를 드러내고 만 까닭에.

"그때는 대단히 볼썽사나운 모습을……."

"새빨간 얼굴로 리아와 얼싸안은 정도야 귀여운 거지. 술로 취한다는 경험, 나랑 베티는 바라도 얻지 못해…… 아니 베티는 아닐까. 그 애는 나와 좀 처지가 다르니까."

감정이 사무친 팩의 말투에 램은 뭐라고 대답하면 될지 알 수 없었다.

"난처할 때, 난처한 표정을 짓게 됐구나. 좋은 일이야."

"────────."

침묵한 램에게 팩은 그렇게 말하고 끄덕였다. 물론 그의 말에 놀란 램이 볼에 손을 짚을 즈음 팩의 흥미는 접시 위로 돌아갔지만.

"농담도 그렇지만 변덕스러운 성격도 갈피를 못 잡으니까—아. 너무 신경 쓰지 말고 적당한 거리감을 유지하는 게 어울리는 요령이야아—."

"어렵겠지만 노력해 보겠습니다. ……그나저나, 로즈월 님."

헛물을 켠 램은 로즈월의 조언에 끄덕이면서 그를 돌아보았다. 눈치가 빠른 로즈월은 그것만으로도 램이 의도하는 바를 이해하고 대답했다.

"술기운이 도는 곳에 오래 있게 하기도 가엾군. 그—으러니까 빠르게 본론으로 들어가겠는데…… 스바루의 몸 이야기야."

"스바루 군의. 경청하겠습니다."

"그의 몸 말인데, 숲에서 혹사한 게이트의 상태가 생각 외로 좋지 못해."

심각하다고 할 만큼 무겁지는 않지만, 그래도 진지한 어감을 띠고 로즈월은 말했다.

저택 주변의 숲에서 발단한 마수 소동———. 그 와중에 스바루는 심신 모두 극심하게 소모해 적지 않은 부담을 졌다. 특히 마법 행사에 필요한 기관인 게이트의 소모는 현저해서 경과를 지켜보던 차였는데.

"나나 람은 물론, 에밀리아 님이나 대정령님, 그리고 베아트리스마저도 치유 마법의 적성은 별로 없으니까—아. 유일하게 바르게 적성이 있는 게 너지만 그것도 외상에 작용하는 것이고 안쪽 문제는 전문 외지."

"끝까지 난폭한 방식으로만 쓰니까 참 난처하더라."

남의 일 같이 팩이 헤살을 놓지만 그 말을 부정할 수 없다는 게 구제하기 어렵다. 어쨌든 로즈월의 서두에는 의미가 있다. 내부에서 치료할 방도가 없다면———.

"내부를 진료하는 게 전문인 분께, 스바루 군을?"

"지난번 사건, 마을이나 저택에 피해가 파급하지 않은 일에는 스바루의 공적이 크지. 그렇다면 최대한 보답할 의무가 내게는 있으니까—아. 그런 이유로 대정령님과 함께 여러모로 흉계를 꾸미던 거—어야."

두 팔을 펼치고 익살을 떠는 로즈월. 그러나 그 말의 진지함에 렘은 안도했다.

로즈월이 이런 식으로 말했다 함은, 이미 해결할 전망이 있다는 뜻이다. 요 10년 동안 그를 섬긴 렘은 알고 있다.

문제는 그 해결법. 그리고 그 방법에 팩이 어떻게 관련되느냐는 것이다.

"공적도 있다. 좋은 기회이기도 하다. 그러—어니까 그에겐 왕국 최고의 치유술사를 불러 주자고 생각했거어—든. 그러기 위한 선물을 대정령님께 부탁했었단 거야."

"내 허가는 딱히 필요 없는데 말이야. 심정적인 부분은 어쨌거나 그 토지의 권리는 로즈월에게 있잖아? 나는 물론이거니와 리아도 '동족'이 무사하다면 별달리 참견하지 않을 테니까."

"그래도 기분이 상하셔서 또 커지시면 난처하오니라."

"쉽게 안 한다니깐—. 참 내, 꽁해가지고서—."

둘은 기분 좋게 웃음을 나누지만, 그 대화의 실태는 뒤숭숭하다는 걸 렘은 알 수 있었다.

왕선을 위해 로즈월이 에밀리아를 숲으로 맞으러 간 결과, 거기에 반대한 팩과 격돌해 지도와 지형이 바뀌었다는 이야기는 들었기 때문에.

다만 렘은 그 사정들을 사소한 일이라고 잘라 내고 자신에게 할당된 역할에 주목했다. 그것이 로즈월이 렘을 구태여 이 자리에 불러낸 이유다.

"말 안 해도 의욕이 가득한 얼굴인데, 구태여 명확히 명령해 두지. 렘, 네게 스바루 군의 감시……가 아니라, 그가 몸을 함부로 굴리지 않게 지켜볼 역할을 부여하겠다."

"다시 말해서, 로즈월 님은 렘에게 대의명분을 주신다는 뜻인가요?"

"엄청나게 자기 입맛대로 꼬았는거—얼. 하지만 싫어하진 않는군."

"스바루 군의 그림자를 밟지 않게끔, 스바루 군이 뱉은 숨을 되도록 마시지 않게끔 하루하루를 보내는 렘더러 하루 종일 스바루 군을 지켜보라고 명령하시는군요."

"그런 식으로 자기 자신을 옭아매고 있었구나. 몰랐었어."

렘이 자발적으로 일상에 친 여러 제약을 알고 팩의 눈이 동그래졌다. 그러나 놀라지 마라. 그건 아직 예고편에 불과하다. 렘자신이 브레이크가 망가질 것을 우려해 스스로 만든 제약은 숫자도 질도, 그 정도가 아니다.

"하지만 지금은 아직 모든 것을 말할 때가 아니죠……."

"음—?"

"아무튼! 확실히 명을 받았습니다. 렘은 지금부터 로즈월 님의 명령을 받아 스바루 군을 따라 다니겠습니다. 로즈월 님의 명령으로. 어쩔 수 없이요."

의아하게 갸웃하는 팩을 상관치 않으며 렘은 로즈월에게 등을 바로 펴고 경례. 그 뒤로 매끄러운 움직임으로 테라스 입구로 돌아가 거기서 부드럽고 우아하게 커티시를 선보였다.

"그러면 실례하겠습니다. 로즈월 님, 대정령님, 좋은 밤이 되시길——."

렘은 평소보다 시적인 여운을 인사에 섞고 바람같이 테라스에서 떠나갔다.

그 기세를 배웅한 로즈월과 팩은 서로 얼굴을 마주 보았다. 그리고 팩은 꼬리 끝을 테이블로 로즈월의 유리잔을 가리키고 말했다.

"저 애, 아마 헛바람 든 거지?"

"……아무리 그래도 방금 그건 저—어도 노리지 않았거든요?"

광대와 새끼 고양이는 서로 유리잔에 입을 대고, 아무렴 어떠냐고 저녁 술자리를 재개했다.

5

"——노크했어요. 실례합니다."

문을 어루만지듯 노크하고 렘은 미끄러지듯이 방 안에 침입했다.

이미 조명이 꺼진 방 안, 어둠에 도드라지는 것은 요사한 빛을 켠 연청빛 광점—— 쉽게 말하자면 술기운에 말린 렘의 두 눈빛뿐이었다.

"노크는, 빼먹지 않고 했어요."

두 번째로 그 사실을 다짐해 예방선을 치고, 렘은 발소리를 죽이며 방 안으로 나아갔다. '매일 밤 매일 아침' 뻔질나게 드나

드는 곳이다. 눈을 감고 있더라도 목적한 장소에 당도한다.

다만 눈을 감고 있어선 중요한 목적을 달성할 수 없으므로 오히려 부릅뜨고 있다.

"스바루 군, 귀여워……."

부릅뜬 시야에, 침대에 누운 흑발 소년의 잠자는 얼굴이 비쳐들었다. 그 순간 렘은 칠칠치 못하게 얼굴을 이완시키며 미소라기보다 비릿한 웃음을 띠고 말았다.

이렇게 심야에 렘이 자기 방에서 잠자리에 들기 전에 잠자는 스바루 얼굴을 만끽하는 것이 일과였다. 아침에는 아침대로, 밤에는 밤대로 스바루의 장점이 있다고, 스바루에게 까다로운 렘은 생각했다.

그리고 평소에는 욕망과 죄책감 사이에 끼어 흔들리던 마음도 오늘은 맑았다. 왜냐하면 오늘 밤은 렘의 사욕이 아니라 로즈월에게 명령받은 역할에 따르는 것이기에.

"만질 수 있는 거리에서 지켜보라고 명령받고 말았어요. 그러니 어쩔 수 없죠."

주인의 명령을 미묘하게 확대해석하고, 렘은 침대에 다가붙어 바닥에 무릎을 꿇었다. 눈높이를 잠자는 스바루와 맞추니 얼굴과 얼굴의 거리가 단숨에 줄어들었다.

그야말로 숨결이 닿을 만한 거리로.

"……렘 앞에서, 이렇게 무방비해도 되나요, 스바루 군."

속삭이듯 거는 말에 스바루는 대답하지 않는다.

렘의 침입을 모르고 잠자고 있는 스바루는 의외로 잠버릇이 좋다. 깨어 있을 때 떠들썩한 면과 정반대로, 그 숨소리마저도 조용한 것이다. 잠자는 표정도, 눈매가 사나운 눈을 감고서 평안에 몸을 내맡긴 동안은 나이에 걸맞거나, 아니면 더 어린 듯했다.

"————."

무심코 여느 때보다도 그 얼굴을 넋을 빼고 바라본 렘은 경망스럽다며 뺨을 발그레 물들였다.

자기 자신을 엄격하게 제어해 왔다고 생각했는데, 자신은 어쩜 이렇게 경박한 오니일까.

이전의 렘은 언니인 람이 로즈월에게 심신을 바쳐도 상관없다고 심취하는 모습에 본심으로 찬동하지 못하고 있었다.

그건 렘이 로즈월에게 품는 존경심과 람이 로즈월에게 품은 사모의 차이가 원인이었지만, 렘은 그 차이를 알 수 없어 열등감까지 느꼈었다.

하지만 그때 난데없이 나츠키 스바루가 나타났다. 그의 존재가 자기 안에서 커지면서 람이 로즈월을 흠모하는 것과 같은 마음을 이해할 수 있게 됐다.

그 열정이 진짜 의미로, 제동을 걸 수 없다는 사실도.

"————."

렘은 바닥에 무릎으로 서서 침대에 상반신을 맡겼다. 바로 눈앞에 스바루의 얼굴, 잠옷 바람이 있는 것을 응시하면서 읊조린다.

"손가락, 남자애인데 가늘고 고와. 잠자는 얼굴, 아기처럼 편안해. 머리카락, 제대로 안 말리고 자면 삐죽 뻗쳐요."

손가락을 꼽으며 스바루의 신경 쓰이는 부분을 주워섬긴다. 다만 어떤 것도 결점이 되지 않는다. 이게 렘이 걸린 열병의 무시무시한 점이기도 했다.

"입술…….."

무방비하게 잠든 얼굴 중에서도 특히 무방비한 지점에 시선이 집중됐다.

호흡하기 위해서 살짝 벌어진 입술은 아주 약간 얼굴을 들이 밀면 닿을 거리에 있었다. 숨소리는 느껴진다. 이것도 평소라 면 제약을 깨는 상태다.

"――아."

다만 그 제약을 의식한 순간, 렘의 세상이 급속히 일상을 되찾기 시작했다.

술기운에 말렸다고는 해도 양은 적으며 냄새만 맡은 정도다. 취기가 깨고 나서는 엄격하게 자기 자신을 제어하며 정인을 만지는 것을 자제할 수 있는 소녀가 되돌아왔다.

"……렘은, 어쩜 이렇게 바보일까."

술기운을 띤 사고가 맑아지고 후회와 수치가 대번에 밀어닥쳤다. 렘은 그 부끄러움에 뺨을 붉히면서 한심한 기분에 이를 갈고 일어섰다.

로즈월의 명령은 어디까지나 절도를 지킨 거리에서 감시하라는 것이다. 그건 여태까지와 변함없다. 그걸 확대해석해서 대의명분이라니, 이만저만 불손하고 불경한 게 아니다.

"이것도 저것도 다 스바루 군이 렘을 유혹하는 게 잘못이에요."

램은 잠든 채로 알지도 못하는 죄를 뒤집어쓴 스바루에게 미소를 보냈다. 평소처럼 이대로 아무 일도 하지 않고 철수하자. 오늘 밤 일은 내일 스바루에게 몰래 사과하자.

그렇게 마음먹고 마지막으로 자그마한 장난기로 램은 스바루의 입술을 하얀 손가락으로 살짝 건드리고——.

"——아."

입술을 손가락이 건드린 순간, 입이 심심해서 움직인 스바루의 입 안으로 손가락이 삼켜졌다. 뜨겁고 꺼글한 감촉에 손가락이 빨려 램의 사고가 하얗게 달아올라 혼란에 빠졌다.

그 입질은 오래 가진 않아 램의 손가락은 금방 해방됐지만——.

"————."

램은 멍하니 오른손 검지를 바라보며 그 자리에서 움직이지 못했다. 그 손가락은 어둠 속에서도 뚜렷하게 알 수 있을 정도로 번들번들 타액으로 젖어 요사한 빛을 내고 있었다.

"……이건, 가까스로 허용되지 않을지."

손수건이나 앞치마로 닦는다는 선택지는 이내 머리에서 소멸했다. 램 내면에서 이 손가락에 대한 선택지는 두 가지—— 하느냐, 포기하느냐.

램은 스바루를 상대하는 데에 온갖 제약을 두었지만 아무래도 이번 사건은 완전히 예상을 벗어나 이에 대항할 조치를 생각해 본 적이 없다. 그렇다고 즉각 새 문제로 곱씹어 결론을 내릴 수 있느냐 하면, 이 또한 어렵다.

이건 명백하게 단 한 번뿐인 기회. 이 기회를 놓치면 찾아오지 않을 기적 같은 한순간이기 때문이다.

"하지만……."

렘 안에서 착한 렘과 나쁜 렘이 충돌해 전란의 폭풍이 휘몰아치기 시작했다.

긍지 높은 오니족의 생존자가 하늘에서 뚝 떨어진 행운에 기대다니. 그러나 이 자리에 깨어 있는 사람은 렘뿐, 아무도 보지 않는다. 람이 알면 어떻게 생각할까. 그 완벽한 언니에게 가슴을 펼 수 있을 행위일까. 솔직히 빨린 순간의 기억이 날아가 버린 게 원망스럽다.

머릿속에서 두 가지 의견이 불똥을 튀기고 렘의 호흡이 거칠고 가빠졌다. 이마에 땀이 솟고 온몸이 긴장으로 굳으면서 고민하며 발버둥 치다가, 그리고——.

"못, 해……."

이마에 하얀 뿔이 돋을 만큼 고심한 끝에, 렘은 타액으로 젖은 손가락을 앞치마에 밀어붙여 닦았다. 순간, 공허감이 가슴에 치솟았지만 그 감각을 무시했다. 이러면 된 거라고.

"그렇죠, 스바——."

고난의 시간을 극복한 렘은 가냘픈 웃음과 함께 잠자는 스바루의 얼굴을 돌아보려고 했다. 하지만 그 말은 중단되고 렘은 놀라서 숨을 집어삼켰다.

침대에 두 손을 짚고 가쁜 숨을 쉬고 있던 렘. 그런 렘의 상반신을 팔이 감싸고, 몸이 굳은 그녀의 몸은 남의 완력에 억지로 끌려가 쓰러지고 말았다.

"——까."

느닷없는 일에 다시 머리가 하얗게 새 버렸다.

얼굴에 확 열이 오르고, 새빨갛게 된 렘은 자기 상태를 이해했다. 끌어안긴 후 침대에 위를 보며 눕혀졌다. 난폭한 동작에 제복이 쭈그러졌고, 치마도 뒤집힌 것 같다. ——심히 파렴치한 행색이 됐다.

"흡——!"

그 사실을 깨달은 렘을 뜻밖에 씩씩한 팔이 더욱 깊이 끌어안았다. 가슴에 몸통째로 안긴 렘의 심장이 폭발할 것만 같이 뛰었다.

이건 어떠한가. 다시 착한 렘과 나쁜 렘의 싸움이 시작됐다. 렘 쪽이 아니라 상대 쪽이 먼저 적극적으로——.

"음냐……."

혼란에 헤매는 머리에 괜히 사람 놀라게 하는 잠꼬대가 들려서 렘은 단숨에 힘이 빠졌다.

꾸욱꾸욱 머리를 움직여 보니 스바루는 여전히 깊이 잠이 든 채로, 인간 크기 안는 베개를 꼬옥 껴안고 있음을 깨닫지도 못했다.

"그렇겠죠. 스바루 군은 그런 사람이 아니니까요."

중얼거림에 깃든 건 안도와 어느 정도의 낙담이었다. 의식이 있는 행동이 아니었음에 복잡한 감정을 품었다. 그렇기에 위자료 대신에 그의 체온과 냄새를 온몸으로 만끽했다.

그리고——.

"어쩔 수 없어요. 렘은 필사적으로 저항했는데, 스바루 군이 일어나 주시지 않아서 움직일 수 없는 거예요. 그러니 이대로 스바루 군이 깰 때까지 계속 저항할래요."

명분뿐인 말을 남기고, 렘은 스바루의 가슴에 코와 이마를 문지르며 푹신하게 감촉을 맛보기로 했다.

──대의명분도 있는 판국이다. 가끔 이런 하루가 있어도 되리라.

그렇게 자기 자신을 이해시키고 렘도 조금씩 의식을 선잠에 내맡겼다.

그 이튿날, 이 상태로 사이좋게 늦잠을 잔 렘과 스바루. 그 모습을 스바루를 깨우러 온 람이 발견, 다짜고짜 스바루가 호된 징벌을 받는 사태가 발생하지만.

──하나같이 다, 렘에게는 지극히 평범하고 행복한 하루의 광경이었다.

『카라라기 Girl meets Cats』

1

『황무지의 호신』이라고 하면 전 세계에 모르는 사람이 없는 전설적 인물의 이름이다.

호신의 전설, 그 시작은 세계의 서부가 황폐하고 여러 소국이 패권을 다투던 400년 전으로 거슬러 올라간다.

빈말로도 축복받은 입지라고는 못하고, 다른 나라의 그늘에 묻혀 있던 소국——『카라라기』라는 이름의 허름한 땅에 호신은 처음 깃발을 세웠다.

전설은 이야기한다. 호신이란 결코 무용을 타고난 인물이 아니었다고.

전설은 이야기한다. 호신은 화술이 뛰어나며 인심을 이끄는 방법을 아는, 몹시 슬기로운 이였다고.

전설은 이야기한다. 호신은 카라라기의 통치자와 긴밀한 관계가 되어 나라의 방침을 뒤에서 좌지우지하더니, 순식간에 다른 나라와 우호를 맺어 때로 책모, 때로 우의, 그리고 때로 상재로 동무를 넓혔다고.

서쪽 나라에 패권을 주장하겠다면서 소국의 암약을 간과하던 나라들이 깨달았을 때에는 이미 늦었다.

하잘것없는 소국 태반을 산하에 들여 대연합의 기수로 변모한 호신의 신산귀모, 이를 막을 수 있는 이는 어디에도 없었다.

이리하여 군웅할거의 시대는 종식을 고하고, 『황무지의 호신』의 이름 아래 카라라기 도시국가군이 탄생했다.

"하아. 몇 번 들어도 호신의 전설은 끝내주네."

그 이야기를 다 들은 소녀는 황홀함에 젖은 표정으로 뜨거운 감탄의 숨결을 흘렸다.

사랑스럽고 귀여운 생김새의 어린 소녀였다. 나이는 열한두 살로, 키는 또래의 평균보다 살짝 작지만 용모는 또래의 평균을 한참 웃돌 만큼 단정했다.

부드러운 질감의 보라색 머리에 호기심에 빛나는 연두색 동그란 눈. 뽀얗고 매끄러운 살결도 그렇고 어디 참한 곳의 아가씨라고 들으면 누구나 수긍할 외견이었다.

그런데 웬걸, 이 소녀── 아나스타시아는 그런 훌륭한 집안 출신이 아니다.

"응, 뭐꼬? 남 얼굴 빤히 치다보고, 실례 아이가."

문득 의아한 눈매로 상대를 품평하는 아나스타시아. 거기에는 규중처녀의 귀염성이라곤 없고 나이에 맞지 않은 교활함과 경계심이 엿보였다.

출신이 출신인 만큼 예리한 게 당연하다 생각한 남자는 큰 입

을 벌려 송곳니를 드러내며 웃었다.

"암것도 아이다. 그냥 그 뒷골목에서 주운 허름한 꼬맹이가 퍽 멀끔한 낯짝이 됐다 싶었을 뿐이데이. 여간 아이다, 여간 아이야."

"또또 그카 오래 묵은 야기나 하꼬. 아재요, 끈질기단 소리 자주 안 듣는교?"

"그 소리 카자믄 같은 야기를 몇 번씩 보채는 아나 도령 쪽이 훨씬 더 끈질기다 안카나! 앞으로 몇 년쯤은 나가 옛날 야기 끄집어낼 끼니 각오하그라."

토라져서 입술을 삐죽이는 아나스타시아의 머리를 딱딱하게 큰 손바닥이 난폭하게 쓰다듬었다. 아나스타시아는 그 팔을 거부하지 않았지만 불만스러운 눈과 얼굴은 건재해서 손바닥 주인은 무심코 쓴웃음을 지었다.

오기도 깡다구도 다 좋다. 그렇지 않으면 자기가 이러고 있는 보람도 없지.

"고만 됐데이. 노인네는 자꾸 똑가튼 야기만 카는 법이니 나가 참아 주께."

"오, 몬 하는 말 없구마이. 어데서 그라카는 기 배웠나?"

"술집 주인 언니캉 단골손님한티 들었데이. 고주망태 된 아저씨한티서 약점을 캐내고 싶던 기가 거 관두기 전에 남은 미련이지."

넉살과 함께 혀를 내밀고 아나스타시아는 머리를 쓰다듬는 손을 피해 문 쪽으로 갔다. 도중에 가볍게 머리 모양과 기모노를 꼼꼼히 바로잡고 말했다.

"휴식 끝. 아저씨도 땡땡이만 치다간 츄덴 씨한티 잘린데이."

"거 무섭네. 내 덩치 부양하려믄 아나 도령 버는 돈으론 빠듯할 티고."

"나가 와 아저씨 의식주 사정 봐줘야 카나!"

"당연한 기 아이가. 내를 사서 아나 도령 것으로 삼아 준다메?"

날카로운 개 이빨을 내비치고 웃으며 굵은 손가락으로 자기 목을 만졌다. 그곳에는 차갑고 투박한 금속, 옛 노예 시절의 잔재인 개목걸이가 있다. 자기 훈계를 위해 남긴 그것은 지금은 약속의 증표였다.

아나스타시아는 그 약속을 떠올린 듯 숨을 죽였다가 금세 끄덕였다.

"……응, 글타. 글치만도, 그라카니께, 아저씨는 내 군자금이 모이기 전에 객사하면 곤란하데이. 자기관리 지대로 하그라!"

빠르게 대꾸를 던지고 혀를 내민 아나스타시아가 방을 뛰쳐나갔다. 쿵쿵 멀어지는 발소리를 들으면서 미소를 머금고 창문 쪽에 눈길을 주었다.

창밖은 흐린 하늘, 그리고 희미하게 뿌예진 창문에는 자기 모습이 비치고 있다.

방의 창문에는 다 비치지 않는 거구와, 아나스타시아와는 전혀 닮지 않은 짐승의 얼굴. 적갈색의 체모가 훤히 드러난 피부를 덮고 인간과 다른 수인의 위용을 아낌없이 드러낸다.

리카드 웰킨—— 견인족(犬人族) 중에서도 이색적인 거한이자 지금은 츄덴 상회에 적을 두고 고용된 호위무사. 그리고 아나스타시아의 뒷배 겸 보호자 같은 존재다.

물론 보호자 부분에 관해서 아나스타시아는 절대로 순순히 인정해 주지 않지만.

2

츄덴 상회의 본거지는 카라라기 도시국가 제2도시 『바난』에 위치한다.

카라라기에는 1부터 10까지 번호가 주어진 열 곳의 대도시가 있으며 각각의 도시가 도시장과 도시법 아래 소국처럼 기능하는 일종의 연합국으로서 성립되어 있다.

그런 도시 바난에서 츄덴 상회는 중견 규모의 조직이라고 할 수 있으리라. 카라라기 유수의 대상회인 리그렛 상회를 모상회로 두고 그 산하에 속해 있다.

거래하는 품목을 한정하진 않지만 주로 교역품 취급이 성황으로, 바난에 드나드는 교역상 대다수는 츄덴 상회에 발길을 옮기는 게 통례다.

그런 만큼 도시 정문이 열리고 행상인이 일제히 도시에 출입하는 시간에는 상회 앞에 행렬이 생기고 상회원 및 심부름꾼은 야단법석이 나는 게 일상다반사다.

"──아나스타시아! 통과비 다 떨어지긋다! 바로 구리 상자캉 은 상자!"

"알겠심더!"

"고것만 말고! 그리고……."

"마대 아인교! 압니더!"

아나스타시아는 호통 치는 것 같은 지시를 받으면서 가는 팔로 나무상자를 날랐다. 안에 빼곡하게 지불용 경화가 든 상자다. 구리 상자는 동화, 은 상자에는 은화가 각각 들어 있으며, 양쪽 다 소녀에게는 가혹한 중량이다. 하지만 쏟을 수는 없다.

아나스타시아의 입장은 실제로 장사를 담당하는 상회원──이 아니라 그들을 보좌하느라 이리저리 뛰어다니는 심부름꾼, 통칭 『사환꾼』이라고 불리는 역할이다.

아나스타시아는 지시대로 무거운 대금 상자를 상회원의 발밑에 요령 있게 잇따라 던졌다.

츄덴 상화의 교역장은 도시 바깥에서 온 상인이 직접 견차(犬車)── 거대견, 라이거가 끄는 짐차를 타고 와 그 자리에서 거래하기 위한 공간이다. 교역장에는 긴 탁자가 여럿 놓여서 상회원과 행상인이 책상을 끼고 거래하며 교역품과 대금을 맞바꾼다.

상회원마다 각각 담당하는 품목이 다르며, 이날 아나스타시아가 붙은 상회원의 담당은 복식 및 직물. 움직이는 금액의 폭이 크고 감식 작업도 정신없이 바쁘다.

"다음이다! 줄 선 손님들 나누고 온나! 쓸데없는 수고랑 시간은 들이지 마라!"

"호신 어록, '시간과 돈은 같은 값'!"

대답에 상회원이 끄덕이는 모습을 볼 짬도 아깝다.

　아나스타시아는 긴 탁자 밑을 기어서 행렬로 돌아들어 가 짐 칸에 실린 상품과 목록을 번갈아 보면서 대기열을 할당했다. 행렬은 여럿 있어 아나스타시아 외에도 사환꾼 소년이 몇 명쯤 있다. 하지만 누구나 아나스타시아보다 작업이 느리다.

　자기보다 나이 많은 사환꾼의 곱절은 되는 일을 해내면서도 아나스타시아는 이를 자랑하지 않는다. 주위가 그걸 샘내든 말든 안중에 없으니까 당연하다.

　그렇게 자기 쪽의 대기열을 소화하고 다른 줄의 작업에 착수해 볼까 했던 아나스타시아가 얼추 주변을 둘러보다가――.

　"――! 니 거기 뭐하나!"

　아나스타시아의 노성에 일에 손이 묶인 사환꾼의 대기열에서 한 남자가 펄쩍 뛰었다. 그것은 목록을 잡는 척하며 짐에 손을 대려던 깡마른 인물이었다.

　본 적이 없는 그 남자는 아나스타시아의 목소리에 도둑질이 실패했다고 깨닫자 곧바로 뛰어서 도망치려고 했다. 막으려던 사환꾼을 휙 밀치고 단숨에 교역장 밖으로.

　"몬 간다!"

　"비키삐라, 이 꼬맹이!"

　그러나 남자가 뛰쳐나가기보다 먼저 아나스타시아가 두 팔을 벌리고 막아섰다. 사환꾼의 저항에 남자는 침을 뱉고 주먹을 쳐들었다. 얻어맞는다. 그 직전이었다.

　"건 좀 너무 얌체제. 안 그라나!"

[비매품] 노블엔진 특별부록
Re:제로부터 시작하는 이세계 생활 단편집 3
© Tappei Nagatsuki 2017
Illustration : Makoto Fugetsu
Character design : Shinichirou Otsuka

남자의 팔과 주먹, 그 곱절은 될 성싶은 우람한 팔이 가엾은 남자를 후려쳐 하늘 높이 날려버렸다. 날았던 남자는 교역장 바닥에 머리부터 떨어지고 쭉 뻗어서 끙침했다.

　그 비명에 쭈뼛쭈뼛 감은 눈을 뜨고 아나스타시아는 표정을 활짝 바꾸었다.

　"아저씨!"

　"눈치 잘 챘어, 아나 도령. 그래도 무모하게 굴지 말어. 이딴 기로 다쳐봐라. 그런 얼빠진 대손해가 어데 있나? 수지 안 맞는 기는 제일 싫다믄서?"

　남자를 후려갈긴 리카드는 달려든 아나스타시아에게 그렇게 말하며 껄껄 웃었다. 그리고 남자의 목덜미를 잡아 들어 그대로 밖에다 끌고 갔다.

　"마, 이리 온나. 내가 있는 곳에서 배짱 두둑하다카이. 팔 한 짝은 각오해 둔나."

　"……이, 꼬맹이가 쓸데없는 짓을 했겠다."

　남자는 리카드의 공갈도 귀담아듣지 않고 분노에 미친 표정으로 아나스타시아를 노려보았다. 아나스타시아는 그대로 물어 뜯을 것만 같은 남자에게 천천히 다가가 따귀를 선사했다.

　공기가 파열하는 상쾌한 소리가 울리고 남자도 주위도 아연해졌다.

　"등신짓이나 캐서 지 값어치 깎아 놓고 적반하장이라니 최악이데이. 지지바한티 정면으로 싸다구나 맞고 니 가치는 어데고? 니 꼴 본나!"

어린 소녀의 신랄한 말에 남자는 "욱." 하고 입이 턱 막혔다. 그런 아나스타시아를 리카드는 눈웃음을 지으면서 바라보았다. ——하지만 금세 환성에 교역장이 들썩거렸다.

"잘 말했다!" "시원타!" "도둑놈 고소하네!"

"예, 예, 고맙심더—."

신나게 떠드는 소리에 애교를 떨며 아나스타시아는 그 나이대 소녀로 돌아왔다. 그 변신에 주위는 더욱더 들썩거리고 그사이에 리카드는 도둑을 밖으로 데리고 나갔다.

"원래는 잘 쓰는 팔 뽑고 동네 밖에 내버리는 정도는 해야 카는디."

교역장 뒤로 돌아간 리카드는 남자를 흙 위에 내던졌다. 땅바닥을 기는 남자는 그 협박에 퍼렇게 질렸다. 그러나 리카드는 자기 수염을 손가락으로 튕기고 말을 이었다.

"오늘은 못 본 기로 하긋다. 아까 꼬맹이의 그 한 방보다 따끔한 한 방을 내는 몬 해. 너도 생각이 없진 않긋지. 두 번 다시 낯짝 비치지 마라."

쉭쉭 손사래를 치자 남자는 화급하게 리카드 앞에서 달아났다. 그 등이 사라지는 모습을 지켜본 리카드는 하품하면서 교역장 감시로 돌아가려고 했다.

"방금 도둑, 정말로 개심할 거라 생각하십니꺼?"

"……뭐꼬, 츄덴이가. 봤나?"

그렇게 붙인 말에 돌아본 리카드 앞에 여우 눈의 통통한 남자가 서 있었다. 구색 좋은 남색 기모노를 입은 남자—— 츄덴 아그리, 이 상회의 대표다.

　그 츄덴은 기모노의 옷자락을 털고 남자가 달아난 방향으로 슥 여우 눈을 돌리고 말했다.

　"도둑은 쓰는 팔을 자르고 도시 밖으로 내쫓는 기 관습……. 설마하니 상회의 파수견인 리카드 공이 모를 거란 생각 안 합니다만도."

　"아나 도령 때문에 미수잖어. 그라고 보기 따라선 팔 나가는 기보다 무서운 한 방을 맞은 기다. 나라모 그쪽이 훨씬 더 무섭다카이."

　"사람은 누구나 기회만 있으면 잘못 빠진 길에서 돌아올 수 있다는 그런 건 없어예."

　"내도 안다 안카나. ──인상은 기억했다. 담에 근처에서 말썽 피우믄 쓰는 팔이랑 안 쓰는 팔도 받을 끼다. 그라모 되잖나."

　리카드가 낮은 목소리로 으르렁대자 츄덴은 참시 침묵하다가 수긍했다.

　"그건 환영입니더. 설마 '사냥개' 리카드가 어정쩡하게 구나 완전 불안했시예."

　"관두라. 민망혀. 지금 내는 상회에 목줄이 매인 어엿한 개 아이가? 왈왈."

　"글쎄, 진짜 진심으로 우리 개라믄 안심이지만도…… 뭐, 됐다 칩시더."

　"께름칙하게 말캐쌌네……."

콧방귀 뀌고 리카드는 찌푸린 얼굴로 츄덴에게 응수했다. 그
말에 츄덴은 못 말리겠다며 고개를 가로젓고는 "그란디." 하고
말을 이었다.

"……뭐꼬."

"긴히 드릴 말씀이. 다소 말썽이 있어서예. 자세한 건 저그 방
에서."

불온한 츄덴의 이야기에 리카드의 얼굴 주름이 더욱 깊이 파
였다.

——경험상, 이런 식으로 시작한 이야기가 '다소' 수준에서
끝난 적이 없었기 때문이다.

3

"요새 바난 근교에서 상단이 습격당하는 사건이 빈발하는 기
는 아십니꺼?"

회장실로 불려 불편하게 있던 리카드에게 츄덴은 그렇게 말을
꺼냈다.

그 화제에 리카드는 얼굴을 찌푸리고 "마, 알지." 하고 대답했
다. 바난 근교의 상단 피해, 그 보고는 리카드의 큼직한 귀에도
들어와 있긴 했다.

"다만 주워들은 정도데이. 도시 바깥 야기가 되든 상회 호위무
사 범주가 아니잖나. 애초에 피해를 입은 기는 외지 상인…… 딴

동네 야기제."

"지당하신 말씀. 그라카도 바깥에서 오는 상인은 우리 상회의 중요한 거래 상대지예. 더 말해 보자 카믄 화물은 나중에 우리 상품이 될 물건이기도 하꼬. 그게 날강도에게 도둑맞고 덤으로 행상인의 발길이 바난에서 멀어진다믄 피해는 심대한 기라예."

"……캐서 그 날강도인지 도적을 내더러 우짜란 기는 아이겠제?"

리카드도 과거에 한가락 했지만 그렇다고 너무 기대해도 곤란하다.

상단을 사냥감으로 삼는 도적단쯤 되면 규모는 못해도 50명 미만은 아닐 것이다. 상황에 따라서는 100명 규모도 있을 수 있다. 혼자서 상대하는 건 바보나 하는 짓이다.

"적이 쪽수가 모였다믄 아무리 내라 캐도 무리무리 무리수데이. 혼자 우짜나?"

"아아, 그 문제라믄 안심하시라예."

그런 리카드의 염려에 츄덴은 대놓고 여간내기 아닌 얼굴로 웃으며 말했다.

"이번 사태, 바난 도시 의회에서도 문제시하고 있어서예……. 우리 상회를 비롯해 상업연맹이 갹출해서 사람을 모을 낍니더. 캐서 리카드 공은 그 모인 사람들 이끌고 문제의 도적단을 찾아내서 싹 잡아 주시라. 마, 이런 야기지예."

"……것도 충분히 어렵댜."

리카드가 투덜대지만 내심 퇴로가 막히고 있음을 이해했다.

카라라기는 국가의 성립부터 그래서, 도시에서 상인의 발언력이 꽤 크다.

도시 운영에 관한 의회의 관계자, 그 태반은 유력한 상인이나 상회주다. 츄덴 또한 그중 한 명이며, 그가 이렇게 이야기하는 이상 이미 의제는 제출됐으며 나머지는 당사자인 리카드가 승낙하면 끝나는 곳까지 온 것이리라.

"견인인 내더러 어중이 떠중이들을 모아서 델꼬가라 이긴가. 먼 생각이고. 몬 살긋네."

"능력이 참한 쪽이 그 능력을 발휘하기에 걸맞은 위치에 오른다. 당연한 섭리지예."

뻔뻔스럽게 츄덴이 대답하고 그는 책상 위에 지도를 펼쳤다. 바난 주변의 겨냥도로, 여러 상로(商路)에 붉은 표식을 단 것을 알 수 있었다.

"주변 상로와 상단이 습격당한 곳입니더. 습격당한 상단에 생존자는 제로. 화물과 개도 빼앗겨서 도적단치고는 수법이 철저합니더."

"이만치서 일한다믄 본거지도 이 근처에 있을 끼 아이가."

리카드는 지도를 바라보면서 습격 지점의 인근 주변—— 삼림과 암석지대에 눈길을 돌렸다. 적당한 규모의 도적단이 숨는다면 이 주변을 본거지로 삼을 가능성이 높다.

그렇게 지도를 노려보면서 둘이 대화하고 있으려니——.

"실례합니더—. 차 가지고 왔습니더—."

그런 말과 함께 김이 오르는 쟁반을 껴안은 아나스타시아가 방에 들어왔다. 아나스타시아는 리카드와 츄텐, 둘 앞에 녹차가 든 찻잔을 놓았다.

"뭐꼬, 아나 도령. 급사하나. 사환꾼 일은 우짜고."

"바쁜 시간은 지나갔고 요리 차 갖다주고 나믄 휴식해도 된다 카데. 그보다 둘이서 와 지도나 보나?"

약삭빠르게 자기 몫 차도 날라 온 아나스타시아가 녹차에 입김을 불면서 갸우뚱했다. 그 질문에 리카드는 지도를 손가락으로 짚으며 말했다.

"이 빨간 동그라미 주변에서 말이다, 사람이 우르르 죽었다 카드라. 지금 츄텐이 내 보고 해결하라꼬 엄한 소리 싸는 중이제."

"어, 아저씨가? 괜찮나?"

"오, 걱정해 주는 기가?"

뺨에 주름 잡으며 기쁜 내색인 리카드에게 아나스타시아가 "아인데." 하고 고개를 가로저었다.

"그기 아이고, 범인 수색은 머리 쓰는 일 아인교. 아저씨 할 줄 아나?"

"걱정할 필요 없어예. 제가 리카드 공에게 부탁한 기는 찾아낸 범인의 머리를 쪼개는 일이니께. 그기라믄 특기 분야 아입니꺼?"

"아, 그기라믄 안심이다카이. 내도 시름 덜었네."

의기투합하는 두 사람의 말에 리카드는 한숨지었다. 그 폭풍 같은 한숨을 뒤집어쓴 아나스타시아가 "아저씨!" 하고 울컥. 그 얼굴에 리카드는 손가락을 들이댔다.

"그란 장난질 야기가 아이다. 이제부터 어른끼리 중요한 말 나눌 끼니 얼라는 밖에서 나비라도 쫓그라."

"나비맹치 한 푼도 안 되는 기를 나가 와 쫓나? 그보다 내한티도 소상히 설명해 본나. 암것도 모르믄 위험할지도 모르잖나?"

"도시 밖의 도적 야기를 안에 사는 사환꾼이 몰라서 위험한 기는 또 뭐꼬."

"마, 상관없지 않습니껴. 리카드 공도 한동안 이 일에만 매달려야 할지도 모르는 노릇이니, 아나스타시아 가한티 말을 해 두지예."

내켜하지 않는 리카드와 달리 츄덴은 아나스타시아의 흥미에 호의적이었다. 본래 그는 아나스타시아의 장래성에 홀딱 반한 부분이 있기에 이런 부분에서 무른 구석이 나온다.

리카드로서는 피비린내 나는 세계 이야기를 아나스타시아에게 들려주는 건 썩 내키지 않는다. 이것도 주위에선 아나스타시아에 대한 과보호라고 웃는 면이지만.

"──흐응. 뭐꼬, 도시 밖도 요래조래 큰일이구마."

리카드가 들은 것과 같은 설명을 듣고 아나스타시아가 그렇게 담백한 감상을 뇌까렸다. 아무것도 모르는 아이들이나 마찬가지인 대답에 그야 그럴 거라고밖에 대답할 도리가 없다.

다만 리카드의 수긍과 달리 아나스타시아는 별안간 "그란디." 하고 말했다.

"그, 습격 받은 사람들의 화물은 뭐였던 기가?"

"화물예? 보고에 따르믄 바난에 오기 전에 보석이니 골동품을 싣고 출발했다고 그라캅니더. 마석 세공품과 마광석, 무구 같은 기 싣던 상단도 피해를 입었다캤나."

"호옹, 맞나. ──요상하네."

아나스타시아가 갸웃거리고 입 안에서만 중얼거렸다.

"마, 이제 됐제? 츄덴도 이런 꼬맹이한티 이상한 야기만 들려주지 마라."

리카드는 그 중얼거림을 알아챘지만 이 자리에선 대화보다 내쫓는 쪽을 우선했다. 그 사실에 아나스타시아는 떨떠름한 표정이지만 츄덴은 어쩔 수 없다며 퇴실을 명했다.

"아유, 뭐라카노! 깍쟁이 아저씨 봐라!"

마시던 찻잔을 든 채로 혀를 내민 아나스타시아가 방에서 쫓겨났다. 그 모습을 배웅하다가 문을 닫고 리카드는 어깨를 으쓱였다.

"참말로 아나스타시아한티는 과보호십니더."

"하고 싶은 대로 다 말해싸라. 하모. 과호보지, 과보호. 그라니께 아나 도령이 있는 이 도시에 교육에 안 좋은 놈은 얼씬 몬한다. 그 일도 후딱 정리하긋다."

놀림 받는 건 사절이라고 송곳니를 드러낸 리카드가 지도를 노려보았다. 그 거구에서 뿜어지는 귀기를 지척에서 받은 츄덴은 희미하게 얼굴을 굳히며 숨을 내쉬었다.

"『사냥개』의 진면모입니꺼. 무섭기도 하고 동시에 한편이라 다행이라고 절실히 생각합니다."

——츄덴 상회에서의 그런 일이 있고 며칠 뒤.

바난 서쪽 끝에 있는 술집에서 한 소녀가 카운터에 기대어 가게 여주인 상대로 한도 끝도 없이 술주정을 피우고 있었다.

"그카서 내를 두고 가쁘렀어. 걸림돌 취급이나 하꼬. 아저씨 너무하데이."

"그렇게 됐구나. 며칠이나 그 개 얼굴을 못 봤다 했더니 그렇게 됐어. ……그래서 아나가 이렇게 우리 집에서 고주망태가 됐단 말이지."

"글타. 내 상심해쌌다. 주인 언니야, 위로해 주라. 그라고 우유 한 잔 더."

아나라고 불리며 우유를 추가로 채근하는 건 다들 아시는 아나스타시아였다. 개점 전의 가게에서 진상을 맞은 여주인의 아나스타시아에 대한 대응은 자상하고 부드러운 것이었다.

여주인에게 아나스타시아는 3개월 전까지 자기 가게에서 일하던 귀여운 종업원이다. 리카드 정도는 아니지만 여주인도 아나스타시아를 소중하게 여기고 있다.

그렇기에 준비 중의 가게에 와도 너그럽게 봐주고, 푸념 또한 쾌히 들어주었다.

"그런데 좀 뜻밖이네. 둘의 관계는 철석같이 리카드의 짝사랑인 줄 알았는데. 아나가 그 사람이 자리 비웠다고 그렇게 외로움 탈 줄이야."

"그치만도 아저씨는 내 끼란 말이다. 나가 목줄 예약했으니께 내 손이 안 닿는 곳에 가믄 안 돼야. 뭘 모른다카이, 아우."

리카드의 굵은 목에는 지금도 자물쇠가 망가진 목걸이가 채워져 있다.

그것은 노예 시절 그의 행동을 옭아매던 목줄로, 지금은 아무 효력도 없는 장식품이다. 그러나 노예 신분을 버리고서도 리카드는 자기 자신의 경계표로 삼아서 차고 다니고 있다.

그 사실이 아나스타시아에게는 심히 마음에 들지 않았다.

언젠가 반드시 리카드에게 걸맞은 가격을 매기고 산다. 그리고 그 목줄은 이 손으로 풀어다가 내버려 줄 것이다. 그것이 아나스타시아의 수많은 꿈 중 하나였다.

"아저씨캉 주인 언니 덕분에 내 꿈은 실현에 크게 다가갔어. 그러니께 내는 더, 더, 더어 노력해야 카는 기야."

"아나의 꿈? 그게 어떤 건데? 물어봐도 되니?"

"내 꿈은 말이지, 호신 씨맹치 떵떵거리는 기라! 그라카자고 지금은 힘하고 지혜하고 돈을 모으는 인고의 시간이데이."

음후— 하고 소녀가 콧김 씩씩대며 꿈을 이야기하자 여주인은 저도 모르게 웃음을 터트릴 뻔했다.

『황무지의 호신』의 전설을 동경하는 상인은 많다. 카라라기에서 태어난 남아라면 한 번은 그 입신출세 이야기를 꿈꾸었으리라.

그러나 그걸 가까운 소녀가 꿈으로 꾼다면 이야기가 또 특별했다.

"아유! 주인 언니까지 웃고! 그런 점이 아저씨하꼬 똑같다니께."

"미안해, 얘. 그래도 난 아예 꿈으로만 끝나진 않을 것 같은데. 실제로 아나는 큰 상회의 츄덴 씨가 거두어 가서…… 이대로 츄덴 씨의 부인이라도 되면 적어도 도시의 높은 사람은 될 수 있잖아?"

"나가 츄덴 씨 각시? 기는 좀 아이다. 아이지, 아이야."

키들키들 천진하게 웃는 소녀는 아무래도 자신의 고운 용모를 자각하지 못한 모양이다. 지금도 충분히 사랑스러운 아나스타시아는 머잖아 아름다운 여성으로 성장할 것이다.

그렇게 됐을 때, 여주인의 지금 발언도 웃을 이야기가 아니게 될 터다.

"저기 있지, 아나야. 지금은 못 믿을지도 모르겠지만 똑바로 명심해 둬. 아나는 평범한 아이들보다 귀여우니까 나쁜 생각하는 사람이 있을지도 몰라. 그렇게 느끼면 곧장 리카드나 츄덴 씨한테 상담해."

"에―, 하지만도 주인 언니, 그런 기는……."

"잔말 말고, 명심해 둬."

진지한 얼굴로 타이르자 아나스타시아는 "네―에." 하고 여주인의 말에 끄덕였다. 그대로 설교가 이어질 것 같은 흐름을 짐작한 아나스타시아는 새로 나온 우유를 단숨에 비웠다.

"잘 먹었십니더. 내는 오늘 아직 일할 끼 있으니께 돌아가께."

아나스타시아는 우유 값으로 동화를 세 닢 놓고 카운터석에서 뛰어내렸다. 여주인은 한순간 아쉬운 눈치였지만 금방 가게 밖으로 가는 작은 등에 손을 흔들며 말했다.

"아나야, 담에 또 쉴 때 얼굴 내미는 기다?"

좀처럼 나오지 않는 여주인의 카라라기 사투리, 그것을 끝으로 아나스타시아는 술집을 나섰다.

"응―, 아직 시간 남았는디…… 아저씨도 없꼬, 우짜쓰까."

가게 밖에서 기지개를 펴고 시간을 주체 못한 아나스타시아는 어째야 하나 고민에 빠졌다.

오늘은 휴일, 주마다 한 번 있는 완전휴양일이다. 여주인에게 말은 그렇게 했지만 예정은 하나도 없다. 그렇다고 교역장에 거들러 가 봤자 싫은 티를 낼 건 눈에 훤하고.

"또 낯짝 한 번 편하다 카는 소리 들어도 난처하꼬……. 좋아, 먹거리 산책이나 하까."

평평한 가슴을 펴고 아나스타시아는 잡다한 사람이 왕래하는 거리를 걷기 시작했다. 이렇게 자기 지갑을 들고 다닐 수 있게 되고서는 먹거리 산책하는 게 은밀한 취미다.

뒷골목 생활하던 시절, 노점에서 파는 음식은 공복의 적이었다. 그랬던 그것들을 즐길 수 있으니 신세 한 번 폈다고 생각한다.

"음……."

그리하여, 구입한 데코야키를 볼이 미어져라 물면서 걷고 있으려니 문득 시선을 느꼈다.

힐끔 그쪽을 쳐다보니 아나스타시아의 손어림을 바라보는 지저분한 소년과 눈이 마주쳤다. 내력은 금방 상상이 갔다. 도시 뒤, 극빈가에서 사는 '하이에나' 다.

집이 없고 먹을 것도 없다. 쓰레기장을 뒤지며 하루하루의 양식을 필사적으로 얻는 존재를 '하이에나' 라고 부른다. 그것은 호신 시절부터 있었다는 호칭이었다.

그리고 아나스타시아도 전에는 그 '하이에나' 신세였다. 내일조차 알 수 없는 신세는 결코 남의 일이 아니고, 소년의 시선에 떠오르는 것도 있다. 단──.

"──등신도 아이고."

아나스타시아는 남은 데코야키를 단숨에 입에 욱여넣고 빈 용기를 소년에게 과시했다. 그 기세에 밀려 소년은 허둥지둥 골목으로 도망쳤다. 패기가 없다.

베풀어 주기를 기대하며 입을 벌리고 모이를 기다리는 새끼새 같은 태도, 그것이 가장 아나스타시아의 속을 긁었다. ── 실제로 자신도 은혜를 받아 지금 자리를 얻었다.

그 사실을 이해하는 만큼 아나스타시아의 마음에는 자승자박의 고통이 있다.

자신에게는 리카드가 있어 주었다. 하지만 리카드는 어쩌면──.

"앗──?!"

생각하던 틈을 찔러 등 뒤에서 품속을 뒤지는 손길이 있었다. 창졸간에 팔을 뿌리치지만 늦었다. 아나스타시아의 품속에서 지갑을 빼낸 작은 그림자가 튕기듯이 뒷골목으로 뛰어드는 등이 보였다. 도둑맞았다. ──그것도, 이렇게 쉽사리.

도둑맞은 쪽이 얼간이. 그 생각은 한때 '하이에나'였던 아나스타시아는 잘 알고도 남는다. 여느 때라면 어쩔 수 없다고 포기했을지도 모르지만 이때는 그럴 기분이 들지 않았다.

"게 서그라!"

도망치는 그림자를 쫓아 아나스타시아도 골목으로 뛰어들었다. 뒷골목의 험로도 오랜만이지만 철이 들고 나서 몇 년씩 뛰어다니던 곳이다. 몸이 어떻게 달려야 하는지 기억하고 있다.

곧장 뒤를 따른 아나스타시아는 발소리와 목소리로 상대를 유도했다. 그대로 막다른 곳으로 몰아넣자 고스란히 함정에 걸린 그림자가 분하게 아나스타시아를 돌아보았다.

"자, 지갑 이리 내. 내캉 니캉 연륜이 다르다카이."

"머, 머가 연륜이고……. 그렇게 깨끗한 옷 입고서. 너 같은 녀석한테……!"

전에는 같은 입장이었다고 말해 봤자 믿지 못하리라. 그리고 말할 의미도 없다.

자신을 노려보는 소년, '하이에나'를 몰아세우며 아나스타시아는 지갑을 도로 빼앗으려 했다. 영양 상태, 그리고 상회에서 배운 호신술도 있다. 되찾는 건 가뿐하다. 그러나——.

"——그래. 너 같은 꼬마가 아는 척 나불대는 소리나 들을까 보냐."

"윽——?!"

뒤에서 들린 남자 목소리에 아나스타시아는 당황하며 뒤돌아보려 했다.

하지만 그보다 먼저 딱딱하고 날카로운 충격에 머리를 얻어맞아 그 자리에 고꾸라지고 말았다. 팔다리에 힘이 들어가지 않고 의식이 금세 멀어지기 시작했다.

"헷, 잘도 해 주셨겠다. 자, 그 지갑 들고 얼른 꺼져!"

말다툼하는 목소리. 그걸로 멍하니 함정에 걸린 거라고 이해했다. 누군가의 함정, 누구에게. 난폭한 목소리에 들은 기억이 있는 것 같았다.

──이 남자의, 저주하는 목소리를, 교역장에서 막 들은 것 같았다.

5

한편 그 무렵── 리카드를 두목으로 세운 용병단의 도적 퇴치는 난항을 겪고 있었다.

지도상에서 주목한 지점, 도시 주변의 삼림에서 강도를 발견하긴 했으나 예의 상단 습격을 실행하기에는 규모가 너무 작았다. 강도는 몇십 명으로 이루어진 리카드 일행을 발견하자 곧장 궤주해 뿔뿔이 도망쳐서 앞으로도 말썽을 피울 일은 없으리라.

단지 그 외의 성과는 거두지 못해 문제의 상단 습격범은 흔적하나 찾을 수 없었다.

"숲에서 발견한 동굴도 꽝이라. 입구가 좁아서 원래 기대는 희박했지만도……."

잇따른 허탕 보고로 지도에 ×표를 그리는 리카드의 표정도

밝지 못하다.

급조한 용병단의 연계가 조악한 것도 이유지만 내놓아야 할 결과를 내놓지 못하는 건 자신이 모자라기 때문이다. 그렇다고는 해도 그 이상으로 사태를 이해할 수 없어서 마음에 걸리기도 했다.

"노리는 목을 바꾸었을 가능성도 있나? 우리가 도적 퇴치에 나선 기 하꼬 시기가 겹치는 것 같은디……."

도시 운영을 담당하는 의회도 똘똘 뭉친 건 아니다. 의원의 실각을 노리고 도적 편을 드는 이가 없다고도 단정할 수 없다. 그리되면 사태는 마냥 복잡해질 따름이다.

그러나 리카드에게는 그 이상으로 뭔가 다른 의도가 얽혀 있는 느낌이 드는 판국이다.

"리카드, 바난에서 출발하는 상단이야. 일단 입회해 다오."

"알았데이."

야영지 텐트 안, 신음하는 리카드를 부단장이 불렀다. 천막에서 밖으로 나오니 십여 대의 견차를 이끄는 상단이 저녁의 가도를 줄줄이 나아가고 있었다.

굳센 호위를 여러 명 거느리고 있는 상당한 규모의 대상단이라고 할 수 있다.

"이런 시간부터 멀리 나들이 나가나? 퍽 바쁘네."

"해님한티 신경 쓰다 장사할 때 놓치믄 우짜나 이거지. 하늘의 호신이 코웃음 칠 꼴이 된데야. 기는 사절이제."

"마, 그라카네. ──그나저나 호위가 으리으리하게 따라붙었구마이.”

“요 근래 이 주변이 뒤숭숭한 기는 전해 들었지. 나리들도 관계없진 않을 끼지?”

상단을 이끄는 덩치 큰 남자가 과장스럽게 어깨를 으쓱였다. 리카드에게는 그 남자의 말에 대답할 입이 없다. 대신에 상단의 견차로 걸어가 짐칸의 장막을 뒤집었다.

짐칸에는 쇠 우리가 비치되어 그 안에는 상품── 여러 인간이 밀려 들어가 있었다.

“⋯⋯노예 장수가.”

“나리는 마음에 안 드나? 그 목걸이, 옛날에 노예였던 증거니께 말이지.”

남자가 리카드의 목을 손가락으로 가리키고 보주가 빠진 구멍을 보고 말했다. 이 보주의 유무가 목걸이를 찬 노예 신분의 시비를 나타낸다. 리카드의 그것은 해방 노예임을 증명한다.

“노예상도 어엿한 장사제. 협정이 지켜진다믄 내가 오지랖 떨어서야 도리가 안 맞지.”

리카드는 눈이 죽은 노예들의 모습에 콧방귀를 뀌고 견차에서 떨어졌다. 그리고 상단의 대표에게 “가 보그라.” 하고 말을 던졌다.

“가는 길 막아서 미안타. 우리도 신경 곤두세우지만도 가는 길은 조심하그라. 소문난 도적에게 습격당하믄 홀딱 벗겨 가는 걸 넘어 뼈부터 살점까지 뜯어간다 카데.”

“고거 무섭네. 최대한 조심하긋다.”

남자가 "아이고 무셔라." 하고 웃으며 상단을 출발시켰다. 리카드도 견차 무리에서 떨어져 용병들에게 명령해서 움직이기 시작하는 집단을 배웅하게 했다.

　"──늑대 양반, 좋은 얼굴 하고 있는데에."

　그때, 견차 열의 최후미에 붙은 호위 남자가 리카드에게 끈적이는 목소리로 말했다.

　굳센 남자다. 2미터를 넘는 리카드보다 더 크며, 몸의 폭으로 따지면 리카드만 못하긴 해도 온통 칼자국을 남긴 전장 경험으로는 처지지 않을 것이다.

　그리고 남자의 몸에서 가장 두드러지는 것이 어깨부터 뻗은 네 개의 팔── 다완족(多腕族)의 증표다.

　"다완족이 제국도 아인디 카라라기에 있는 기는 희한하구만."

　"우후후, 그러게에. 웬만한 다완족은 볼라키아에 흘러간 모양인데, 우리 선조님께선 카라라기에서 피를 이어 와서 말이야아. 그 후예가 나란 거지이."

　희번덕이는 큰 눈으로 네 개의 팔에 각각 잡고 있는 무기── 외날도끼를 과시하며 음산하게 웃는 남자. 웃는 방식도 그렇지만 더 마음에 안 드는 건 그 행색이었다.

　강자의 분위기와, 급소만을 지킨 경장 가죽 갑옷. 그 머리부터 털가죽을 쑥 뒤집어쓰고 있지만 그 털가죽의 센스가 마음에 안 든다. 그건 명백하게──.

　"신경 쓰여? 신경 쓰이겠지이. 우후후, 그렇겠지이. 왜냐하면 이거 네 동족인 울핀족의 털가죽이니까. 죽인 상대의 가죽을 깔끔하게 벗기는 거, 힘들더라아."

"착각하는 기 같은디, 나는 그냥 견인…… 코볼트족이데이.
쪼매 밥을 많이 묵어서 덩치가 크게 자라 부렸을 뿐이지."

"우후후후! 알아. 너희 울핀족은 망하기 직전이니까 그렇게
이야기하라고 교육받고 있더랬지이. 핏줄을 남기고자 일족이
몽땅 거짓말을 하는 점은 멸망한 오니족 등이랑 비교하자면 훌
륭하지 않아? 으응?"

남자는 도발적으로 허리를 숙이며 밑에서 물끄러미 올려다보
았다. 하지만 리카드는 그 도발에 어울려 주지 않았다. 팔짱을
낀 채로 턱짓해 멀어지는 견차 꽁무니를 가리켰다.

"두고 가긋다. 호위 아인가. 쓸데없이 추파 보내지 말고 일이
나 캐라."

"……유감. 아아, 유감이야아. 우후후후, 유감, 유감."

남자는 끈적거리게 말하고 네 자루의 외날도끼를 등에 도로
메었다. 그리고 그는 부라리는 눈으로 리카드를 위에서 아래까
지 훑어보았다. 그리고.

"난 디들리. 어디서 또 만나면 이 가죽 이야기를 하고 싶은데."

"그러냐, 디들리. 내는 사절이데이. 다음에 보면 그 모가지 떼
어 주니께네."

"우후후후후후!"

리카드의 답변에 디들리는 뜻대로 흘러 만족한 듯 목을 홱홱
아래위로 흔들었다. 그 뒤에는 가벼운 발걸음으로 견차를 쫓아
집단을 따라잡고는 얌전히 떠나갔다.

리카드는 그 모습을 끝까지 방심 없이 지켜보다가 목뼈를 크게 뚜둑거렸다.

"소름 끼치는 놈들이던데."

"사람장사꾼은 다 저 짝 아이가······라꼬 몬 넘어갈 만큼 튀는 기 있었제. 디들리라 카든디, 아나?"

"난 모르지만 누가 알고 있을지도 모르겠군. 물어볼까."

"도적 퇴치에는 관계없긋지만도······. 마, 흥미 위주지. 저런 착각에 빠진 바보는 아이들 교육에도 안 좋으니 일이 없는 날에 눈에 띄끔 죽여 두긋다."

리카드가 못마땅하게 중얼거리자 옆의 부단장의 눈이 동그래졌다. 그리고 웃음을 터트렸다.

"와 또 웃나?"

"변했다 싶어서. 요즘 용병 동료들 사이에선 유명해. 그『사냥개』가 나이도 안 찬 계집애한테 사족을 못 쓴다고."

"이노마고 저노마고······. 참말로 한가한 것들이다카이."

리카드는 어이없는 소리를 하는 부단장을 쿡 찌르고 쿵쿵 발소리를 내며 천막으로 돌아갔다.

다시금 도적들의 보금자리를 캐낸다. 이만큼 성과를 못 거두면 슬슬 츄덴이나 다른 쪽에서 비아냥대는 김에 독촉해 대도 이상하지 않다.

"그라고 아나 도령도 너무 냅두믄 꽁할 테니께네."

그렇게 말하자마자 방금 막 부단장이 웃은 기억이 나서 뚱해졌다.

이래서는 소문이 나도 별수 없다. 사족을 못 쓴다는 건 오해지만 항상 마음을 쓰고 있는 건 스스로도 인정하는 점이다. 그렇기 때문에──.

"아무 일도 없이 평화롭게 캐 준다믄 좋긋는디."

천막 입구를 지나기 전에 저무는 저녁놀 쪽을 바라보며 리카드는 중얼거렸다.

밤의 어둠과 저녁놀이 섞이는 하늘은 연한 보라색. 그것은 리카드가 떠올린 소녀의 머리색과 똑같이 아름다운 색이었다.

6

──그런 리카드의 소원도 허무하게 아나스타시아는 인생 최대의 궁지를 맞이하고 있었다.

"웅──, 웅──!"

입에 단단히 재갈이 물리고 팔다리는 꽁꽁 묶였다. 몸을 일으키는 것마저 만족스럽게 못하는, 견본 같은 감금 상태였다.

안 좋아. 이건 안 좋다. 아나스타시아는 열심히 몸을 뒤틀면서 소리를 질렀다.

깨어나자마자 자신이 이상 상태에 있음을 깨달았다. 상황 판단은 한순간으로, 의식을 잃기 전의 기억도 선명하게 떠오른다. 이 부분에서 아나스타시아는 납치된 인간으로서는 이례적인 냉정함을 유지하고 있었다. 물론 그게 타개책으로 연결될지는 다른 이야기다.

——의식을 잃기 전에 자신을 후려갈긴 인물의 기억이 떠올랐다.

며칠 전, 교역장에서 도둑질하려던 남자의 목소리였다. 아나스타시아에게 도둑질이 들통 나서 리카드에게 맞아 나가떨어진 인물이다. 그 뒤, 원망하는 소리를 지껄이는 낯짝에 따귀를 갈겨 주고 갈채를 받은 일이 기억에 선명하다——. 그 앙갚음으로 이런 꼴을 당한 것인가.

"흐라모, 아허히 실후 아이가……."

도둑에게는 엄벌. 그것이 카라라기 방식이다. 그 전통에 따르면 당연히 그 남자도 한쪽 팔을 잃을 정도의 벌을 받았을 터. 그런데도 아나스타시아에게 복수하려고 한다면 그 집념도 참 장하다. 더 다른 쪽에나 의욕을 불태우라고 말하고 싶은 바지만.

"＿＿＿＿＿."

리카드의 책임을 추궁하는 사이에 아나스타시아는 침착함을 되찾았다.

일단 이대로 계속 소란을 피워 봤자 헛수고일 것이다. 방에는 창문도 눈에 띄지 않아 목소리가 바깥에 닿을 것 같지 않다. 애당초 소란을 피우는 목소리가 밖에 닿을 만한 장소에 감금할 리 없다.

울린 목소리의 감각을 보아 방은 썩 넓지 않다. 드러누운 바닥은 딱딱하고 차가운 돌바닥——. 석재를 깐 것이 아니라 암석 지대에 직접 오두막을 세운 것이다. 땅바닥은 다져놓은 것 같지도 않아 온갖 의미로 하는 일이 조잡했다.

──자신을 납치한 남자의 목적은 무엇일까.

아나스타시아는 가볍게 방의 검토를 마치고 상대의 목적을 생각했다.

그 도둑이라면 동기는 복수일 것이다. 문제는 복수 내용이다. 이렇게까지 해놓고 겁먹어서 해방할 리는 없으리라. 고통을 주고 죽인다. 그것도 생각 짧은 인간이라면 있을 법한 이야기지만.

"마, 노예홋지."

사람장사꾼에게 팔아넘긴다는 선택지가 가장 가능성 높다고 짐작된다.

원래 노예장사는 바난뿐만 아니라 카라라기 도시국가에선 드물지 않다. 막노동꾼은 노동력으로서 귀중한 자산이며, 하인이나 가도 정비 등 수요도 다양하다.

아나스타시아도 극빈가에 있었을 적에 몇 번이나 노예상에게 잡힐 뻔했었다. 바난의 도시법도 극빈가 '하이에나'의 노예화는 못 본 척하고 있다. 따라서 몸가짐이 단정한 아이들은 손을 대지 않는 게 노예상의 암묵적인 약속이지만.

"어일러으믄 우야으나."

저질렀으면 이미 변명할 방법이 없다.

아나스타시아의 신분은 츄덴 상회가 보증하고 있고, 애초에 리카드가 있다. 자신이 노예상에게 팔려갔다고 들으면 리카드는 그런 짓을 한 남자에게 이빨을 드러낼 것이다.

그건 근거 없는 자부심이 아니라 객관적인 사실이다. ──다소 근거가 부족하긴 했지만.

"그러니까 진짜라고! 잘 빠졌어. 댁들도 보면 끄덕일걸!"

아나스타시아가 그렇게 결론 내렸을 때, 별안간 사람 목소리가 다가왔다.

난폭한 목소리를 뒤집으며 어둑한 방에 들어온 것은 깡마른 남자다. 아나스타시아도 기억하는 얼굴과 목소리, 바로 그 도둑이었다.

그 남자에 이어서 세 남자가 더 방에 들어왔다. 누구나 덩치가 커서 말라깽이 남자와 비교하면 흡사 시든 나뭇가지와 거목의 줄기 같은 차이가 있었다.

"형씨 말을 의심하는 기 아이다. 근디 궁지에 몰린 인간은 헛짓하기 마련이니께네."

"노, 농담도. 그런 목숨 아까운 줄 모르는 짓 할까봐. 자, 자, 보라고. 저 녀석이야……."

도둑은 거한 중 한쪽에 위압당해 안절부절못하는 꼬락서니다. 그가 떨리는 손가락으로 자신을 가리키는 게 보여서 아나스타시아는 순간적으로 여전히 기절 중인 시늉을 했다.

그런 아나스타시아를 천천히 들여다보는 기척. 그리고.

"뭐꼬, 참말로 곱게 생긋네. 이거 예쁜이로, 아주아주 예쁜이로 크갓어. 봉을 뽑아도 지대로 뽑았구마이."

"──으."

자고 있던 머리를 잡아다가 억지로 상반신을 일으키자 아나스타시아는 희미하게 신음했다. 그러나 남자는 아나스타시아가 깨어 있는 것은 알아채지 못하고 그대로 쓱쓱 난폭하게 상품 검사를 마저 했다.

이야기의 흐름을 보아서 이 남자가 노예상. 미인이라는 말에 술집에서 여주인에게 들은 말이 떠올랐다. 흘려들어서 미안한 짓을 했다.

가능하면 다시 만나서 직접 사과할 기회를 원하는 바인데.

"그, 그러면…… 교섭은 성립된 거, 맞지? 응?"

"선물 지참해서 우리 상회에 들어오고 싶다 그랬지. 맞나, 이만큼 깔쌈한 걸 들고 왔나. 우리에게도 아주 보탬이 된다 아이가."

"그럼!"

"그—러나, 그기는 요 아가 어데 목줄 메인 데 없는 들개라믄 그렇단 기지."

"——어."

꺼질 듯이 숨 쉬는 목소리가 새어 나온 직후, 폭력적인 소리와 함께 뭔가가 벽에 격돌했다. 바로 비명과 몸부림치며 뒹구는 소리가 들려서 아나스타시아는 도둑이 얻어맞았다고 이해했다.

사람장사꾼이 지키는 암묵적인 약속, 그것을 문외한이 멋대로 깨고 지나간 것에 대한 벌이다.

"아아! 아아아! 아파…… 아파아아아! 끄엑!"

"빽빽 시끄럽다카이. 자는 아가 깨서 겁묵지 않긋나."

사람장사꾼이 아나스타시아로부터 손을 떼고 뒤돌아보는 기척. 실눈으로 상황을 확인하니 땅바닥에 쓰러진 도둑을 사람장사꾼이 내려다보고 있다. 발꿈치에 배를 짓밟혀 비명을 질렀다.

"알긋나? 우리 사람장사꾼에도 규칙이 있다. 도시법이 눈감아 줘서 악착같이 장사하고 있데이. 그기를 모르는 노마가 우리네에서 일할 수 있긋나? 앙, 우떠갔어?"

"끄, 억…… 죄, 죄송, 죄송합니다……."

체중이 실려 뼈가 삐걱거리는 소리가 아나스타시아의 귀에도 들렸다. 피를 게우며 필사적으로 목숨을 구걸하는 도둑. 사람장사꾼이 그 옆쪽에 쭈그려 앉아 얼굴을 들이밀었다.

"한 수 배웠네. 잘됐다 아이가. 앞으론 더 철저히 그 주변에 관해 현장에서 가르쳐 줄 테니께 안심하그라."

"고, 고맙……."

도둑은 용서받았다고 감사를 표하려 했지만, 그건 중단할 수밖에 없었다.

찰칵 하는 금속성과 도둑의 "어?"라는 물음표가 겹쳤다. 도둑이 떨리는 손가락으로 자기 목을 만지고 그 차갑고 딱딱한 감촉에 절망적인 표정을 지었다.

"어째……서…… 나한테, 노예의 목걸이……?"

"현장에서 가르쳐 준다 캤잖나? 노예 규칙은 노예가 되는 기 빨리 배운데이. 근성은 없지만 젊음은 있제. 재수 좋으믄 살아남을 수 있데이."

"그럴 수가, 이야기가 달푸헉!"

볼을 걷어차여 도둑은 허옇게 눈을 뒤집고 혼절했다. 그걸 확인한 사람장사꾼은 수갑까지 도둑에게 채우고 바닥에 내던졌다.

"나 참, 초짜가 카는 짓은 이래카서 무섭다. 아, 그라카도 상
등품이 들어온 기는 봉 잡았제. 규칙 어긴 노마는 노예 꼴 났고,
아무도 손해 안 봐서 잘됐다카이."

"노예가 된 두 사람은 여간 민폐 아니겠다 싶지마아는."

사람장사꾼의 감상에 그때까지 잠자코 있던 다른 한 사람이
끈적거리게 대꾸했다. 그 대답에 사람장사꾼은 "아—." 하고
고개를 꼬며 시선을 아나스타시아 쪽으로 돌렸다. 그리고.

"미안한디, 내는 노예를 사람이라고는 생각 안 한데야. 이건
상품, 고기캉 생선하고 똑같지."

그 말만 하고 사람장사꾼은 함께 있던 거한을 데리고 오두막
을 나가 버렸다. 문은 다시 밖에서 잠기고 기척은 멀어지기 시
작했다.

어둠과 무음이 돌아온 오두막 속에서 아나스타시아는 참고 있
던 숨을 힘껏 내뱉었다. 맥박은 빠르고 식은땀도 많다. 그걸 깨
닫지 못했으면 좋겠지만.

"흐헌 흐라카호……."

사람장사꾼다운 사람장사꾼이 눈독을 들이고 말았다.

도둑도 상품이 된 모양이지만 그게 고소하다는 생각도 안 든다.

보복이 빠르고 늦는 거야 아나스타시아에게는 아무 의미도 없
으니까.

──그 뒤로 몇 시간이 경과해 감각적으로 밤이 됐다고 아나
스타시아는 판단했다.

그동안 찬 바닥에 계속 누워 있던 아나스타시아는 뒤척이고 싶은 충동에 몇 번씩 고통받았지만, 그때마다 그걸 참아야만 했다. 왜냐하면.

"왜 내가 이런 꼴이…… 젠장, 젠장……."

의식이 돌아온 도둑이 현실을 받아들이지 못하고 한없이 우는 소리나 중얼거리고 있는 것이다.

이런 판국에 아나스타시아가 깨어났다고 알아채면 욕설의 폭풍우를 쏟아낼 게 틀림없다. 그렇기에 쓸데없는 잡음을 피하기 위해서 뒤척이는 행동을 참을 수밖에 없었다.

그나저나 딱딱한 잠자리에 불만을 품다니, 전에는 생각도 못할 일이다. 그렇다고 안일한 생활 때문에 약해진 거라고는 생각지 않는다. 나쁜 점은 아무것도 없다. 오히려 살짝 자랑스러울 정도다.

인간다운 생활을 하고 있으면 당연히 비인간적인 생활에는 견딜 수 없어진다. 밑바닥에서 얌전히 있는 귀염성은 모두에게 권할 만한 게 아니다. 꿈은 크고 높아야 하는 법.

"야, 너, 사실은 깨어 있지? 이봐, 일어나 있지?"

혼잣말도 다 떨어졌는지 도둑이 기어서 아나스타시아 쪽으로 다가왔다. 그 음색과 뼈에 사무친 원한, 남자가 아나스타시아에게 위해를 가하려는 건 명백하다.

사람장사꾼은 그렇게까지 바보는 아니리라 생각한 모양이지만, 아나스타시아는 그렇게 생각하지 않는다. 남자의 손이 아나스타시아의 재갈을 잡고 거칠게 천을 벗겨 냈다.

"······깨어 있다. 아까부터 시끄럽데이."

"깨, 깨, 깨, 깨어 있네. 깨어 있었잖아. 너, 너어어어, 잘 도······."

"말해두겠지만도, 내한티 아픈 짓 하는 기는 추천 몬 한다. 내 상품 가치는 니도 알긋지? 이번에야말로 아까 그 사람장사꾼한 티 처분 당할지 모른다."

"으, 극, 후욱."

처분이란 한 마디에 그때까지 들끓던 격정을 거두는 도둑. 얻어맞고 걷어차인 고통이 되돌아와 완전히 울적해져서 남자는 머리를 싸쥐고 말았다.

"여기, 어데고?"

"———."

"뭐, 쓸모 있을 만한 기는 없나?"

"———."

틀렸다. 답이 안 나온다.

기력을 잃은 남자에게 이야기해 봐야 헛수고다 싶어진 아나스타시아는 천천히 몸을 일으켰다. 불편한 잠자리에 뭉친 몸을 비틀면서 어떻게든 오두막의 문 쪽으로 기어갔다.

"소용없어."

도둑의 부정적인 발언을 무시하고 가까스로 벽에 기대어 일어났다. 그다음 문의 손잡이 같은 것을 주물럭대지만 열릴 낌새는 전혀 없다. 그렇다면 지면에 문질러서 손목의 밧줄을 풀어 볼까, 그렇게 생각한 순간이었다.

"살금살금……. 웅—, 안에 누가 있는 느낌?"

"———?!"

절망적인 발버둥질을 시작하기 직전에, 문 너머에서 그런 목소리가 들렸다. 거리낌 없고 속 편한 음성이지만 그런 만큼 인신매매와 무관하게 여겨지는, 그런 목소리가.

"있데이! 안에 있다! 납치당했데이!"

"오—, 있다! 대단해! 헤타로 말이 맞아! 알았어—!"

그렇게 말하고 문 밖의 기척이 살짝 멀어졌다. 무슨 짓을 하려 그러는지 아나스타시아는 의문으로 여겼지만 금방 이유에 생각이 미쳐서 허겁지겁 문 옆으로 쓰러졌다. 직후.

"이얍—! 미미 콰쾅—!"

기합성과 동시에 파르스름한 빛을 수반한 몸통 박치기가 오두막의 문을 밖에서 안으로 날려버렸다. 경첩이 튕겨나고 요란한 소리와 함께 나무문이 오두막 안에서 이리저리 튕겼다.

"좋아, 성공! 미미 대단해! 홍! 홍!"

"————."

너무나 난폭한 수단에 말도 안 나왔다. 하지만 문이 없어진 입구에 선 그림자는 그런 아나스타시아의 감상을 아랑곳하지 않고 즐겁게 계속 덩실거렸다.

너무나 자그마한 인영이었다. 신장은 또래 중에서도 작은 아나스타시아의 절반 정도밖에 안 오고, 달빛이 비추는 그 용모는 인간조차도 아니다. 그 모습은 고양이 그 자체로, 이족보행 하는 고양이 얼굴의 종족이라면 묘인(猫人)밖에 없다.

"오—, 묶였네, 묶였어. 잠깐 기다려 봐—!"

묘인 소녀는 악의 없이 웃고는 묶여서 움직이지 못하는 아나스타시아의 구속을 풀었다. "차킹—." 하고 발톱을 보여주더니 그걸로 선뜻 손발의 구속을 절단했다.

"즈기, 어…… 고맙데이?"

"응, 감사는 중요한 법! 그 말할 수 있으면 아주 장하단다. 미미도 자주 헤타로랑 티비한테 잊지 말란 말 들어—. 착하구나—. 착하다, 착해."

"관, 관두그라. 간지럽다. 그보다 니는 뭐꼬?"

주황색 털을 가진 고양이 소녀는 아나스타시아의 머리를 서슴없이 쓱쓱 쓰다듬었다. 그 행동을 피하며 질문하자 그녀는 큰 눈을 끔뻑이다가 말했다.

"후후, 잘 물어 줬습니다—. 저기 있지—, 미미는 의정! 의정!"

"의정……?"

허리에 손을 짚고 뽐내듯 언급한 말에 짚이는 구석이 없다. 이름일까. 아니, 그렇다면 미미라는 자칭은 또 뭐란 말인가.

"누나, 의정이 아니라 의적이야."

그러나 아나스타시아가 품은 의문은 다른 방향에서 풀렸다. 어른스러운 목소리가 들린 쪽은 소녀와 마찬가지로 오두막 입구였다. 거기서 새롭게 얼굴을 내비친 것은 역시 조그만 묘인이었다. 종족의 차이를 가미해도 소녀와 똑 닮았다.

"혼란하게 만들어서 죄송해요. 저는 헤타로, 이쪽은 미미 누나예요. 지금은 좌우지간 저희를 따라오세요."

꾸벅 고개를 숙인 남동생── 헤타로는 미미와 달리 꽤 이성적이다. 미미는 변함없이 뽐내듯 헤타로 옆에서 가슴을 펴고 있다.

두 사람은 그다지 정체는 밝히지 않았어도, 악의가 없는 상대임은 알 수 있었다. 그렇다면.

"호신 어록 '결단력은 최강의 검'! 알긋다. 따라가긋다."

──여자는 배짱, 남자는 애교다.

난데없는 난입자, 경악스러운 의적 선언이지만, 아나스타시아는 그 말을 믿기로 했다. 아나스타시아의 짧은 인생으로 기른 사람을 보는 눈이 두 사람을 악인이라고 판단하지 않은 것도 큰 이유다.

"자, 그쪽 형도 같이 가죠!"

헤타로는 도망칠 의사를 내비친 아나스타시아만이 아니라 도둑도 데리고 나가려 했다. 그러나 도둑은 묘인 남매에게 겁먹은 눈길을 보냈다.

"마, 말 같잖은 소리 마! 너희랑 도망치다가…… 들키면 죽어! 나, 나는 사양이다. 죽는, 죽는 것만은 절대로……!"

"그게 무슨……."

"헛일이데이. 말해 봤자 답 읎다. ──똑바로 살 수 있는 사람은 지 인생 지 발로 걷자고 각오한 사람뿐이니께네."

아나스타시아는 붙잡으려는 헤타로를 만류하며 오두막 밖으로 나갔다. 헤타로는 그럼에도 끝까지 망설였지만 비슷하게 미미가 그 어깨를 두드렸다.

"응—, 실망스럽네—! 하지만 할 수 없어. 미미네가 도울 수 있는 건 도움받고 싶다고 손을 내미는 사람뿐이라구—."

뜻밖에도 미미는 아나스타시아와 같은 판단을 내리고 망설이는 동생의 손을 잡아끌려 했다. 누나의 말에 재촉당한 헤타로도 마침내 도둑을 포기했다.

"여기, 도시 어데고?"

"구석의 쓰레기 산이에요. 그 사람장사꾼들은 항상 이곳을 이용하고 있어서."

"그걸 미미네가 밝혀냈지—! 정의의 시간이다—!"

쓰레기 산이란 속칭으로, 토사나 폐자재를 매립하기 위한 처분장이 그렇게 불린다. 사람이 오래 머물지 않고 별로 접근하지 않는 장소인 만큼, 사람장사꾼의 은신처로 최적이었다는 뜻이다.

아나스타시아는 달을 올려다보고 가볍게 숨을 내쉰 후 도시로 돌아가기 위한 길을 찾았다.

여기서 간다면 사람이 있는 극빈가까지도 거리가 상당하다. 다리에는 그럭저럭 자신이 있다고 보지만 묘인 남매와 비교하면 도저히 못 따라잡는다. 큰 소리로 도움을 청해도 사람장사꾼이나 부를 뿐일 것이다. 이대로 조용히 도망치는 게 상책—.

"이럼 안 되지이. 장난치며 쫄래쫄래 도망치면 말이야."

그러나 소원도 헛되게 그 목소리는 바로 위에서 뚝 떨어졌다.

"——윽!"

느닷없는 상황에 아나스타시아가 발길을 멈추자 그 눈앞에 묵직한 소리와 함께 거한이 착지했다. 그리고 그 괴이한 모습에 아나스타시아는 숨이 턱 막혔다.

거한은 짐승 가죽을 머리부터 뒤집어쓰고 어깨에서 네 개의 팔이 난 다완족이었다.

희번덕이는 눈을 가진 그 남자의 목소리는 조금 전의 오두막에서 들은 끈적이는 목소리. 사람장사꾼의 뒤에 서 있던 다른 남자다.

"노예가 될 거니까 기운찬 건 좋아. 기운찬 건 최고지이. 그런데 기운이 너무 넘치는 건 좋지 못한데에. 머리, 식힐래?"

"힉……."

그렇게 말하고 남자가 얼굴을 들이대자 아나스타시아는 비명을 지를 뻔했다.

엄밀히는 남자 때문이 아니다. 남자가 들고 있는 그 물체를 목격했기 때문이다.

"아, 이거? 깜짝 놀랐겠지이. 미안, 미안. 하지만 말이야, 그왜. 애, 너희가 도망치는 걸 지켜만 봤잖아? 같은 방의 노예가 도망치는 걸 지켜보다니 정말로 하나도 규칙을 모르는 놈이었지이."

웃으면서 남자는 손에 든 것——도둑의 머리를 살살 흔들었다. 공포가 어린 표정으로 목이 잘린 도둑은 최후까지 자신이 죽는 이유를 알지 못한 것일까.

피가 뚝뚝 떨어지는 도둑의 머리를 남자는 난폭하게 내던졌다. 그리고 그 피로 범벅된 손이 아나스타시아의 목으로 천천히 뻗고——.

"선제 공격!!"

"이크."

아나스타시아가 잡히기 직전, 미미가 남자를 향해 빛나는 발차기를 갈겼다. 남자는 그 공격을 아래 왼팔로 가뿐히 받아내고 이어서 위쪽 왼팔로 미미의 몸을 붙잡았다.

"음음?! 어라? 손이 많이 있지 않아? 치사해—!"

"그래, 치사하지. 미안해애. 손이 많이 있는 쪽이 강한 법이 당연하지이."

"누나를 놔!"

잡혀도 어딘가 속이 편한 미미를 대신해 헤타로가 잽싸게 남자의 등 뒤로 돌았다.

그러나 남자는 그마저도 뒤에 눈이 달린 것처럼 너끈히 피하고 도망칠 곳을 잃은 헤타로 또한 남자의 두 오른팔에서 달아나지 못했다.

"치사해—! 치사해—!"

"우—! 미안, 누나, 미안해…….."

바동거리는 미미와 힘의 차이를 통감하는 헤타로. 그 두 사람을 네 개의 팔로 구속한 남자가 즐거운 눈초리로 아나스타시아를 돌아보았다.

지금이라면 팔이 막혀 있기 때문에 도망칠 수 있을지도 몰라. 그렇게 말하는 싶은 듯이.

"그딴 솔깃한 야기, 믿는 기는 방금 죽은 사람 정도긋지."

"그렇지이. 영리하단 건 때로 잔혹한 일이야아. 바보랑 맞바꿔서 쓸 만한 묘인이 두 명 손에 들어왔지. 땡 잡은 격이지이.”

남자가 끈적이게 웃고 아나스타시아는 뒤에서 사람장사꾼이 접근하는 것을 느꼈다. 다시 구속당해 이번에야말로 상품이 되고 만다.

그렇기에 재갈이 물리려는, 그 전에.

“딱 하나만, 기억해 두라.”

“음음?”

“내한티 손대믄 아주아주 무서운 늑대가 올 끼다. ──내도 귀염성 없다카이.”

아나스타시아의 그 선전포고에 남자는 “우후후후!” 하고 기쁘게 어깨를 들썩거렸다.

“좋아, 좋은데에. ──그럼 그걸 기대해 둘까아.”

단순한 오기, 그렇게 남자는 받지 않았다. 그렇다면 이로써 승부는 성립이다.

──시작되기 전부터 패배가 결정 난 승부는 안 한다.

난폭하게 사람장사꾼에게 어깨가 붙들리고 그 입에 재갈이 물려 끌려가도 아나스타시아의 눈에서 투지가 사라지지는 않았다.

7

『황무지의 호신』의 전설 중에 무혈입성 이야기가 있다.

가로되, 호신은 단신으로 적의 요새에 쳐들어가 요새 주인을 그 혀만으로 따르게 해 견고한 문을 열어젖히고 동료로 맞아들였다고.

요새로 쳐들어간 방법에는 여러 설이 있다.

정면으로 당당히 문을 두드렸다거나, 운반되는 화물 속에 숨었다거나, 개중에는 시체인 척해서 의표를 찔렀다는 설도.

하지만 들어가는 방식엔 갖가지 의견이 있어도 나오는 방식의 끝맺음은 어느 설이든 공통적이다.

——호신이 요새를 무혈로 개방해서 소국 카라라기를 구원하면서 전설은 시작됐다고.

이후, 호신은 이를 디딤돌 삼아 패권을 다투는 나라 사이의 싸움에 뛰어들게 된다. 그리고 카라라기 도시국가 탄생의 역사를 쌓는 것이다.

그런 일화를 떠올리고 역시 전설의 영웅은 격이 다르다고 아나스타시아는 감탄했다.

단신으로 적지에 쳐들어가다니 용기와 승산이 얼마나 있어야 가능하단 말인가. 호신은 무예가 부족하고 혀 말고는 무기가 없었던 것으로 유명해서, 그런 점은 자신과 똑같다.

다른 점은 아마도 호신은 실수해서 자기 목에 노예용 목걸이가 채워진 경험이 없으리라는 점일까.

"_____."

아나스타시아는 차갑고 딱딱한 목걸이의 감촉에 자신과 영웅의 그릇 차이를 느끼고 한숨지었다.

리카드와 짝이 맞는다며 너스레 떨 여유야 없지만 이 목걸이의 존재가 아나스타시아에게 어느 정도 안심감을 주고 있었다. 상대가 멀쩡한 노예상인 것을 알았기 때문이다.

노예 장사에 멀쩡한 쪽이고 부당한 쪽이고 있겠느냐 하겠지만 이게 크게 차이가 있다.

그 차이는 노예용 목걸이의 유무로 거의 구별이 간다. 이 목걸이는 『미티어』라고 불리는 도구의 일종으로, 목걸이의 보주를 통해서 소유자의 게이트와 연결되어 있다. 그 때문에 소유자는 정신을 집중하기만 해도 노예에게 고통을 주어 벌할 수 있으며, 많은 경우 노예상은 이를 이용해 노예를 관리, 유지하고 있다.

이게 없으면 노예상은 폭력으로 노예를 길들일 수밖에 없다. 그 경우, 노예에 흠집 낼 위험은 피할 수 없기에 멀쩡한 노예상일수록 노예를 소중히 다루는 것이다.

그러므로 목걸이의 유무는 양식이 있는 노예상의 증표——. 적어도 생명을 빼앗길 우려는 없다. 그것이 아나스타시아가 안도하는 원인이며, 사고를 그만두지 않고 있을 수 있는 근거였다.

"웅~, 웅웅~!"

그리고 아나스타시아의 정신을 지탱해 주는 근거가 또 하나, 아니 두 개 있다.

아나스타시아와 같은 오두막에 가두고 목걸이를 채운 두 묘인의 존재다.

"우웅~! 우웅웅~!"

미미는 한없는 체력으로 벌써 몇 시간이나 줄기차게 구속을 풀려고 바동대고 있다. 그 옆에서 조용히 드러누운 헤타로도 포기하고 웅크린 것은 아니다.

"───────."

침묵은 비관이 아니라 상황을 타개하느라 머리를 굴리고 있기 때문이다. 아나스타시아와 마찬가지로 기회를 기다리는 눈초리, 거기에는 체념도 타협도 일절 없다.

헤타로는 호시탐탐, 미미는 기운차게, 전혀 포기하지 않았다.

그렇다면 아나스타시아에게도 희망이 있다. 그것도 크고 텁수룩한 희망이.

"우야아옹, 아어히한티……."

리카드에게 자기 존재와 궁지를 전해야만 한다.

그것이 바로 아나스타시아가 할 수 있는, 이 노예상의 요새를 활짝 개방하기 위한 방법이다.

"──호오."

그렇게 탈출 방법을 열심히 찾는 세 사람 쪽에 다시 노예상이 얼굴을 내밀었다.

"디들리에게 들었지만도, 멍청이캉 맞바꿔서 묘인 두 마리믄 썩 괜찮은 교환이지."

문을 열고 안을 둘러보고 콧소리를 낸 것은 행색이 좋은 거한이다.

어젯밤도 봤던 거한은 아마도 노예상의 두목이리라. 어제는 정면에서 보지 못한 얼굴이지만 오늘은 장식품을 쩔렁쩔렁 단 복장까지 똑똑히 보였다.

두목은 호위를 여럿 거느렸고 개중에는 그 팔이 네 개 있는 남자도 포함되어 있었다. 그는 아나스타시아의 시선을 눈치채자 음산하게 웃으며 손을 흔들었다.

두목과 호위가 세 명에 광전사가 한 명, 상품의 검사치고는 퍽 호들갑스러운 일행이다.

"뭘, 어젯밤은 말썽을 부렸다고 들었으니께네. 나가 소심해서 말이다. 덕분에 이 사업장도 자알 굴리고 있제. ……이봐."

아나스타시아의 의문에 두목이 정성껏 대답했다. 그가 턱짓하자 호위가 벽에 연결되어 있던 아나스타시아와 묘인 남매의 사슬을 풀었다. 해방되는 것……은 아니다.

"새 술은 새 부대에 담아야제. 바난의 사업장도 슬슬 터를 바꿀 때가 온 기야."

두목이 난폭하게 아나스타시아의 사슬을 끌고 출하된다는 사실을 에둘러 전했다. 그대로 방 밖으로 끌려 나가 밖에 매어둔 견차의 짐칸에 실리려 했다.

하지만 그 도중이었다.

"우가가―!"

"어어! 잠깐!"

마찬가지로 오두막에서 끌려 나온 순간에 날뛰는 미미가 호위의 팔을 뿌리쳤다. 새끼 고양이는 폴짝 뛰어 두목에게 덤벼들려 했다. 집단의 우두머리를 노린 것은 작전이 아니라 본능인가. 그 선택 자체는 정답으로, 두목은 한순간 얼굴을 굳혔다.

"그러니까아, 말썽 부리면 안 된다니까안."

그러나 미미의 역습은 도중에 수포로 돌아갔다. 끼어든 네 팔의 거한이 그 팔 중 두 개로 미미를 후려쳤다. 지면에 메다 꽂힌 소녀의 몸이 낙법도 못하고 튕겼다.

"깽!" "윽——."

"아, 인마, 디들리! 지나치지 않나! 흠집 나믄 우짜라고!"

철푸덕 지면에 누운 미미를 보고 두목이 거한의 등을 두드렸다. 거한—— 디들리라고 불린 남자는 그 말에 일반인의 곱절인 어깨를 움츠리며 물러났다.

"미안하데이, 아그야. 그라카믄 안 되지? 우리도 일부러 상품에 흠집 내긴 싫다카이. 얌전히 있으믄 니네 안 좋은 짓은 안 한다."

"오—, 안 속는다고—. 이 악당아—!"

쭈그려 앉은 두목이 징그럽게 어르는 목소리로 말을 붙이지만 미미가 꿋꿋하게 반론했다. 얻어맞은 충격으로 재갈이 풀려 자유로워진 입으로 미미는 오기를 발휘했다.

"악행은 패망한다! 설령 미미가 잡히더라도 헤타로랑 티비가 막아서리라—!"

"맞고도 기운찬 아가씨로구마. ……교육할 보람이 있데이."

"뭐…… 꺄우—!"

말하던 도중에 미미가 온몸의 털을 곤두세우며 절규했다. 눈을 부릅뜨고 비명을 지르는 소녀. 그 원인은 노예용 목걸이다. 두목 남자가 거기에 명령해 미미에게 고통을 주고 있다.

"——큭!"

아파하는 누나의 모습에 동생 헤타로도 같은 고통을 맛본 것처럼 얼굴을 찌푸렸다. 이윽고 미미에게서 힘이 쭉 빠지자 두목은 재갈을 도로 물리고 일어났다.

"뭘 호락호락 도망치게 둘 뻔하냐, 등신. 기합 빠진 거 같으믄 느그도 목걸이 채우고 놀아 주까? 빠진 기합도 금방 차오른다."

"죄, 죄송합니더! 다시는! ——윽."

실수를 저지른 호위의 뺨에 따귀가 들어가고 얻어맞은 남자는 미미를 단단히 고쳐 안았다. 일련의 흐름을 잠자코 보던 아나스타시아는 정녕 까다로운 패거리에게 잡혔음을 깨달았다.

통솔이 잡혔으며, 의식이 높고, 실력도 높다. 징글맞았다.

"암튼, 도망치려 카다가는 방금맹치 아주아주 아픈 맛을 볼 끼야. 하나 배웠을 테고…… 그랴, 외출해 보까. 고향에 작별 인사하는 편이 좋데이."

바보 취급하는 두목의 말에 아나스타시아는 가볍게 주위를 바라보았다. 둘러보아도 둘러보아도 폐자재뿐, 그야말로 쓰레기산. 아무 감개도 솟질 않는다.

"작별 인사는 충분하단 낯짝이네. 그라모 가까……. 엇, 마, 인마."

고개를 숙인 아나스타시아의 등을 밀어 두목이 용차에 밀어넣으려 했다. 그 기세에 떠밀린 아나스타시아는 자세를 무너뜨리고 쓰러졌다.

"뭐꼬, 그라케 씨게 치진 않았다 안카나. 그라모 못 쓰제. 굳세게 살그라."

앞으로 넘어진 아나스타시아를 호위가 잡아당겨 일으켰다. 일으켜 세워진 아나스타시아는 머리를 내젓고 움켜쥔 손을 그들의 시야로부터 살짝 숨겼다.

그대로 시치미 떼는 표정으로 견차로 발길을 옮기려다가──.

"……흡."

오싹 한기가 일어 아나스타시아는 고개를 들었다. 눈을 희번덕이는 디들리가 일어난 아나스타시아를 정면에서 내려다보고 있었다.

들여다보는 그 시선에 아나스타시아의 등줄기를 차가운 게 내달렸다. 들켰다는 전율에 목걸이를 찬 피부가 짜릿하게 겁먹었다.

미미와 비슷하게 목걸이의 벌을 받는다. ──하지만 그런 예감은.

"──우후후후."

입술을 달싹이며 나지막하게 웃은 디들리의 태도에 부정당했다.

그는 아나스타시아의 행동을 언급하지 않고 다른 호위와 비슷하게 주위 경계로 돌아갔다. 그 사실에 아나스타시아는 아연실색했지만 다시 등이 떠밀려 터덜터덜 견차 짐칸으로.

견차의 짐칸은 안에서 칸막이를 쳐 밖에서 안을 두루 볼 수 없게끔 되어 있었다. 아마도 노예 장사의 협정에 따른 노예와 불법 노예를 나누는 수작이다. 당연히 아나스타시아와 묘인 남매는 협정을 위반해 파는 노예이며, 들키면 그냥 넘어갈 수 없다.

"_____."

오두막과 달리 견차의 짐칸에는 창이 있었다. 수작을 부린 만큼 짐칸은 비좁아서 아나스타시아와 포인 남매의 공간은 거의 '꽉 찬 상자'라고 해도 될 만큼 밀착한 모양새다.

"그라믄 안에서 얌전히 있으래이. 아그들을 괴롭히믄 마음이 아프니께네."

자기 목을 손가락으로 가리키며 목걸이로 겁주고 두목이 짐칸에 장막을 내렸다. 노예상의 모습이 사라지기 직전, 마지막으로 힐끔 디들리의 웃음이 보였다.

간파당한 것 같아서 섬뜩하지만 무슨 생각을 하는지 모를 남자다.

"누나, 누나……."

"뀨우—."

닫힌 상자 안에서 기절한 미미를 헤타로가 걱정하고 있다. 미미의 의식은 돌아오지 않지만 생명에 별 지장은 없다. 목걸이의 효력은 그런 법이다. 그것보다도——.

"애알, 후린 이가……?"

헤타로의 재갈이 풀려 있다. 그 사실에 아나스타시아가 갸웃하자 그 모습을 깨달은 헤타로가 자신의 날카로운 앞니를 보여주고 딱딱 부딪쳤다.

"우리 이는 인간보다 튼튼하니까요. 누나한테도 일어나면 가르쳐…… 어어, 저."

헤타로가 망설인 건 입이 자유로워지자마자 소란을 피울 미미를 상상했기 때문일까. 큰 소리로 꽥꽥대고 다시 목걸이로 기절할 게 눈에 선하다.

손발의 자유가 막혔고 목걸이도 있다. 헤타로의 과제도 그쪽 대처일 것이다. 그러나 그쪽에는 아나스타시아 쪽에서 이것저것 타개책이 있다.

"우언…… 푸하. 우리 정보를 교환해 보자."

"——어떻게."

머리에 손을 돌려 재갈을 푼 아나스타시아의 모습에 헤타로가 놀랐다. 아나스타시아는 그런 헤타로에게 보이게끔 여전히 수갑을 찬 손바닥을 벌렸다. 거기에는 견차에 태워지기 전에 넘어졌을 때 몰래 주웠던 쇳조각이 있었다.

"일부러 넘어져서 주운 기 들킨 줄 알고 철렁했다만도……."

그걸 못 본 척한 디들리의 진의는 모르겠다. 다만 그 변덕에는 구원받았다.

조건은 혹독하지만 갖춰지기는 했다. 두 남매와 자신, 짐칸에서 보이는 바깥 경치. 노예상의 두목에 행색, 기억에 선명한 도시의 주변 지도, 그리고 리카드——.

——모든 것을 연결할 수 있으면 '요새 개방'이 가능할 터다.

"하나 묻고 싶은디…… 그 뺨의 상처, 안 아프나?"

아나스타시아의 물음에 헤타로의 표정이 굳었다.

그 반응에 아나스타시아는 확실한 손맛을 느껴 사랑스럽고 교활하게 미소 지었다.

8

"리카드, 물어보고 다니다가 알았는데, 그 디들리란 놈은 꽤 화제라더군."

천막에서 지도를 노려보는 리카드에게 돌아온 부단장이 그렇게 보고했다. 거구에는 지나치게 작은 의자에 앉은 리카드는 그 보고에 짜증 난 얼굴로 이를 딱 부딪쳤다.

"그딴 기야 그 '가죽 껍데기'를 한 번 보믄 누구든 알 끼 아이가."

"어이어이. '가죽 껍데기'라니, 참 호되게 말하는군. 하지만 뭐, 나쁘지 않은 호칭이야. 실제로 그놈은 죽인 상대의 가죽을 벗긴다는 악명이 있는 모양이니까."

"그런 부류의 악취미겠거니 생각은 했다만도……."

팔 네 개의 괴물을 떠올린 리카드는 불쾌한 듯 콧잔등에 주름을 잡았다.

짐승 가죽을 뒤집어쓰는 것뿐이라면 또 몰라도 놈이 쓰던 것은 죽인 아인에게서 벗긴 가죽이다. 그런 식의 수집품은 한둘로 끝나지 않을 것이다. 아마도 무수하게, 기분과 날씨 따라 갈아입을 정도로는 가지고 있을 것이다.

"출신은 더 북쪽인 것 같은데, 요즘은 얼굴 좀 팔자고 해서 이리로 출장했다더군. 지금은 아까 그…… 라즈크루 상회였던가? 그쪽하고 전속 계약 중이라는데."

"얼굴 좀 팔자는 귀여운 낯짝이든가. 그나저나 꽤 빠삭한 녀석이 다 있데이."

"술집에서 한 번 다투었다던데. 귀가 한쪽 뜯겨 나갔다더군. 재수도 좋지."

부장이 어깨를 으쓱이지만 리카드도 그 말에 같은 의견이다. 귀만으로 끝났으면 재수가 좋다.

디들리로부터 풍기는 농밀한 피 냄새는 굴러다니는 용병이 대적할 수 있는 게 아니다. 팔 하나로 너끈히 살해당한다. 팔이 네 개나 있으니까 그 차이는 역력할 것이다.

"무서운 얼굴이군, 『사냥개』. 살기 일으켜 봤자 우리 일하곤 관계없잖아?"

"안다카이. 썅, 잠깐 나가 보긋다."

짜증을 떠안은 채로 부단장을 남기고 천막을 나섰다. 리카드는 야영지의 밤하늘을 올려다보며 적적하게 자기 목걸이를 손가락으로 만지작거렸다.

표적인 도적단의 행방은 잡지 못해 자신의 후각이 쇠퇴한 데에 낙담을 숨길 수 없다. 덤으로 뒤틀린 심경을 마음에 안 드는 놈이 긁었다면 더더욱 그렇다.

동족의 털가죽을 벗기고 그걸 머리에 뒤집어쓴 남자 디들리. 정면에서 리카드를 '늑대 양반'이라느니 부른 데에 끈적이는 악의를 느끼지 않을 수는 없다. 리카드의 자칭을 홀랑 믿지 않고 늑대라고 부른 건 디들리를 제외하면 아나스타시아뿐으로——.

"뭐꼬, 수염이 떨리네. ……음?"

수염을 매만지며 불안감을 느끼는 리카드가 눈썹을 치켜들었다. 조금 떨어진 방향에서 말다툼을 벌이는 소리가 들린 것이다. 무심코 그쪽으로 발길을 돌렸다.

"맞나, 꼬맹아. 여기는 위험하다카이. 어여 마을로 돌아가 봐."

"그러니까, 책임자분께 드릴 얘기가 있습니다요. 들여보내 줘요."

우락부락한 사내의 어이없어하는 목소리에 유난히 정중한 어린 목소리가 겹쳤다. 쳐다보니 작디 작은 묘인 소년이 초원에서 보초를 보는 용병과 말씨름을 벌이고 있었다.

"먼 소동이가. 다 큰 남자가 아 상대로 눈꼴사납다."

"아, 리카드 씨……. 아니, 이 꼬맹이가 집에 가라는디 들어 먹질 않아서……."

끼어드는 리카드에게 보초가 굽실굽실 고개를 숙였다. 그 반응에 리카드는 콧방귀를 뀌고 소년을 쳐다보았다. 영리해 보이는 표정의 자묘인이다.

"도령아, 나가 여기 대표데이. 뭐 할 말 있으믄 들어주긋다."

"당신이 책임자입니까요?"

넝마를 두른 소년이 리카드의 태도에 눈이 동그래졌다. 그러고 나서 곧장 소년은 꾸벅 정중하게 인사하고, 그 자리에 무릎을 꿇으며 머리를 조아렸다.

"부탁이 있습니다요. 저희 누나와 형을 구해 줬으면 해요."

"도령의 형하꼬 누나를? 먼 야기고."

"노예상이에요. 둘이 노예상에 잡혀서…… 그걸 구해 주길 바랍니다요."

"……아아, 그 말이가. 건 딱하게 됐다만도."

소년의 간청에 리카드는 연민을 느끼면서 머리를 긁었다.

그의 형과 누나, 필시 묘인이겠지만 아직 어린 남매라면 노예상에게 절호의 사냥감이다. 그리고 소년이 두른 넝마——. 극빈가의 '하이에나'일 그네들을 노예상이 납치하는 건 바난의 도시법을 위반하지 않는다. 리카드 쪽에 부탁하는 건 조리에 안 맞다.

하다못해 일하는 중만 아니라면 또 모르겠다고 자비심이 싹트려던 리카드. 하지만.

"이걸 봐 달라요."

소년이 리카드의 거절을 가로막으며 자신이 두른 넝마를 벗었다. 그 궁상맞은 가슴에서 배를 쳐다본 리카드가 희미하게 신음했다.

——그곳에는 검붉게 피가 맺힌 살갗이 있으며 그 내출혈이 그림을 그리고 있었다.

그 그림은 꼼꼼히 뜯어보면 지도 모양을 하고 있었고, 리카드는 그것이 바로 직전까지 노려보던 바난 주변의 지도와 똑같음을 이해했다.

"도령, 이 상처…… 아니, 이 지도는 뭐꼬?"

"누군가가 제 누나나 형의 몸에 상처를 입힌 겁니다요. 가호로……『삼분의 가호』의 힘으로 저희는 세 명의 상처와 피로를 분할할 수 있어서…… 그 상처가, 이거예요."

"상처로 지도를……. 대단한 야기데이. 옳거니, 그카서 지네 있는 곳을…… 가만있어 비라."

노예상에 잡힌 남매가 몸에 상처를 새겨서 위치를 알리고 있다. 그 발상에는 혀를 내두르지만 그래도 리카드를 움직이기에는 부족하다. 다만 거기까지 생각한 순간에 리카드의 눈썹이 찌푸려졌다. ——이 지도는, 그것만이 아니다.

"이 지도…….."

도시 바난의 주변 지도, 그것은 리카드가 소유한 지도와 같지만, 지나치게 같은 것이다. 소년의 몸의 지도에는 리카드 일행이 쫓고 있는 도적단이 상단을 습격한 지점이나 그 잠복 장소라고 점찍던 지점에도 표시가 되어 있다.

이 지도를 그리려면 리카드가 가진 지도를 보지 않으면 불가능하다. 그리고 리카드의 지도와 차이점, 바난 근처의 야영지 —— 즉, 이 용병단의 현재 위치에 표시가 들어간 것과, 도시에서 뻗은 가도를 따라가듯이 표시가 새겨진 것.

"이 장소캉, 가도캉, 그리고 도적의 작업장……. 그걸 연결해서……."

"리카드 씨? ……엇, 우와!"

소년의 몸의 지도를 응시하며 골똘히 생각에 잠긴 리카드에게 보초가 말을 붙였다. 그 보초의 어깨를 붙든 리카드는 쩌억 송곳니를 드러내고는 외쳤다.

"당장 대가리들 모아다가 천막에 온나! 꼬맹이들이 큰 전과를 올렸다!"

9

소년은 티비라고 이름을 밝히고 전원 앞에서 자기 몸에 새겨진 검붉은 지도를 보였다. 리카드는 책상 위에 선 소년의 어깨를 부축하며 용병들에게 피의 지도를 가리켰다.

"다들, 알긋나? 이 도령 배에 그려진 지도. 이건 지금, 납치된 도령네 남매의 몸에 누가 새긴 것이데이. 해괴한 노릇이다만도 요거 보고 알 수 있는 점이 있제."

"꼬마네 남매를 납치한 노예상의 위치잖아? 그거야 대단한데, 우리하곤……."

관계없다고 말을 흐린 건 부단장이다. 하지만 그건 전원의 공통 인식이기도 하다.

노예장사에 대한 호오와 무관하게 이 용병단의 목적은 도적단의 토벌이다. 티비에게 동정은 해도 목적은 어길 수 없다. 그런 용병들에게 리카드는 "아이다." 하고 고개를 저었다.

"중요한 기는 말이다. 이 지도에 수두룩한 표식 쪽이데이. 여기에는 상단이 습격당한 곳도, 우리가 허탕 친 도적의 지점에도 표시가 있어. 이상하지 않나?"

"그거야 확실히 찜찜하지만…… 무슨 의미가 있지?"

"알긋나? 상단의 습격 지점과 우리가 허탕 친 잠복 장소 주변에 ×표데이. 그 대신에 지금도 움직이는 노예상에 동그라미 표시……. 이 지도를 그린 노마가 뭘 말하고 싶은지, 알 끼 아이가."

"──이봐, 이봐. 리카드. 너, 설마."

리카드의 흉포한 웃음, 그 의미를 이해한 부단장이 눈을 부릅 떴다. 용병단에는 아직 답에 이르지 못한 사람도 많다. 그 전원 에게 들리게끔 리카드는 말했다.

"우리가 찾고 있는 표적은 도적이 아이다. 도적이나 다름없는 장사하는 노예상…….. 아니, 행상하는 상단을 가장해 다른 상 단을 덮치는 『강도 상회』데이."

잠복한 도적단을 찾아다녔다가 허탕 치는 것도 당연하다. 도 적단은 어디에도 없다. 범행은 행상인을 가장해 지나가는 상대 를 덮치는 무장집단이 저지른 것이었기 때문.

견차나 화물을 깡그리 빼앗고 인원은 노예로 삼는다. 그대로 다른 도시에서 수확과 노예를 팔아치우고 온 나라를 돌며 장사 하는 게 『강도 상회』의 수법이다.

"캐서, 이 『강도 상회』 말인디…… 바난을 나와서 이 시간에 가도 이 주변을 얼쩡거리고 있다. 견차의 짐 나르는 속도로 봐 서 후보는 하나뿐이다카이."

"——라즈크루 상회인가!"

몇 시간 전에 야영지 앞을 통과해 막 화제에 올랐던 무리의 이 름에 부단장이 혀를 찼다. 이대로 두면 놓친다고 초조해하지만 리카드는 고개를 가로저었다.

"당황할 끼 읍다. 말했잖나. 이 지도는 줄기차게 놈들이 가는 길을 가르쳐 주고 있데이. 고래 머잖아 야영하려고 놈들 발이 멈춘다."

그 장소를 알면 다음엔 『사냥개』의 본색을 드러내 준다.

"천막 접어! 당장, 라즈크루…… 아니, 『강도 상회』를 쫓는다!"

부단장이 소리를 지르고 별안간 활기를 띤 용병단이 일제히 흩어졌다. 리카드는 그 모습을 지켜보다가 끝까지 역할을 다한 티비의 어깨를 힘차게 두드렸다.

"도령, 용케 끝까지 힘냈어. 장하데이."

"누나랑 형을 위해서라면, 당연한…… 일……이에요……."

그렇게 대답한 티비의 몸에서 힘이 빠졌다. 순간적으로 받친 작은 몸은 열이 나고 숨도 가쁘다. 당연하다. 이만한 상처다. 고통도 심상치 않을 터. 나누었는데도 이렇다면 실제로 맛보는 티비의 남매가 겪는 고통도 필설로 형용하기 어려울 수준일 터다.

그렇기 때문에 전력을 쏟아야만 한다.

"아나 도령, 네 전언, 똑똑히 들었다카이."

티비를 안아 들고 리카드는 이 자리에 없는 소녀의 이름을 불렀다.

흘긋 봤을 뿐인 지도를 정확하게 그리고, 도적단과 노예상의 존재를 결부 지어 야영지에 새긴 『아저씨』에게 그것을 전달한다. ──그 큰 전과의 입안자인 소녀를.

"무사히 찾아내서 와 노예상 같은 기에 잡혔는지 철저히 캐물어야 하니께네……!"

도시에 있어야 할 소녀가 왜, 그렇게 위급한 사태에 빠졌는가.

리카드는 그게 자신이 못 본 척한 남자의 소행인 줄은 생각도 못 했지만.

10

——『사냥개』가 이끄는 용병단과 라즈크루 『강도 상회』의 격돌은 심야에 시작됐다.

도시 간을 연결하는 가도를 따라 존재하는, 인적 없는 폐촌은 정당한 상단이 행상 도중에 들러 큰 개와 자신의 발을 쉬는 야영지로 이용하는 경우가 많은 장소다.

한때 농촌이던 야영지에는 그 시절의 잔재로 방기된 민가가 간간이 남아 있다. 지붕이 있는 집들의 존재는 야영지로 충분하고도 남게 매력적이다.

그런 만큼 그 땅을 정당하지 못한 『강도 상회』 패거리가 태평스레 이용하는 모습은 '사냥개' 무리의 분노를 강하고 강하게 사게 됐다.

"————."

어두운 밤에 저무는 폐촌을 『사냥개』와 용병단의 싸움꾼 40명이 조용히 둘러쌌다.

야영지에 지핀 보초의 불과 술판을 벌인 천박한 목소리. 매어 둔 견차에는 찾던 상회의 증표, 상회명이 각인되어 있어 착각할 리가 없다.

티비에게 새겨진 지도는 완벽했다. 작전 전에 천막에 남기고 온 소년의 탄원하는 목소리를 뇌리에 되새기며, 『사냥개』는 부단장에게 지시해 소대를 마을 곳곳에 배치했다.

확인을 마치고 부단장이 『사냥개』에게 끄덕였다. 그 신호에 하늘을 우러르며 『사냥개』는 입을 벌렸다.

"아오오오오——!"

밤하늘에 퍼지는 둥근 달, 그곳에 닿을 것 같이 짐승의 포효가 터졌다.

다음 순간, 『사냥개』의 손발이 떠맡은 자리를 향해 뛰어들어 —— 전투가 시작됐다.

"우오오오——!"

"시끄럽다카이, 등신아!"

광란하며 뛰어드는 남자를 리카드는 손도끼의 반격 한 방으로 거꾸러뜨렸다.

두꺼운 쇳덩이가 남자의 머리에 꽂혀 두개골이 과일처럼 터졌다. 피와 뇌수를 뿌리면서 쓰러지는 시체를 보고 뒤따르던 남자들이 하나같이 목을 푸들거렸다.

"힉…… ."

"발은 와 멈추나, 멍충이들!"

요란하게 알맹이를 쏟아낸 동료의 시체에 깜짝 놀라 발과 사고를 멈추다니 삼류 이하다.

한 명의 동체를 대각선으로 베고 다른 남자의 머리를 후려쳐깼다. 세 번째는 몸통을 힘껏 걷어차 벽에 밀어붙이고, 신음하는 남자의 정수리를 도끼의 자루 꼭지로 깨트려 핑침시켰다.

정상적인 상회로 위장하고 길가는 중에 다른 상단을 덮쳐 약탈을 반복하는 『강도 상회』. 그 거창한 감투도 자신들이 빼앗기는 쪽으로 돌자 싱겁기 그지없었다.

"리카드! 그쪽은 어때!"

시체를 걷어찬 리카드 쪽으로 피로 더러워진 검을 휘두르는 부단장이 달려왔다. 그는 『사냥개』가 날뛴 참상을 쳐다보자 이마에 손을 짚고서 한탄했다.

"걱정은 안 했지만 지나쳐. 깡그리 죽이기라도 하려고 그래?"

"이런 놈들 봐줄 가치가 어데 있나. 몽땅 다 손발 썰어다가 끓은 기름에라도 처넣고 싶을 정도다."

"마음은 이해하겠지만 뒷일도 감안해다오. 의회에도 설명해야 하는데 몰살하고 독식한다고 끝날 이야기가 아니잖아."

"뭐꼬, 배 째고 사과하라믄 사과하궂다! 단, 그것도 전부 다 수습된 다음 이야기제. 아나 도령하고 괭이 도령네 남매, 못 찾아내믄 다 헛짓거리다."

도시 의회의 의향을 신경 쓰는 부단장에게 분노에 불타는 리카드는 그렇게 짖었다.

『강도 상회』의 정체를 밝혀낸 건 아나스타시아의 임기응변과 티비 남매의 협력이 있었기 때문이다. 그런 어린애가 무리를 한 판국이다. 그에 보답할 의무가 있다.

리카드의 말에 부단장은 더더욱 한탄하는 표정으로 하늘을 쳐다보았다.

"아아, 제길! 이러니까 너하고 편먹기가 싫었단 말이야. 다른 놈들도 너한테 감화됐고, 증언대에 세울 만한 숫자가 남기나 할지……."

"적어도 대가리는 안 노리고 있다카이. 그라카서 안 죽은 게 남으믄 되긋지. 그보다……."

"알아. '가죽 껍데기' 자식 말이지?"

'가죽 껍데기' 디들리. 그 다완족이 바로 이 『강도 상회』의 주력임이 틀림없다.

그치만은 기습도 잔재주도 어림없으리라. 그런 차원을 떠난 존재다.

"그놈만은 꼭 내가 캐야 된다. 딴놈들한테 손대게 카지 마라."

"괜한 희생이 늘 뿐일 테니 말이지. 그거야말로, 슬슬……."

디들리의 소재를 알면 피리로 신호하라고 용병들에게 일러두었다. 디들리를 리카드가 무찌르면 다음엔 숫자로 판가름 날 터다.

따라서 리카드는 피리 소리가 울기를 기다리며 뾰족한 귀를 세우고 있었지만──.

"이봐아아아아! 늑대야아아아아아! 이리 나와아아아아!"

끈적이는 음산한 목소리가 폐촌의 피비린내 나는 대기를 무지막지하게 흔들었다.

11

라즈크루 상회는 『사냥개』의 습격으로 한순간에 괴멸적인 타격을 입었다.

거하게 취하거나, 혹은 곯아떨어졌던 일당은 쉽사리 용병에게 살해당해 인원이 단숨에 3분의 1가량 줄었다. 하지만 그 첫 공격의 죽음을 모면한 이들이야말로 『강도 상회』의 진짜 구성원들이다. 물론 그것들도 리카드 상대라면 영락없는 피라미다.

단, 그건 어디까지나 리카드가 상대일 때의 이야기다.

"젠장할! 이것들 뭐꼬, 아주 사람 우습게 보고……!"

측근이 용병을 반격해 쓰러뜨리자 라즈크루는 그 시체 앞에서 이를 갈았다.

라즈크루의 침소, 폐촌에서 가장 멀쩡히 남은 폐가에 침입해 온 용병은 다섯 명. 그것은 전원, 측근의 검술에 베여 쓰러져 시체로 변했다. 하지만 습격이 이 다섯 명뿐인 폭주가 아님은 온 마을에서 들리는 칼날 소리나 비명으로도 명백했다.

"얼빠진 도적이 하는 짓이 아이다. ……가도에 있던 그 칠푼이들이가."

바난의 도시 의회가 상단 피해의 대책으로 용병단을 조직한 것은 라즈크루의 귀에도 들어왔다. 그러니 바난에서 작업하는 걸 접고 쓸데없는 수색이나 하는 용병단을 거들떠보지도 않으며 장사판을 바꾸려 했는데, 어디서 냄새를 맡았는지…….

"두목, 다른 놈들은 우짜겠습니꺼."

"디들리가 있지 않나. 우리가 암것도 안 해싸도 분수도 모르는 것들은 알아서 좋난다. 그보다 확인해야 하는 기가 있다카이."

다완족 광전사 이름에 측근도 바로 입을 다물었다. 그 광전사라면 지금쯤 이 전장을 환희작약해 목을 치며 날아다니고 있으리라.

그보다 지금은 이 야단법석의 원인 규명이 우선이다. 여느 때와 같은 작업 중에, 여느 때와 다른 이변이 일어났다면 그건 '여느 때와 다른' 부분에 원인이 있다.

라즈크루는 자신의 손목에 찬 팔찌, 노예의 목걸이의 보주와 연동하는 그것의 감촉을 확인하면서 측근을 거느리고 '상품'의 안치소로 갔다. 그리고.

"그 지지바가 있는 기는 이 상자였제."

목적한 상자 앞에 서고는 측근에 명령해 문을 열게 했다. 문이 열리자 그 즉시 풍기는 것은 물씬거리는 피 냄새, 그리고 라즈크루는 무슨 일인가 싶어 눈썹을 찌푸렸다.

"──흡."

상자 안쪽, 그쪽에서 누군가가 숨을 집어삼키는 기척. 안에 들어가 어둠에 시력을 집중한 라즈크루는 그 광경을 이해하고 턱을 주억였다.

"오호라아. 그 꼬맹이들한티 가호가 있었단 말이지⋯⋯. 제법 아이가."

머리를 피로 물든 묘인 소녀와 비슷한 상처를 입은 묘인 소년. 그 두 사람을 감싸듯이 선 소녀에게 라즈크루는 순순히 감탄했다.

이 용모에 이 기량, 여태껏 취급해온 '상품' 중에서도 특등상품이다.

"손발 묶였는디 용쓰네. 상처는⋯⋯ 쓰레기 산에서 유리라도 주운 기가?"

"여유깨나 있나 보네. 무서운 늑대가 내를 맞으러 온 기 아이가?"

"우리 광견이 상대하고 있을 쯤이겠제. ……그보다 이 손해는 비싸게 치일끼다?"

허세 부리는 소녀에게 라즈크루는 왼손의 팔찌를 들이댔다. 정신만 집중해도 목걸이를 찬 노예에게는 격통을 줄 수 있다. 그것은 이미 묘인 소녀로 실천이 끝난 협박이었다.

그 아픔을 상상하자 아무리 소녀라도 얼굴이 굳었다. 라즈크루는 그런 그녀에게 보이도록 품속에서 일그러진 형태의 단검을 뽑았다. 라즈크루가 애용하는 고문 도구 중 하나다.

물론 소녀를 상처 입혀 상품 가치를 떨어뜨릴 심산은 없다. 이 단검은 뒤쪽 묘인용이다.

"알긋나, 아가씨. 아가씨가 저지른 짓, 그 책임을 지는 기는 딱히 아가씨 본인이라고는 단정할 수 없는기라. 이번 일로 한 수 잘 배울 끼야."

라즈크루가 턱짓하자 측근이 소녀를 억누르고자 팔을 뻗었다. 그대로 소녀 앞에서 적당히 묘인을 괴롭히고 이번 일을 반성하게 한다. 디들리가 주위의 용병을 일소하면 이 야단법석도 끝난다.

"저지른 짓의, 책임이라……."

"응?"

이미 뒤처리에 의식을 할애하던 라즈크루에게 소녀의 실낱 같은 목소리가 닿았다. 돌아보자 소녀는 곧게 라즈크루를 노려보고 있었다.

그 연두색 눈에는 어딘가 빨려들 것 같은 힘이 있어서——.

"그라모…… 니가 한 짓의 책임은, 니가 져야지!"

소녀가 강한 어조로 내뱉었다.

순간, 눈앞에서 묘인이 기운차게 번쩍 일어나 히죽 웃었다.

"이 세상에서 악은 성하지 못하리—!"

그렇게 외친 묘인의 발바닥이 라즈크루의 안면에 세게 직격했다.

12

——그 1초 사이 상자 안의 상황은 어지럽게 움직이고 있었다.

"————."

아나스타시아의 구령에 미미가 번쩍 일어나 피로 물들어 애처로운 모습으로 라즈크루를 발로 차 날렸다. 그 찰나, 라즈크루는 팔찌로 미미를 벌했을 터다.

게이트를 통해서 발사된 벌에 미미의 작은 몸이 터지듯이 떨렸다. 하지만 그것은 미미의 정의를 막을 힘이 없다. 왜냐하면 '벌'은 헤타로가 넘겨받았기 때문이다.

미미 남매의 『삼분의 가호』는 고통 등의 감각을 남매끼리 나눌 수 있는 가호였다. 그 비율은 평소에는 등분이지만 의식적으로 편중시키는 것도 가능하다. 지도를 그릴 때, 혹은 누나가 '벌'을 받을 때, 그 모든 고통을 자신에게 10할로 편중시키는 것도.

"나는 누나처럼 강하지 않으니까…… 이런 거밖에 못해서."

그렇게 말하고 지도를 몸에 새기자는 아나스타시아의 제안을 받아들이는 헤타로의 각오는 눈부셨다. 출혈과 고통에 괴로워하는 지금도 누나가 받는 '벌'을 넘겨받아서 누나를 지켜냈다.

"오—! 차압—!"

그 동생의 의사를 참작해 방방 뛰는 미미의 전투력은 상상 이상으로 높다.

라즈크루가 쓰러지자 동요한 측근들── 그 한순간의 빈틈에 뛰어든 미미는 두 측근 중 한쪽을 짧은 다리로 차 버려 벽에 충돌시켜서 격파했다.

라즈크루가 직접 거느린 호위다. 약할 리가 없으나 분발하는 자묘인의 전투력은 본인의 흥분을 반영해서 고조를 보였다.

"핫!"

동료가 쓰러져 제정신을 차린 측근이 허리의 도검을 뽑아냈다. 도(刀)라고 불리는 외날검이 번뜩이며 무섭도록 날카로운 검격이 터졌다. 하지만 미미는 이것을 선뜻 빠져나가고.

"하이야압—!"

꼬리의 타격으로 상대 몸을 젖히게 하고 이어서 그 복부에 강렬한 박치기를 먹었다. 그리고 비틀대는 적의 목을 짧은 손발로 연타하다가 끝으로는 내던져서 기절시켰다.

"거 봐라—! 미미의 대승리—!"

측근과 라즈크루를 한꺼번에 격파한 미미가 그 자리에서 승리를 뽐냈다.

아나스타시아는 그 대활약을 목도하고 눈이 동그래졌다. 시간이나 벌 작정이었는데 설마 전멸시켜 줄 정도일 줄은 몰랐다.

"암튼, 이걸로 끝나분 기다!"

상상 이상의 전과에 놀라면서도 아나스타시아는 쓰러진 라즈크루로부터 팔찌를 빼앗았다.

이 자리에서 도망친다고 해도 손발에 족쇄가 달려 있는 동안에는 어렵다. 그보다도 이 자리에서의 안전 확보를 우선해 무서운 늑대가 달려와 주기를 기다리는 게 최선이다.

"오—, 목걸이 풀렸다—! 헤타로 것도 풀렸어요—!"

"좋아! 생각대로 이걸로 풀 수 있는 기네. 나머지는……."

아나스타시아는 팔찌를 열쇠로 써서 자신들의 목걸이를 풀었다. 그 뒤로 푼 목걸이를 라즈크루와 측근 둘에게 각각 도로 채워 주었다.

"이……게…… 이딴 짓하고, 거저 넘어갈 줄…… 끼아악!"

의식을 되찾아 목걸이를 깨달은 라즈크루가 낮은 목소리로 으름장을 놓았다. 하지만 아나스타시아는 팔찌로 '벌'을 주어 그 의식을 거두었다. 제어하기 어려워서 라즈크루만이 아니라 쓰러진 측근들도 벌을 주고 말았지만 일단 이로써 완전 확보는 완료다.

"나머지는, 아저씨……. 믿으니께 배신하지 말그라……."

미미가 헤타로의 상처를 응급처치하기 시작하는 옆에서, 아나스타시아는 팔찌를 쓰다듬으면서 조용히 읊조렸다. 그리고 다음에 상자를 여는 게 낯익은 얼굴이기를 계속 기도했다.

"끼아아!"

"으메, 실수."

팔찌 제어를 깜빡 실수하는 바람에 벌을 받은 라즈크루의 비명이 상자에 메아리쳤다.

13

격렬하고 큰 자기주장에 불려서 발길을 옮겨 보니, 그곳에는 피바다가 있었다.

"아하아, 와 줬구나아, 늑대 양반."

흥분으로 숨을 씩씩대며 리카드를 바라보는 광전사. 그 발밑에는 대량의 시체가 흩어져 있으며 어느 것이나 원형이 남지 않은 끔찍한 꼬락서니였다.

다만 그렇게 생전의 모습조차 애매한 시체 산이라도 한눈에 알 수 있는 점이 있다.

"그쪽하꼬 그쪽, 그라고 그거. 우리 동료 아이고 니네 동료 아이가."

"어라아, 그랬었나아? 눈앞에서 알짱거리는 바람에 거슬려서 해치웠더랬지이. 그러는 경우 있잖아?"

"당연히 있긋냐. 같이 보털 마라, 등신아."

의뭉스럽게 대꾸하고 피에 젖은 외날도끼를 든 것은 '가죽 껍데기' 디들리다. 그는 네 개의 팔 중 하나로 뒤집어쓴 털가죽의 위치를 고치고 희번덕이는 눈으로 리카드를 노려보았다.

"역시 맞네에. 그 애의 늑대 아저씨는 너였구나아."

"……아나 도령이 맘대로 굴게 둔 기는 니 맞나. 별꼴이라기보단 그냥 바보데이. 그 결과가 전멸 직전이라니 몸 바쳐 웃기려는 데에도 한도가 있지 않긋나."

"그으래? 나로서언, 늑대 양반이랑 놀 수 있으면 그걸로 충분하지 않을까 했거어든."

옳거니. 완전히 광전사의 논리다.

인격을 고려하지 않고 실력만으로 디들리를 고용한 책임자의 판단 실수. ──이렇게까지 철저하게 파탄 난 건 희귀하므로 알아채는 편이 가혹할지도 모르겠지만.

"리카드……."

동행한 부단장의 부름에 리카드는 손도끼로 이곳과는 다른 전장을 가리켰다.

"이노마를 내가 잡아 두믄 다른 놈들이 밀릴 일은 없을 끼 아이고."

"그건 상대도 같은 말을 할 수 있다마는."

"시끄럽다. 니는 어여 딴 데나 가본나. 나가 이기라꼬 빌기나 해."

리카드는 불안한 내색의 부단장을 난폭하게 내쫓고 디들리와 단독으로 마주했다. 부단장이 없어지기를 조용히 기다리는 디들리에게 뜻밖이란 느낌을 받고 눈썹을 치켜 올렸다.

"뭐꼬, 생각보다 얌전하지 않나. 미친개인 줄 알았더니 교육 잘 됐네."

"진수성찬 전에 매너 어겨서 기대하던 맛이 상하면 손해잖아? 나, 디들리. 맛있는 건 최고의 상태로 맛보고 싶은 성격이야."

"그러시우. 내는 죽고 죽이는디 맛있니 마니 기준은 없데이. ──아나 도령한티 먼 쓸데없는 짓 안 했겠제?"

"해 둔 편이 더 열이 올랐을까아?"

"끓인 기름에다 처박았을 끼다, 얼간아."

상대방의 넉살이 서로의 방아쇠가 되어, 리카드는 내디딘 걸음 한 번에 디들리의 품속에 뛰어들었다. 맞받아치는 디들리는 네 개의 외날도끼를 각각 다른 궤도로 거구에게 후려쳤다.

바람을 휘감은 리카드는 낮은 자세로 선행하는 외날도끼의 일격을 회피, 손도끼로 뒤따르는 두 자루의 외날도끼를 튕겼다. 그리고 마지막 한 방이 닿기 전에 앞차기를 선사해 '가죽 껍데기'를 날려버렸다.

"그, 흐아아아아!"

뒤로 꺾인 디들리의 머리에 함성과 함께 손도끼의 일격이 내리꽂혔다.

거암마저 둘로 쪼개는 쇳덩이의 한 방을 디들리는 머리 위에 쳐든 두 자루의 외날도끼로 막았다. 강철이 맞물리고 불똥이 튀었다. 그대로 힘 싸움이 될 순간에 다완족의 남은 두 팔이 공격을 가했다. 리카드는 좌우에서 짓쳐드는 외날도끼를 창졸간에 가슴받이로 받아 흘렸다.

가슴뼈가 비명을 터트리며 그 안에 있는 내장까지 충격이 내달렸다. 치미는 핏덩이를 게워내고 밀어붙이는 디들리의 기세를 이용해 뒤로 크게 뛰었다. 기침한다.

"칵―, 퉤퉤! 제길, 느그 좀 하잖나아!"

"늑대 양반이야말로 대단해라, 대단해. 그럼 슬슬 진짜로 붙어 볼까아."

리카드가 피가래와 욕설을 함께 내뱉자 디들리는 끈적거리는 함박웃음으로 응답. 그 직후, 그 거체가 흐려지듯이 시야에서 사라지며 야음 속으로 팔 네 개의 괴물이 숨었다.

"그 덩치로 이래 나오는 기가!"

예상 밖인 디들리의 은신술에 리카드는 거칠게 말하고 어둠에 시력을 집중했다.

그 자기주장이 거센 형상으로 이토록 훌륭하게 어둠에 숨을 줄은 몰랐다. 시야에 광전사의 모습은 없고, 농밀한 피 냄새가 후각으로도 그 발걸음을 쫓지 못하게 했다.

이걸 노리고 파바다로 만든 거라면 생각 외로 만만찮은 전술 감각이다.

"――윽."

순간, 바람 가는 소리에 맞추어 손도끼를 쳐들고, 경쾌한 소리, 도합 세 방의 충격을 튕겨낸 손맛이 돌아왔다. 거대한 외날 도끼 세 자루를 한 방에 상쇄한 것은 리카드의 기량 덕분이다.

하지만 네 방 중 하나라도 먹히면 그건 디들리의 전술 쪽이 뛰어난 것이다.

"으극……."

외날도끼의 일격이 왼쪽 어깨에 박혀 바늘 같은 체모와 두꺼

운 근육이 단열했다. 선혈이 뿜어지며 아픔과 분노가 리카드의
목 안에서 폭발했다.

"우하아—! 도끼 한 자루론 못 베어 날리겠어!"

광전사는 쾌재를 울리며 무섭도록 가뿐하게 뒤로 공중제비 돌
고 야음으로 돌아갔다. 풀을 밟는 착지 소리가 들리지 않으니
밤에 숨는 수완은 야수도 감히 낼 수 없다.

그 본질, 정녕코 악몽 같다고 해도 무방하리라.

죽인 상대의 가죽을 쓰고 네 개의 팔로 죽음을 부르는 악몽의
화신. 제법 강렬하다.

"어때? 어때, 어때, 어때? 내 춤, 즐겨 주고 있어어?"

짧게 지면을 박차는 소리와 끈적이는 목소리의 발신원이 일치
하지 않는다.

목소리와 발소리가 독립한 기묘한 보법, 은신술로 눈을, 목소
리로 귀를, 피로 코를 속였기에 리카드는 어둠에 숨은 거체를
추적할 수단이 없다.

멀어지다가 가까워진다. 기어 다니다가 뛰어다닌다. 오른쪽
으로 왼쪽으로, 위로 아래로, 잇달아 펼쳐지는 변환 자재의 외
날도끼 살법에 리카드는 서서히 상처가 늘어났다.

일격이 날아드는 순간의 살기에 의지해 공격을 튕겨내도 세
방이 한도, 남은 한 자루에 몸이 잘려 목이 날아가는 것도 시간
문제다.

"제기, 허얼! ——그래, 좋다. 니 춤, 죽여서 끝내 주겄다!"

궁지가 느껴지지 않는 함성을 지른 리카드는 손도끼를 걸머지

고 뒤로 크게 뛰었다. 그리고 『사냥개』는 폐가를 등지고 똑바로 정면을 응시하며 무기를 잡았다.

배후를 벽으로 두면 공격할 방향은 정면부터 바로 옆까지 한정할 수 있다. '언제' '어디서'를 모르는 디들리의, '어디서'만은 봉하는 게 가능하다.

리카드의 그 전투 판단에, 막상 광전사는 즐겁게 목을 떨었다.

"우후후후후! 그렇지. 그렇게 오겠지이! 근데 있지이!"

"──윽!"

다음 순간, 디들리의 모습이 리카드 정면에 나타났다. 하지만 출현한 위치는 둘의 간격 훨씬 바깥── 디들리의 노림수는 접근전이 아니다.

던진 외날도끼가 포물선을 그리며 죽음의 원반이 되어 리카드에게 밀어닥쳤다.

은신술을 잡아내지 못해 고육지책을 선택한 적을 필살하는 것이 이 외날도끼 투척── 네 방향에서 육박하는 동시 공격에 대응하려면 그야말로 팔이 네 개 없으면 부족하다.

"널 죽이고 그 털가죽을 그 애한테 보여 줄게에. 어떤 표정 지을 것 같아아?"

"──────."

음산하게 웃으며 죽인 다음의 고약한 전망을 이야기한 디들리. 그 표정과 내용에 인내심이 뚝 끊긴 리카드는 입을 벌렸다.

──적의 필살을 찍어 누르기 위해 리카드 또한 비장의 수를 꺼냈다.

"그——어어어!!"

이빨이 늘어선 큰 입을 벌리고 리카드는 파괴의 포효를 정면으로 내쏘았다.

대기가 명동하고 지면이 소리의 진동에 뒤집혔다. 육박하는 외날도끼가 어마어마한 충격파에 휘말려 날아가고 소리의 충격파는 디들리를 직격, 그 거체를 선혈로 물들였다.

"어, 라아?"

예측 못한 공격에 눈이 동그래지고 디들리는 피로 물든 얼굴로 갸우뚱했다.

"오오, 아아!!"

거기에 리카드가 단숨에 돌진해 어깨에 걸머진 손도끼를 가차 없이 휘둘렀다.

일격, 그것은 광전사의 굵은 목에 박혀 뒤집어쓴 털가죽째로 디들리의 거체를 호쾌하게 날려 버리고 피의 꽃을 피웠다.

"——어으."

살과 뼈가 뒤틀리는 소리가 겹치고 날아간 광전사는 지면에 추락했다.

"역시이…… 짜릿, 하네에."

디들리가 부러진 목으로 웃음과 함께 뇌까리고, 웃는 숨결을 끝으로 침묵했다.

——그것이 도시 바난을 들쑤시던 악, 『강도 상회』의 최후였다.

14

사건이 있고 다음 날. 츄덴 상회의 상회장실에 리카드 일행의 모습이 있었다.

소파에 앉아 녹차를 홀짝이며 일의 보고를 마친 리카드는 한숨을 쉬었다.

"그런 이유로 말썽 부린 놈들은 뿌리를 뽑았다. 아나 도령도 회수해서 이쪽 손해는…… 마, 별것 읍다."

"그렇군요. 이것저것 예상하지 못한 사태가 겹쳤나 봅니다만……."

리카드의 맞은편에 앉은 츄덴이 일의 전말을 다 듣고 깊이 끄덕였다. 영 애매모호한 그 대답에 리카드는 "뭐꼬." 하고 콧잔등에 주름을 잡았다.

"말꼬리가 와 흐린기가. 내한티 뭐 불만이라도……."

"당연히 있제! 아저씨 땜시 나가 얼마나 무서웠는지 알기나 하나? 감봉이데이, 감봉! 츄덴 씨, 따끔하게 하 주라!"

"으그……. 미, 미안하다 카잖나, 아나 도령……."

아나스타시아가 바로 옆에서 빽빽 아우성치자 리카드의 표정이 괴롭게 어두워졌다. 츄덴도 기가 막힌 기색으로 어깨를 으쓱이고 있어, 이번만은 솔직하게 반성했다.

아나스타시아의 임기응변 덕분에 『강도 상회』의 괴멸은 훌륭하게 성공했다.

하지만 그 계기, 아나스타시아가 노예상에 납치된 경위——

그 내실을 들은 리카드는 꼼짝없이 그녀에게 고개를 못 들 상태가 되고 말았다.

설마 자비심을 보인 결과가 화를 부를 줄은 몰랐다. 이번 아나스타시아의 궁지는 전부 리카드가 부른 화였다.

"그렇다고는 캐도, 그 덕분에 라즈크루 상회를 즈려밟았지만서도……."

"반성!"

"옙, 죄송합니더! 다시는 이런 일이 없도록 노력하겠습니더……."

툴툴 화내는 아나스타시아에게 리카드는 귀를 찰싹 접고 사과했다. 그 대화를 보던 츄덴이 참다못해 웃음을 터트렸다.

"당신들은 참말로……. 아니, 아니, 알겠습니더. 이번 일, 아나스타시아의 공으로 해 둡지예. 리카드 공에 관해서는 마, 공과 실패가 쌤쌤이란 기로."

"진짜 무르시네, 츄덴 씨. 아저씨 기어오른다 안카나?"

"그런 만큼 아나스타시아가 엄하게 교육해 주믄 되지예."

"아— 응, 알겠습니더. 지가 엄하게 교육하겠습니더!"

츄덴에게서 사면장을 받은 얼굴로 아나스타시아가 리카드를 흘깃거렸다.

장래가 불안해지는 눈매지만 동시에 그것은 '요새를 개방한' 소녀의 눈이기도 한 것이다. 리카드는 자기 안목이 옳았다고 자랑스럽기도 했다.

"그건 그렇고 아나스타시아, 용케 노예상과 강도를 다 결부 지었어예. 어데서 그란 기를 눈치챈 겁니꺼? 놈들이 툭 흘리는 소리 들었습니꺼?"

"아, 그, 맞나. 그렇게 대단한 기 아이라예. 그 사람들 두목이 있지 않습니꺼. 그 사람이 짤랑대는 쇠붙이를 본 기억이 있어서예."

"장식품을, 본 기억이?"

"사환꾼 도중에 본 기억이 있다 싶은데. 캐서 그거 팔던 손님은 아마 아저씨네가 말하던 도적에게 습격 받았다고 그라카던 것 같아서예. 그랬더니…… 아저씨가 찾고 있는 도적단을 몬 찾는 기는 사정이 그라나 싶더랬어예. 원래 강도치고는 표적이 팔아먹고 튀기 어려버서 이상타 싶었고예."

"_____."

재수가 좋았다 정도의 감각으로 설명하는 아나스타시아의 말에 츄덴이 숨을 집어삼켰다.

리카드도 옆에서 그 엉뚱한 발상의 연쇄에 말이 안 나왔다. 무엇보다 두려운 건 그 엉뚱한 발상으로 정답을 뽑은 것 이상으로, 그 답을 리카드에게 보낸 방법이다.

"같이 잡힌 미미네…… 아, 묘인 남매 말인데예. 누나가 맞았을 적에 왠지 동생 쪽까지 볼따구 빨갛다 캐서예. 아마 가호로 이어진 기긋지 캤어예. 그랏더니 둘 말고도 한 명 더 밖에 있다고 카더라예."

"……그, 다른 한 명의 몸에 지도가 나타나도록, 함께 있던 아의 몸에다 상처로 지도를?"

"여기서 힐끔 지도를 봐서 다행이었지예. 덕분에 제대로 그릴 수 있었으니께네."

흘긋 봤을 뿐인 지도를 그만큼 정확하게 베끼는 건 아나스타시아에게 대단한 일이 아니다. 운반되는 견차의 창문을 통해 하늘을 보고 태양의 위치와 고도, 바퀴가 회전하는 횟수로 이동 거리와 위치를 계측해서, 상처의 지도에 덧붙인 것마저도.

밤의 야영지로 잠복 장소를 특정한 시점에서 디들리라는 불확정 요소를 제외하면 용병단의 승리는 확정되어 있었다. 그 모든 입안자가 이 아나스타시아인 것이다.

"그나저나 잡혀 있는 견차 안에서 용케도 참……."

"짐칸이라도 해가 닿는 곳은 벽이 따뜻해졌고, 게다가 점심 종이 울고 나서는 줄곧 시간을 세고 있었데이. 그라모 지도의 위치도 확실하잖나?"

"어, 어엉, 그라게……."

리카드는 쭈뼛쭈뼛 끄덕였다. 확실히 하나씩이라면 별다른 일은 아닐지도 모른다.

그러나 시간의 계측에 초를 세거나, 태양 위치와 햇살의 각도로 방위를 확인하거나, 탈출 작전을 가다듬고 기억 속의 지도를 선명하게 인체에 새기거나, 그러한 행위를 동시 병행하는 건 보통 불가능하다. 그걸 전부 혼자서 했으니 뭐라고나 할지.

"나 원 참……. 정말로 당신은 상상 이상이데이."

"──?"

순진하게 갸우뚱하는 아나스타시아에게 츄덴은 몹시 만족스러운 눈치였다. 소녀의 재능에 눈독을 들여 술집의 간판소녀에서 상회로 끌어들인 건 이 남자다. 투자한 몫을 되찾을 활약과 자신의 눈이 잘못되지 않았다는 확신에 웃음기를 띠는 것도 별수 없으리라.

다만 리카드는 츄덴의 기대가 위태로운 것은 아닐까 위험시하고도 있다.

그렇기에 짐짓 큰 소리를 지르며 아나스타시아의 머리를 거칠게 쓰다듬었다.

"마, 확실히 상상 이상은 상상 이상였구마. 설마 아나 도령이 내가 구하러 오기 전에 적의 대장 때려잡고 노예 취급하다니 두 손 들었데이!"

"그, 그건 어쩔 수 없었던 기다! 밖은 위험하다 싶으니께, 안쪽 안전을 확보해야 싶어서…… 그리고 노예상이나 하니께 자업자득 아이가. ……아우! 머리 다 망가진다!"

리카드가 마중하러 갔을 때, 아나스타시아는 적의 두목에게 노예용 목걸이를 채우고 자신이 당한 짓을 훌륭하게 갚아 주고 있었다. 노예상이 노예의 목걸이를 차다니 앙갚음이라고 봐도 이보다 더한 것은 없다.

"내 목걸이 취급은 맡기겠다고 약속했는디, 성급했을지도 모르겠구마이."

"바보 취급하지 말그라. 구두 약속이라 캐도 죽어도 지킨다카이. 진짜 먼 말 하는 기고!"

얼굴을 붉히고 고함치는 아나스타시아에게 리카드는 송곳니를 드러내며 웃었다.

보고에선 생략했지만 이 모양을 보니 마중하러 온 리카드를 본 순간 아나스타시아가 대성통곡하며 뛰어든 것은 비밀로 해 두는 편이 나을 것 같다.

그런 둘의 대화에 츄덴은 완전히 맥이 빠진 표정이었다. 이야기의 초점이 아나스타시아의 공적에서 벗어난 이상, 일단 이야기는 일단락 지어야 할 것이다.

"그나저나 포박에 협력해 줬다는 그 묘인 남매 말인디예…… 어데 갔습니꺼?"

끝으로, 여태껏 화제에 오르진 않았어도 모습이 보이지 않는 공로자에 대해 츄덴이 물었다. 이 말에 리카드와 아나스타시아는 나란히 마뜩잖은 표정을 지었다.

"고게 말이제, 잘 모르긋다 안카나. 제일 큰 누나가 치유 마법으로 남동생 둘 상처를 치료한 기야 틀림없지만도……."

"정의는 대가를 바라지 않노라―! 카고는 어데 가 부렀다카이."

"……건 또 뭐랍니꺼?"

츄덴의 의문은 놔두고, 자묘인들의 행적은 리카드와 아나스타시아도 궁금해했다.

『강도 상회』괴멸에 크나큰 공헌을 한 삼남매는 사례도 고맙다는 말도 바라지 않았다. 누나가 동생 둘을 안고서 바람같이 아침 해 속으로 사라진 것이다. 아니, 도시 입구까지는 같이 돌아왔을 터이니 아마도 바난 어딘가에 있을 테지만.

"정의의 사자라니…… 말뜻 알기나 하는 기가, 그 꼬맹이들은."

"지대로 알고 있데야, 분명히. 내가 그 정의와 용기에 구원받은 기는 진짜고…… 그리고 아마 또 어데서 만날 수 있데이."

그만큼 소란스러운 누나와 동생들이다. 아마도 찾으면 쉽게 발견될 것이다. 하지만 아나스타시아가 하고 싶은 말은 그런 것이 아닐 터다.

리카드는 팔짱을 끼고 해사하게 미소 짓는 아나스타시아에게 "그라카나." 하고만 응수했다.

그 모습을 지켜보다가 아나스타시아는 쭉 기지개를 켰다. 그리고.

"그라모 쓸데없이 쉬는 날 하루 더 받아도 머하꼬, 일하러 가겠어예."

"잠깐, 있어 본나! 하루 만에 그런 기운……."

"내는 자기만 했을 뿐인걸. 아저씨도 상회의 호위무사라면 똑바로 일하그라! 앞으로 이번 같은 실수캤다간 몬 쓰니께네!"

팔의 털을 잡아당기는 바람에 리카드는 작은 소녀에게 꼼짝 못하고 방에서 내쫓겼다.

보고가 끝나면 술이라도 걸치고 낮잠을 탐닉하겠다. 그런 소박한 소원은 한결같이 기운찬 소녀의 귀에는 조금도 닿지를 않고.

"이번 큰 실수로 아저씨 가격도 떨어졌잖나? 이거라믄 나가 아저씨를 사들일 날도 꼭 그리 안 멀었다!"

까르르 터지는 웃음과 함께 당당하게 인신매매를 꿈꾸는 소녀.

리카드는 그 소녀의 웃음에 이빨이 뽑힌 기분으로 한심스럽게 탄식했다.

이러는 데도 기분이 나쁘지 않으니 어정쩡하게 군다는 소리 듣는 것도 당연하겠구나 하고.

그런 감상에 리카드는 머리를 긁고 아나스타시아 뒤를 따라가는 것이었다.

『태양빛, 수면을 비추고──』

1

그것은 어느 날의 오후, 갑작스러운 한마디에서 시작됐다.

"──알, 소녀는 지루하니라. 뭔가 재미있는 일을 해 봐라."

"이봐, 공주. 그건 폭군도 깜짝 놀랄 첫마디라고. 좀만 더 완급 붙여 주지 않으면 나도 못 따라가. 뭐라고?"

"소녀는 지루하니라. 뭔가 재미있는 일을 해 봐라. 못하면 그 목을 치겠다."

"어라?! 의심할 여지 없이 폭군 아냐?"

웅웅대는 목소리로 외치고 두 손을 들고 하늘을 우러렀다.

발코니의 철책에 등을 기대고 장대한 푸른 하늘을 바라보려니 바람에 흐르는 구름의 속도가 빠르다. 내일 날씨는 나빠질 것 같다고 멍하니 생각하다가── 직후, 뒤로 젖힌 턱 끝이 세게 밀렸다.

"뜨악! 왁! 꽥─!"

그대로 버팀목이 없는 몸이 철책을 지지점 삼아 반회전. 몸이 공중에 던져질 뻔했으나 순간적으로 오른팔로 뭔가를 잡았다. 부드럽고 매끄러운 감촉을 필사적으로 더듬어서 잡아당겼다.

"위, 위험, 위험혀! 나 방금, 완전히 생사를 헤맸어……."

"안타깝다만 그 위기는 아직 지속 중…… 아니지. 지금이 더 위험하다."

"혜?"

발코니 바로 밑에 있는 정원을 바라보며 한숨 돌린 차에 그런 말을 들어 얼빠진 목소리와 함께 시선을 되돌렸다. 그러자 철책을 사이에 둔 반대편에서 창졸간에 잡은 하얀 팔—— 그 팔의 임자가 가학적으로 미소 짓는 모습이 보였다.

주황색 머리에 윤기 나는 살갗을 대담하게 노출한 홍색 드레스를 두른 소녀다. 그녀는 잡힌 왼팔로 가볍게 남자를 지탱한 채로 그 뱅어 같은 손가락을 뻗었다.

"고, 공주?! 공주! 좀 더 자비로운 마음으로 어떻게 한 번만!"

"몇 초라고는 해도 소녀의 옥 같은 살결을 건드린 영광을 품고, 가라앉거라."

"꽉—!"

무정한 선고와 함께 오른손의 손가락이 튕기듯이 발사됐다. 이른바 딱밤이라고 불리는 동작이지만, 그 속도와 위력이 차원이 다르다. 쇳소리가 울리고 충격에 훅 넘어갔다.

곧장 뒤로 날고, 부유감에 지배되어 상하 거꾸로 뒤집힌 채로 —— 머리부터 물속에 떨어져 수몰됐다.

"바, 바, 바, 방금! 알 님이 연못에 떨어진 느낌이 들지 말입니다!"

"오오, 슐트. 마침 얼굴 잘 내밀었다. 자, 소녀가 홍차를 바라고 있다. 시급히 준비해라. 네가 할 일 아니더냐. 기다리게 하지마라."

"네, 넷! 물론이지 말입니다! 하지만 알 님 쪽도 곤란하지 말입니다―!"

보글보글 거품을 내면서 그럭저럭 깊은 물밑에 가라앉는다. 멀찍이서 소년의 난감한 목소리와 그것을 안주 삼아 크게 우는 소녀의 웃음소리가 들려서.

――뭘 하고 있다냐, 난.

그렇게 생각하면서 알은 물밑 바닥을 박차고 힘차게 수면으로 부상했다.

2

친룡왕국 루그니카 남서부, 이곳은 라이프 바리에르 남작이 다스리는 바리에르 남작령이다.

영주인 라이프는 모든 영민에게 미움 받는 압정을 펼치던 인물이며, 막중한 세금에 과도한 노동을 강요해 한때 바리에르령은 왕국의 유형지라고까지 불렸다.

그러나 요 몇 개월, 바리에르령의 그러한 악평은 자취를 감추고, 뿐만 아니라 근년 중에 가장 영민과 영주의 관계가 양호해졌다고 소문이 났다.

그것은 전부 젊고 총명하며 아름다운 여성을 아내로 맞이한 라이프가 심보를 바꿔 먹어 영민을 위해 고심하게 된 결과——가 아님은 영지의 누구나 알고 있었다.

변화가 있던 건 영주의 심보가 아니라 영주 그 자체. 즉, 여태까지 영지를 운영하던 라이프가 병으로 쓰러진 후 영주를 대행하게 된 안주인의 수완 덕분이다.

영지의 명운은 병상에 누운 라이프를 대신한 아름다운 영주 부인의 손에 맡겨졌다. 그녀의 수완은 그야말로 신들린 것과 같아 영민의 마음은 단숨에 그녀에게 빠져들었다.

착취하기만 하던 전 영주를 대신해 영민에게 가까운 치세를 집행하는 영주 부인. 그 비길 데 없는 고귀한 미모에 영지를 빈번하게 시찰하는 소탈함도 거들어 바리에르령의 영민들은 그녀라는 존재에 사로잡혔다.

그것이 『태양희』라고 영민들이 소리 높여 칭송하는 자비로운 여성의 평판이었다.

"……그 태양희가, 시종을 연못으로 차서 익사시키려 했다고 알려지면 영민 놈들이 뭐라고 생각할지 모르겠구만."

"남이 듣고 오해할 소리 말거라. 애당초 죽은 자는 말이 없는 법……. 네놈 같이 수상한 작자나 다름없는 무뢰배와 아름다운 소녀의 주장, 영민들이 어느 쪽을 믿을 것 같으냐?"

"지금 발언이야말로 최고로 남이 듣고 오해할걸. 틀림없이 말이지!"

저택 정원에서, 연못 바로 근처에 책상다리로 앉은 알은 엄지를 세우고 단언했다.

　온몸은 연못에 빠져 폭삭 젖어서 옷은 물론이고 속옷까지 축축하다. 벗은 짚신을 햇볕에 쬐고, 상반신 알몸이 되어 고생하면서 웃옷의 물을 짰다.

　턱에 천을 끼우고 오른손을 사용해 억지로 짠다. 고생하는 것도 당연. 알에게는 있어야 할 왼팔이 없는 외팔이인 것이다.

　"알 님, 제가 짜겠지 말입니다! 맡겨 주세요!"

　고심하는 알을 보다 못해 그렇게 소리를 지른 것은 아직 어린 소년이었다. 열 살 남짓의 어리고 사랑스러운 생김새로, 작은 집사복을 껴입은 모습이 어른 행세하려는 것 같아서 훈훈하다.

　단, 그 흐뭇함도——.

　"그만두어라, 슐트. 손에 물을 묻히다가 네 손가락이 거칠어지기라도 하면 곤란해. 안는 맛이 안 좋아지기라도 하면 즉각 소녀의 동침 담당에서 제명하겠다."

　"와, 와! 프리실라 님, 갑자기 안기면 놀라지 말입니다……."

　뒤에서 껴안기는 바람에 얼굴을 붉힌 소년—— 슐트가 바로 움츠러들었다. 그렇게 창피하게 안긴 모습을 보면 조금 전까지 훈훈하던 인상이 돌변해서 기묘하리만큼 배덕적인 분위기가 되니까 신기하다.

　"무어냐, 알. 얼빠진 낯짝으로 멍하니 쳐다보고."

　그렇게 말한 주황색의 소녀는 슐트를 껴안은 채로 기세등등하게 미소 지었다.

그것은 정녕 태양── 우러러본 인간의 눈이 멀 만큼 눈부신 미모를 가진 인물이다. 햇빛에 반짝이는 주황색 머리에 사납게 타오르는 불꽃의 눈. 고혹적인 마성과 아낌없이 드러난 그윽한 몸매는 보는 이의 마음을 남녀 불문하고 매료한다.

홍색 드레스조차 돋보이지 않을 만큼 강렬한 인상을 자랑하는 소녀. 그녀가 바로 이 영지를 남편을 대신해 운영하는 태양희, 프리실라 바리에르 본인이다.

그 프리실라의 독사 같은 눈빛에 알은 탄식을 얼버무리듯 고개를 저었다.

"아, 그게, *오네쇼타는 참 좋다고 재확인했을 뿐. 구경 잘 했습니다."

"또다시 모르는 말이로고. 그 또한 네 고향인 대폭포어인지 뭔지더냐."

"딱 그거. 그리고 투구 이곳저곳이 물이 잠겨서 앞이 잘 안 보여. 그런 느낌이야."

알은 대강 이유를 읊으면서 머리에 손을 얹고 찰칵찰칵 소리를 냈다. 소리의 발생원은 투구의 이음매, 항상 뒤집어쓰고 있는 검은 쇠투구 쪽이다.

알의 그 몸짓을 보고 프리실라에게 안겨 있는 슐트가 눈을 크게 떴다.

"투구! 알 님의 투구, 이대로 두면 녹슬어버리지 말입니다! 투구가 없어지면 알 님은 목이 없어지지 말입니다! 무섭지 말입니

---

* 오네쇼타 : 오네(누나, 즉 연상의 여자)+쇼타(어린 소년)의 커플링을 뜻하는 일본의 신조어.

다! 바로 말릴래요!"

"우리 슐트의 오해는 귀여운데, 나도 딱히 목부터 위가 철제품이 된 건 아니니까 목은 남아 있거든? 그리고 이 투구, 녹슬 걱정은 없거든."

"네? 안 녹슬어요? 목도 있고…… 조금 아쉽습니다."

"슐트의 아쉬운 포인트를 모르겠구만."

알은 기분 탓인지 서운한 눈치의 슐트에게 쓴웃음 지으면서 투구를 두드려 가볍게 물을 빼냈다.

"이 투구는 특제란 말이지. 꽤 번듯한 연고가 있는 물건이라고?"

"호오, 그건 금시초문이로군. 어디서 훔쳤지?"

"왜 맨 처음 선택지가 훔치기야! 날 좀 더 믿어 봐!"

"그만한 물건을 네 능력으로 샀다고는 생각 안 든다. 어디서 훔쳤지?"

"옛날에 있던 검노의 투기장이요—! 하지만 딱히 훔친 건 아니니까! 그냥 거기서 도망쳐 나올 적에 사람 좋은 형씨가 준 거야. 투기장에 장식되던 투구였으니 아마 그럭저럭 번듯한 물건이라 짐작한다마는."

검노라는 단어가 나오자마자 딱 한순간 슐트의 옆얼굴이 애처롭다는 빛깔이 스쳤다. 다만 알은 같은 단어를 들어도 안색 하나 안 바뀌는 프리실라의 태도가 살짝 기뻤다.

"볼라키아의 검노였다 했었지. 하면 네 출처는 검노고도(劍奴孤島) 기눈하이브 부근인가. 그 투구도 그 검노왕에 연고가 있는 물건의 복제품일 테지."

"박식한 사람에겐 숨길 수도 없구만! 그래, 검노고도에서 쭈—욱 부려 먹혔습니다. 왼손도 뚝 떨구고 왔습니다. 투구는 퇴직금 대신이라고."

약력이 술술 폭로되자 알은 반쯤 토라지면서 그렇게 내뱉었다. 어쨌든 출처야 몰라도 투구가 특별제인 건 사실이다. 벗어서 말릴 필요는 없다.

"그러니까 그렇게 흥미진진한 얼굴 해도 헛수고란다, 우리 슐트."

"아, 저, 딱히 궁금해하지 않았지 말입니다! 남자는 얼굴이 아닙니다!"

"두둔하는 말이 아니네! 불필요하게 상처 받는다!"

위로에 실패한 슐트는 어깨를 축 늘어뜨렸다. 그 소년의 머리를 쓰다듬어 주면서 프리실라는 알을 흘깃거리며 말했다.

"뭘, 사내의 가치는 얼굴만으로 매기지 못하지만 얼굴도 가치 기준 중 하나이긴 하지. 슐트, 너도 우선 용모가 사랑스러우니까 소녀의 마음에 들었음을 잊지 말라. 가능한 한 성장하는 건 참도록. 그리고 잔털을 기르는 것도 용서 못한다."

"하다못해 노력으로 어떻게 될 범주의 명령을 해 줘라, 공주."

"노, 노력하겠지 말입니다……!"

"거 봐라, 슐트 고분고분하니까 믿어 버렸잖아."

주먹을 꽉 쥐고 선언하는 슐트에게 알은 가엾다는 눈빛을 보냈다. 하지만 프리실라를 위해서 애쓰는 건 슐트에게 삶의 보람이나 마찬가지다. 방해하는 것도 눈치 없는 짓이리라.

가벼운 발언으로 시종이 노력할 방향성을 결정지은 프리실라는 가슴골로부터 부채를 뽑았다. 언제 봐도 대담하고 눈요기가 되는 은닉 장소지만, 그녀는 부채로 입가를 가리며 말했다.

"흠. 기왕 가셨던 지루함이 돌아왔군. 알, 슬슬 다음 극을 해 보거라. 물에 빠진 건 즐겼어. 다음은…… 그렇지. 불 위에서 춤이라도 춰 볼까?"

"오, 괜찮은데. 마침 옷도 말리고 싶은 참에 바보야!"

"한 번은 받아들일 뻔했으면서 왜 갑자기 제정신을 차렸느냐. 방금 그건 무어냐."

"시간차 딴죽인데, 설명하게 하지 마. 마음이 갈려 나간다."

썰렁함에 알이 움츠러들자 프리실라는 그 즉시 기분이 언짢은 쪽으로 몰리기 시작했다. 고양이처럼 변덕스럽지만 고양이 이상으로 잔혹한 게 이 주인님의 무서운 점이다.

어떻게든 기분을 돌이키고 싶은 바지만, 뭘 해야 할지 알은 고개를 모로 꼬았다.

"네놈, 소녀에게 즐거움을 주는 광대로서 최소한의 역할은 항상 의식해두지 못할까. 슐트를 본받도록. 소녀의 말이라면 무엇이든 수행하려는 마음가짐이 있노라."

"될 법한 소리를 해."

"그렇지 않다. 슐트, 소녀의 지루함을 풀 이야기를 해 보아라. 지금, 여기서 말이다."

"네?! 아, 넷. 열심히 하겠습니다. 응, 저, 응, 저……."

알이 못하는 대신에 프리실라에게 폭군질 당한 슐트가 열심히 생각에 잠겼다. 아무리 그래도 양심의 가책을 받은 알은 이를 말리려고 했지만——.

"아! 하나 생각났지 말입니다! 아까, 하녀분이 숙덕대고 있었습니다!"

활짝 얼굴을 펴고 슐트는 거수하면서 이야기하기 시작했다.

"듣자니, 영지 남쪽에 있는 마을에서 요즘 사람이 행방불명되는 사건이 많이 일어났다는 모양입니다! 마을 근처에 숲이 있어서 그 샘에 접근하면 돌아오지 못하는 모양이지 말입니다! 『라드리마의 악몽』이란 소문입니다. 으으—, 무섭지 말입니다!"

"대체 뭐니? 내 단두 발언도 그렇고 슐트는 홀로 이야기를 좋아해?"

소년이 가진 뜻밖의 취미가 발각되자 알은 쓴웃음과 함께 투구 틈새의 물을 뺐다. 그리고 이음매의 금속을 잘그락거리면서 "안 그래? 공주." 하고 프리실라를 돌아봤는데.

"남쪽 마을, 『라드리마의 악몽』, 행방불명자가 나오는 샘…… 이렷다."

왠지 나른하게 중얼거리는 프리실라를 보고 알은 꺼림칙한 예감을 느꼈다.

그리고 그 예감은 알이 액션을 일으키기보다 먼저 현실로 나타났다.

"재미있군."

부채를 접은 프리실라는 부채 끝을 알과 슐트 두 사람에게 겨누고 말을 이었다.

"심심파적은 되겠지. 그 사건인지 뭔지, 소녀의 손으로 해결해 주자꾸나!"

말썽거리에 고개를 들이밀 생각을 펄펄 풍기며 태양처럼 환하게 웃은 것이었다.

3

──바리에르 남작령 남쪽 마을, 라드리마는 어디에나 있는 평범한 작은 마을이다.

왕국의 주요 가도에서 멀고 발전할 조짐은 앞으로도 희박할 것이다. 영내에 몇 군데 점점이 있는 농촌 중 하나에 불과하며 특산물로서 꽃이나 좀 유명한 수준. 마을 사람들은 변화가 희박한 나날을 원하며 지내고 있고, 따라서 이날의 라드리마는 좀처럼 일어나지 않는 이변에 소란스러워했다.

"……아니, 그래서 난 변장하고 가자고 그랬잖아."

"웬 허튼 소리더냐. 왜 소녀가 변장이나 하고 남의 눈을 피할 필요가 있지? 소녀가 부끄러워할 이유라곤 하나도 없다. 이 위광, 범속한 것들은 충분히 새겨 두어라."

"수치 같은 게 아니라 눈에 띄지 말자는 이야기인데…… 너무 새삼스럽구만."

알은 뒷덜미를 손가락으로 긁으면서 주위에 쏟아지는 눈총에 한숨지었다. 눈총은 갑작스러운 난입자에 놀라는 라드리마의 주민들 것으로, 이 또한 무리가 아닌 반응이리라.

여하튼 마을에 세운 용차부터가 금은과 보석 장식을 집중한 벼락부자 취미의 덩어리다.

눈에도 선명한 황금의 용차, 덤으로 거기서 절세의 미소녀가 내려선다면, 무슨 일이 일어날지 마을 사람이 혼란을 일으키는 것도 당연한 노릇이었다.

덧붙여 마을 사람의 놀람은 알의 상상대로 대부분은 용차와 프리실라에게 쏠려 있었지만, 적지 않은 시선이 해괴한 의상의 외팔이 쇠투구에게 몰려 있음을 그는 깨닫지 못했다.

눈에 띈다는 의미로는 닮은꼴인 주종이다. 어쨌든.

"일단, 조사의 기본은 차근하게 탐문부터인데⋯⋯."

"차근차근한 수사 따위 소녀하곤 안 맞는다. 곧장 예의 샘이란 곳으로 가겠다."

"그렇게 말할 줄 알았지만! 슐트, 공주 상대해 주지 않을래?"

차근차근히, 꾸준히라는 말을 매우 싫어하는 주인은 조사의 철칙을 따를 생각이 일절 없다. 알은 벌써부터 기다림에 지친 프리실라를 동행한 슐트에게 맡기려고 했다.

그러나 슐트의 대답은 없다. 돌아보자 소년 집사는 진지한 얼굴로 큰 책과 마주하여 일심불란하게 훑어보고 있었다.

"슐트야?"

"아우! 아, 죄송합니다! 너무 집중해 버렸지 말입니다!"

"그거 직무 태만이라고 탓하는 건 뒤로 미루고, 그 책은?"

"프리실라 님께서 주신 겁니다! 프리실라 님께서 지루하실

때, 이야기를 외워 두면 쓸모 있을 거라고…… 암송할 수 있을 만큼 독파하라고 들었습니다.”

읽고 쓰기도 갓 배운 슐트는 크나큰 시련에 머리에서 김을 뿜고 있었다. 프리실라의 변덕과 방자함은 늘 있는 일이지만 휘둘리는 슐트는 딱하다.

“공주, 이번엔 슐트에게 뭔 소릴 한 거야. 불쌍하잖아.”

“지식은 인생을 거드는 법. 슐트에겐 배울 게 많다. 네 짧은 잣대로써 함부로 재지 마라. 눈물 글썽대며 애쓰는 슐트를 보듬고 싶은 마음은 부정 못하겠다만.”

부채로 입가를 가린 프리실라는 집중하는 슐트를 곁눈질로 바라보았다. 그녀의 심모, 그것을 눈치채는 것은 지난한 일이다. 사실인지도 포함해서 말이지만.

“슐트는 굳세게 살아 달라고 하고, 슬슬 마을 녀석들의 불안도 한계 아냐. 이제 그만 여러모로 설명해 줘야지.”

“그러는 김에 차근하게 탐문인가. 뭐, 좋겠지. 슐트의 독서가 끝날 때까지 특별히 소녀가 어울려 주마.”

조심조심 꺼내본 알의 말에 프리실라는 뜻밖에도 순순히 수긍했다. 프리실라의 마음이 바뀌기 전에 알은 멀찍이서 둘러싼 사람들에게 손을 들고 말했다.

“놀라게 해서 미안하군. 우리는 수상한 치들이 아냐. 그렇게는 안 보일지도 모르겠지만 조사단 같은 거라고 생각해 줘서. 요새 이 마을 근처에서 일어난 사건이 있지? 그걸 수사하러 온 거야.”

불과 셋 뿐인 자신들을 가리키며 목적을 설명하는 알에게 마을 사람들은 얼굴을 마주 보았다.

솔직히 설득력은 전혀 없다. 수상하지 않다는 발언도, 여자·어린애·쇠투구로 이루어진 조사단도 의문점이 너무 많다. 우선 탐문은 난항을 겪겠거니 알은 대비했다.

하지만——.

"그쪽 여성은…… 실례일지도 모르겠으나 태양희 님이 아니십니까?"

"오?"

쭈뼛쭈뼛 앞으로 나선 것은 장년에 접어든 남자였다. 새치가 섞인 단발의 남성은 마을 사람의 의견을 대표하듯 알 옆의 프리실라에게 시선을 보냈다.

프리실라는 그 시선에 "흥." 하고 작게 콧방귀를 뀌고 대답했다.

"소녀가 스스로 그리 자청한 적은 한 번도 없다. 하지만 영내의 범속한 무리가 소녀를 그리 부르며 흠모하는 건 사실이지. 태양 같이 고귀한 미모를 보면 그 또한 무리 아닌 일이겠다만."

"——오오, 역시!"

숫제 기분이 좋을 정도인 자의식 과잉 발언에 남자는 눈을 빛냈다. 그리고 남자의 놀람과 감동은 마을 사람들에게도 퍼져 그네들은 하나같이 그 자리에 무릎을 꿇었다.

"태, 태양희 님이 몸소 행차해주시다니! 샘 때문에 주위 마을에는 상담했었습니다만……."

"돌고 돌아 소녀의 귀에 닿았다. 이렇게 직접 왔다는 게지. 설마 이미 끝난 이야기라고 모르는 체해서 소녀의 수고를 헛수고로 돌리지 않으렷다?"

"네, 네엡!"

한순간에 마을의 총의를 장악한 프리실라는 머리를 조아린 마을 사람들을 만족스럽게 바라보았다. 그리고 그녀는 우두커니 선 알을 돌아보고 말했다.

"자, 뭘 하느냐, 알. 수수한 작업은 네가 할 일진대. 소녀는 이렇게 소녀의 위광을 내세운다. 그 틈에 신속히 자신의 소임을 다하거라."

"상관없긴 한데. ……뭔가 석연치 않다—."

프리실라와 행동하고 있으면 자못 진지하게 자기 쪽이 잘못된 게 아닌가 의문에 사로잡힐 때가 있다. 그녀의 실패, 그것을 본 적이 없기 때문이리라.

"당연하지. 누가 뭐래도 이 세상은 소녀에게 편리하게 되어 있노라."

고정 대사를 내뱉고 프리실라는 알의 등을 큰 웃음으로 떠밀었다.

그 뒤, 고분고분 협력적인 마을 사람들 덕분에 탐문은 실로 매끄럽게 진행됐다.

"마을 옆에 숲이 있고, 그곳에 샘이 있다. 그래서 이 2개월 남짓 샘으로 간 사람이 잇달아 행방불명됐다고. 처음에는 마을 사람, 다음으로 찾으러 간 녀석, 그리고 들른 사람하고, 그 뒤는……."

"묘한 소문이 퍼져서 며칠에 한 번, 샘에 접근해서는 행방불명이 되는 이가 나온다. ──참으로 진기하고 어이없는 이야기로고."

마을 사람에게서 들은 정보를 단적으로 정리하자 그 내용에 프리실라가 눈을 가늘게 떴다. 몹시 지루한 티가 나는 프리실라의 의견이지만 알도 그 말에는 같은 의견이다.

그야말로 호랑이 잡으려다가 호랑이 밥이 된다는 말이 실제로 일어난 것만 같은 흐름이라고 밖에 할 수 없었다.

"마을에서 몇 번쯤 수색대도 보냈지만 결과는 지독했다더군. 듣자니 숲속에 안개가 끼어서 정신이 드니 혼자가 되더라고. 겨우 돌아온 녀석도 있지만 그대로 못 돌아온 녀석도 있고. 연속 행방불명 사건의 완성이란 거지."

"그것만으로는 이토록 피해가 연속되는 이유가 되지 못하지. 위험한 숲에 들어가는 범우는 마을 사람뿐이 아닐 게야. 바깥 인간은 뭐에 낚였지?"

역시 착안점이 대단하다고, 알은 프리실라의 말에 휘파람을 불었다. 소리 안 난다. 쉰 숨소리 같은 소리에 기분이 상하기 전에 알은 "어흠." 하고 헛기침했다.

"이게 또 걸작이더라. 이 샘 말인데, 소문이 퍼지는 동안 묘한 살이 붙었다나 봐. 샘에 접근해서 안개에 삼켜진다. 그리고 안개를 빠져나가면…… 망자와 만날 수 있다나."

"──호오. 망자와 만날 수 있다라."

"사후 세계와 연결됐다느니 하는 설도 있나 본데, 어느 쪽이

든 간에 쓰잘머리 없는 소문이지. 다만 생각 외로 그 소문에 속은 놈은 계속 나온다더군. 지금은 아직 십여 명이란 피해 규모지만 더 커지면 대사건이 될지도 모르겠어."

모든 악의 근원, 소문의 원인을 시급히 정리하지 않으면 나라가 움직일 사태가 될 수도 있다. 그리되면 문제는 해결되어도 영주로서 프리실라의 능력은 의심받게 된다.

왕선을 앞둔 몸으로서 그런 사태는 피하고 싶다. 그런 측면으로 생각하면 이 사건의 소문을 챙겨온 슐트의 대정답이다. 덕분에 손을 쓸 수 있다.

"어쩔래? 공주. 적당히 조사단을 편성해서 문제를 치운다는 것도 한 수단인데……."

"물론 이대로 숲에 들어가 그 샘인지 뭔지의 현물을 확인한다. 손을 쓸 수 있는 문제라면 소녀가 손수 끝장을 내겠다. 이견은 없으렷다?"

"레알이냐? 숲에 들어간다니, 공주가? 벌레도 나올 텐데?"

"얼간이. 그게 손을 뺄 이유가 되겠느냐. 애초에 소녀의 위광에 벌레 따위는 범접하지 못한다."

거짓말이라고도 못할 단언을 하는 프리실라는 숲에 들어갈 생각으로 가득한 눈치다.

그게 문제를 가장 빨리 해결하기 위해서라느니 기특한 생각일 리는 없다. 다만 유난히 문제 해결에 적극적이라고 알은 생각했다. 그녀답지도 않게 역성을 들고 있다.

그러나 알이 놀란 건 프리실라의 방침을 주워들은 마을 사람들에 댈 바가 아니었다.

설마 영주 대행인 프리실라가 직접 숲에 쳐들어가다니, 그네들로서는 하늘과 땅이 뒤집힐 경악이었다. 매우 당황하며 거품 물고 말리려 했다.

"태, 태양희 님께 그런 위험한 짓은! 꼭 가겠다고 말씀하신다면 저희도 가겠습니다! 마을 사람 총출동해 도움을……."

"잠깐잠깐잠깐잠깐! 걱정하는 기분은 알겠지만 마을 사람 총출동?! 말이 되는 소리를 해. 그렇게 우르르 따라오면 꿈쩍도 못한다고!"

흥분한 촌장에게 알은 당황하지만 아무래도 그 혼자만의 망언이 아닌 듯했다. 마을 사람들은 진심으로 프리실라를 뒤따를 표정이다. 촌장은 주먹을 쥐고 목소리를 떨었다.

"이전의 영주님 시대는 지옥이었습니다. 그 영주님을 대신해 지금 영지를 정리해 주신 태양희님에 대한 은혜는 말로 표현 못합니다. 하다못해 고기 방패나마!"

"음음, 나쁘지 않은 마음가짐이니라. 너희 범속한 것들로서는 썩 좋아. 모쪼록 앞으로도 소녀에게 헌신하는 충절을 잊지 말라."

"그런 소리나 할 때야?!"

프리실라는 흡족한 눈치지만 전력이 못 되는 족쇄를 산더미처럼 달고 다녀도 도리가 없다.

알은 어떻게 최선을 다해 마을 사람들이 조력을 사퇴하도록 할까 고심했다.

"댁들 마음은 엄청 고맙지만 고기 방패를 과잉 적재해도 의미가 없어. 여기는 얌전히 낭보를 기다려 주는 걸 태양희님께서도 바라서."

"퍽 편한 대로 곡해하는군."

"태양희 님께선 너희 영민들이 무사함을 바라신다! 우하하─ 이, 태양희 만세─!"

"마, 만세──!!"

자포자기하듯 알이 만세하자 마을 사람들도 그에 따라서 소리를 질렀다. 막무가내에도 정도가 있는 전개지만 일단 마을 사람의 헌신에는 스톱이 걸렸을 터다.

남은 건 그들이 제정신을 차리기 전에 얼른 이 자리를 벗어날 뿐.

"가자고, 공주. 인생은 유한, 가능성은 무한대. 희망의 내일로 레츠 고다."

"음, 레츠 고라. 그것도 새로운 대폭포어로군. 마음에 들었다."

프리실라의 손을 가볍게 잡아당기자 그녀는 그 행동에 성내지 않고 순순히 따라왔다. 그 뒤로 아직껏 책과 씨름하는 슐트가 펑크가 날 듯한 표정으로 터덜터덜 따라왔다.

"그럼 조속히 이 사태를 수습하겠다. 자, 레츠 고이니라."

흥이 오른 프리실라가 바로 갓 외운 말을 써서 용차를 출발시켰다.

그런 세 사람이 올라탄 황금의 용차를, 마을 사람들은 만세 삼창과 함께 배웅했다.

4

문제의 샘이 있는 숲은 어딘가 사람의 출입을 거절하는 독특한 분위기가 감돌고 있었다.

이것은 샘에 문제가 발생했기 때문에 그런 것인지, 이 숲의 특유의 선천적인 것인지. 어느 쪽이든 간에 무언가 나쁜 것이 숲에 만연하고 있음은 틀림없을 것이다.

"뭐, 그것도 무시하며 당당히 들어서긴 했는데."

알은 지면의 풀을 밟고 우거진 나무들에 시력을 집중하면서 담담히 투덜거렸다.

라드리마를 출발하고 수십 분, 일행은 목적한 숲에 도착해 곧장 숲을 짓밟으면서 조사하기 시작했다. 물론 용차는 탄 채로 들어올 수 없기에 안의 조사는 도보에 의지하고 있다.

선두에서 걷는 알이 무기인 청룡도로 초목을 헤치며 길을 마련한다. 짚신으로 단단히 밟아 다진 지면을 뒤따르는 두 사람이 밟는 모양새의 행군이다. 그건 그렇고.

"슐트는 차부랑 함께 용차에 남기고 와도 되지 않았어?"

고개만을 뒤돌려 알은 뒤따르는 두 사람── 발꿈치가 높은 신발로 주저 없이 숲을 나아가는 프리실라와 그녀에게 팔짱을 끼고서 벌벌 떨며 따라오는 슐트에게 말을 건넸다.

그 말에 슐트는 면구스러운 눈치지만 프리실라는 되레 알을 노려보았다.

"얼간이. 여기서 용차에 남기면 무엇 때문에 슐트를 데려왔는지 모르지 않느냐. 어둠 속에서 소녀와 단둘이 되고 싶은 건 알 겠지만 지나치게 하반신으로 매사를 생각한다."

"그런 샀된 생각에서 나온 제안이 아냐! 더 순수한 상반신의 생각!"

"괘, 괜찮습니다! 프리실라 님한테도 알 님한테도 폐가 되지 않도록 노력하지 말입…… 아! 넘어지지 말입니다! 웅! 버텼지 말입니다!"

"흠, 장하다, 슐트. 칭찬하마."

제안이 폄하당한 알과 달리 넘어질 뻔한 슐트는 프리실라에게 칭찬받아 기쁜 표정이었다. 부럽지는 않다. 아마, 메이비.

그런 것보다 느릿느릿한 행군과 긴장감 쪽이 알로서는 더 큰 문제다. 샘의 소동이 별로 흥미를 끌지 않는데, 이토록 쫀쫀한 상황이어서야 스트레스가 쌓인다.

"아예 숲에 불이라도 지르는 편이 샘도 타 버려서 빠르지 않 아?"

"평소보다 더 얼간이 같은 발언이 많구나, 알. 애초에 그와 같 은 수단으로 일을 수습해서 어쩌란 말이냐. 그건 진 거나 마찬 가지니라."

"승패의 문제냐."

"무슨 일이든 자신이 그렇다고 여기면 그리되지. 그 사실을 깨닫지 못하고 계속 패배한다면, 패배자는 싸우기 전부터 꼬리 만 개 근성이 배는 것이야."

매섭게 단언한 프리실라는 "애당초." 하고 팔짱을 끼었다.

"소녀도 불은 좋아한다. 사물을 태우면 기분이 엄해. 하나 샘에 사람이 접근하는 것을 이유로 숲을 태우다니 불꽃의 이유로서는 천박하기 그지없다. 어처구니없어."

"공주가 어디에 고집하는지 잘 모르겠다. ……근데, 알겠십니더. 계속 갑니다—."

알은 거슬러 봐야 헛수고라고 마음을 달리 먹으며 청룡도로 길을 만드는 데 전념했다. 길 없는 길을 이동 중이다. 실종자가 다발하는 것도 수긍이 갈 만큼 밀림이 빽빽하지만 이래서는 도리어 샘과 관계없이 조난자가 나오지 않을까 의문스럽다.

썩 크지 않은 숲, 구태여 들어갈 이유도 없는 곳이다. 길이 생긴다는 전제도 충족하지 못했으니 그것도 당연하다고 하겠지만.

"숲의 샘에 홀렸단 말인가. 참으로 진부한 이야기로고."

숲을 개척하는 알의 등 뒤에서 프리실라가 지루함을 참는 음색으로 말했다. 그 말을 귀로 들으면서 알은 "그러게유." 하고 동의했다.

"처음에 행방불명된 녀석은 숲에서 예쁜 빛이 춤추는 것을 봤다나 뭐라나. 그에 홀려서 어슬렁어슬렁……. 그래서 지금은 죽은 사람하고 만나고 싶은 놈들이 잇달아 숲에 삼켜지고 있단 말이지."

"망자와 만나고 싶어 한다. ——더욱더 진부한 이야기로 전락했군."

프리실라의 그 말에 알은 위화감을 느꼈다. 지루함, 분노, 불만, 흡족함, 희열, 프리실라의 변덕스러움은 갈피를 잡을 수 없지만 방금 중얼거림은 그중 어느 것과도 달랐다.

그것은 마치 선망이나 질투와 비슷한 것처럼 느껴졌다.

"……공주는, 만나고 싶은 망자 없어?"

"짚이는 건 없군. 요즘 소녀 주변에서 죽은 건 사랑하는 남편 정도인 게야."

"아직 안 죽었어. 대외적으로는 요양 중."

"아랫도리 관리까지 남한테 맡기고 있다. 죽은 거나 마찬가지 이거늘."

혐오감을 숨기지 않는 프리실라의 태도에 조금 전까지의 기묘한 조짐은 찾아볼 수 없었다. 알은 그것을 무시하며 어깨를 으쓱이고는 입을 다문 슐트 쪽을 쳐다보았다.

지금 화제는 혹시 아직 어린 그에게는 벅찼을지도 모른다. 아니나 다를까 슐트는 화제에 오른 인물, 그것을 떠올린 것처럼 해쓱한 표정이 됐다.

"주인어른은…… 나쁜 분이었지…… 말이죠?"

"정의의 반대는 또 다른 정의라는 격언이 있지만, 빈말로도 라이프 나리를 정의라곤 못하겠군. 완전히 악인이야. 우리가 정의도 아니지만."

프리실라의 남편이자 바리에르령의 본래 영주였던 라이프 바리에르는 프리실라를 꼭두각시 삼아 왕국의 실권을 쥐려고 획책했었다. 물론 그 목적은 알과 슐트에게 부서져 그 정신도 이미 붕괴, 폐인이 되고 말았지만.

"그 꼴이 나서 좋아하는 사람이 많았지. 그건 공주의 인기가 증명하고 있어. 가엾다마는."

"하지만, 저는…… 하다못해 주인어른의 넋이 편안하기를 기도하지 말입니다."

"안 죽었다고 했잖아……."

그렇게 말하려 했지만 진지한 표정으로 두 손을 겹친 슐트의 모습에 목소리는 중단됐다. 누구 한 명 정도는 성실하게 라이프를 애도해도 된다. 내세가 조금이나마 나아지도록.

그러나 알은 못 본 척한 그 기도가 프리실라에게는 마음에 들지 않은 모양이다. 그녀는 언짢게 눈꼬리를 치켜 올리더니 슐트의 머리를 팔로 잡아 흔들고 말했다.

"그와 같은 사소한 짓에 상관할 겨를이 있으면 저번 책이라도 외워 놔라."

"어, 아, 알겠습니다. 외우고 있지 말입니다! 으음, 저, 처음에는……."

"순박한 애를 괴롭히지 마라……."

어른스럽지 못한 태도를 지적하지만 슐트는 기도를 관두고 암송에 들어갔다. 가엾은지고 라이프. 알은 속으로 합장하면서 정면, 유달리 굵은 나뭇가지에 검을 후려쳐 떨어뜨렸다.

"그런데, 알. 너, 유난히 망자와의 재회에 부정적이로군."

"있을 리 없으니까. 죽으면 끝이야. 죽은 사람과는 못 만나. 만나려는 것도 안 되지. 그건 불행해질 뿐이야. 공주도 같은 의견이잖아?"

나무들 간격이 좁아. 나뭇가지에 칼집을 넣고 발로 찬다. 한 방에 부러지지 않는다. 두 방. 딱딱하다.

"결론은 흡사해도 소녀와 너하고는 과정이 다르지. 망자와 만날 수 없다. 확실히 그러하다."

"_____."

세 방. 둔탁한 소리와 함께 나무가 쓰러진다. 정강이로 들어 올려 치우고 길을 만들어──.

"아니면 네놈── 만나기 싫지 않은 망자라도 있더냐?"

귓불을 때린 말에 이를 갈고 과하게 힘이 들어간 다리가 쓰러지는 나무를 튕겨냈다. 난잡하게 나뒹구는 나무가 가지와 잎을 흔들고 알은 길게 숨을 내뱉었다.

정말로 거침없이 무자비하게 남의 마음을 짓밟아 주는 소녀다.

"저기 말이야, 공주. 내가 그런 시리어스한 이야기를 할……"

알은 억지로 심장을 가라앉히고 태연한 태도를 가장하면서 뒤돌아보았다. 그러나 그 말은 프리실라에게는 닿지 않았다. 프리실라만이 아니다. 슐트에게도.

"_____."

안개가 꼈다. 그리고 알은 어느새 혼자 남아 있었다.

5

주위를 둘러본다. 어느새 시야는 하얗게 뒤덮여 숲이 어떤지도 애매한 세상이다. 바로 옆에 있었어야 할 두 사람의 기적이 느껴지지 않아 알은 청룡도로 자기 어깨를 두드렸다.

"진짜냐. 듣던 거랑 같은 전개잖아."

반신반의, 마냥 미심쩍게 여기던 마을 사람의 증언, 그것이 현실의 것이 됐다.

샘의 숲에 들어가면 안개에 붙잡혀 홀로 남는다. 가까스로 안개를 벗어나 돌아오는 사람도 있지만 재수가 없으면 샘에 끌려들어 가——.

"죽은 사람과 만날 수 있댔던가. 안타깝지만 기쁘지 않은데."

사람에 따라서는 그거야말로 행방불명이 될 위험부담을 무릅쓸 가치가 있을지도 모르겠지만 알에게 망자와의 재회는 소름끼칠 뿐이다.

"그딴 거보다 안개를 틈타 공주하고 야시시한 이벤트를 보는 게 낫지."

신비보다 흑심을 우선하며 알은 청룡도를 뻗어서 안개를 헤쳤다. 칼끝에는 아무것도 닿지 않고 그만큼 밀집되어 있던 나무들은 전혀 느껴지지 않는다. 부자연스럽다.

조난했을 때의 정석에 따르면 되도록 움직이지 않는 게 상책이다. 하지만 알의 동행자인 두 사람은 각각 파격과 무지 때문에 그걸 지킬 것 같지 않다.

"찾으러 가야만, 하나……. 좀 봐 달라고."

알은 능동적으로 움직이지 않을 수 없는 사태에 한숨짓고 천천히 안개로 발을 내디뎠다.

안개가 불길함의 상징인 것은 이 세계 어디에서나 통하는 개

넘이었다. 이 안개는 본래 흉조로 보는 안개와는 다른 것이지만 그래도 으스스한 감각은 씻을 수 없다.

만지는 감촉조차 있는 짙은 안개를 가르고 합류를 바라며 귀를 곤두세운다. 먼저 불러 보는 건 망설여졌다. 이유는 감이다. 뭔가, 꺼림칙한 예감이 든다. 그 예감은———.

"———누구야?"

안개 앞에서 숨소리가 들려 알은 경계하며 발을 멈추었다. 투구 안쪽, 고막을 건드린 것은 다른 존재의 숨소리지만 그것은 프리실라로도 슐트로도 여겨지지 않는 나직한 것이었다.

명백하게 남자의 것이다. 동행에 해당자는 없다. 긴장이 높아지고 알은 자세를 잡았다.

"————."

정면으로 희미한 발소리가 다가온다. 망설임 없이 곧장.

설마 정말로 망자가 이 자리에———.

"———찾았다, 배신자 놈이."

"————."

전율하는 알의 눈앞, 안개를 뚫고 나타난 것은 굳센 체격을 가진 노령의 남자였다. 고급스러운 옷에 야심으로 탁해진 눈매를 가진 백발 노인.

그것은 알이 본 적 있는 인물이다. 남자는 증오로 들끓는 눈으로 알을 쳐다보고 말했다.

"네놈이……."

"그러니까 아직 안 죽었다니깐!!"

그 분노가 튀어나오기 전에 알의 참격이 노인을 대각선으로
베었다.

"_____."

노인은 느닷없는 흉행에 반응하지 못하고 정통으로 일격을 맞
았다. 그리고 그대로 등 뒤로 쓰러지는 노인의 몸은 말 그대로
안개처럼 흩어지고 녹아서 흔적도 없이 소멸했다.

그 광경을 지켜보고 알은 콧김을 씩씩대며 청룡도를 들어 올
렸다. 칼날 어디에도 혈흔은 없다.

"역시 수상하잖아! 하다못해 죽은 사람을 데려와, 죽은 사람
을!"

막 화제에 오른 직후의 노인, 심지어 산 사람의 출현에 알은 적
당하기 짝이 없는 초상현상에 대한 분노를 드러냈다. 아무리 그
래도 너무나 즉물적인 전개다.

알의 의견을 참작한 것은 아니겠지만 고함쳐 대는 그의 주위
에 가짜 라이프의 소멸과 맞바꾸어 여러 그림자가 떠올랐다.

전신 갑주의 거한, 긴 도검을 쥔 흑의인, 주먹에 칼날이 일체
화한 반라의 작은 남자, 그 밖에도 여럿, 누구나 알이 본 적 있는
이들이다. 저도 모르게 한숨이 나왔다.

"검노 동료 대집합은 좋은데, 대체 뭐야? 너희는 내가 모르는
새에 죽었어?"

"_____."

대답은 없다. 그 대신에 흑의인의 무기가 가로 일자로 날아들
었다.

품속에 뛰어들어 은빛 섬광을 숙여서 피한다. 몇천, 몇만 번 도전한 일격이다. 뭐가 올지는 몸이 기억하고 있다. 첫 공격에 이어지는 무릎에 검격을 맞추어 균형을 무너뜨렸을 때 꼬치로 만든다.

　갑주의 거한은 큰 기술 전에 팔을 드는 버릇이 있다. 작은 남자는 죽을 맘으로 돌진하면 피해를 두려워해 거리를 벌린다. 변함이 없다. 오히려 열화했다.

　"재현도가 낮아──!"

　팔을 든 거한의 몸통을 후려치고, 접근을 꺼리는 작은 남자가 물러난 순간에 청룡도를 던졌다. 치명상에서 피가 아니라 안개를 뿜고 옛 지인의 가짜가 사라졌다.

　다음으로 나타난 것은 검노가 아니다. 그러나 낯익은 얼굴이다. 감사를 담아 검을 휘둘렀다.

　"선물로 준 투구, 감사했수다!!"

　투기장에서 도망칠 때 작별 선물로 쇠투구를 준 문지기 병사의 목을 베었다. 천박한 웃음이 안개에 녹아드는 것을 지켜보다가 제2진을 물리친 것을 확인했다.

　"뒷맛 찜찜한 짓 하게 하고……. 애당초 내가 도망쳤을 때는 아직 다 살아 있었다고. 아, 가지트만은 내가 죽였었나."

　재현한 것과 동일하게 배를 꼬치로 꿰어 죽게 했을 터다. 그리 되면 망자와의 재회가 틀림없다고 할 수 있을까.

　"사기 같아……. 애초에 만나고 싶은 상대를 고를 수 없어서야 이야기가 되겠냐."

닥치는 대로 죽은 관계자를 불러서야 만나러 온 쪽도 곤혹할 따름이다. 애초에 죽지 않은 사람까지 나타나고 있으니 전제 조건이 파탄 났다.

"그나저나 난 순서대로 소문을 소화하고 있구만. 이대로 가면 다음은 사후 세계인가?"

그 경우, 행방불명자의 목록에 알도 낄 거라고 예상된다. 조건은 지금의 안개에 살해당했을 경우인가, 혹은 또 다른 이변이 일어나는가.

"그러고 있는 새에, 제3진……."

진저리 치면서 검을 고쳐 잡자 알의 시야에서 안개가 기이하게 굼실거렸다. 소리 없이 휘몰아치는 안개는 차츰 모양을 빚어 서서히 그 자리에 새로운 존재를 형성했다.

그만 슬슬 누가 와도 놀랄 게 없다. ——그렇게 생각했었다. 하지만.

"————."

그 존재는 하얀 안개로 빚어 태어났을 터였다. 그러나 시야를 가득 메울 정도로 검었다.

어둠색에 뒤덮인 호리호리한 몸매, 휘몰아치는 안개는 사납게 부풀어 오르는 칠흑의 그림자에 삼켜져 그 원형을 잃고 세계가 쉽사리 덧칠됐다.

——그곳에 재현된 것은, 있어서는 안 될 금기의 존재 그 자체다.

"——아."

갈라진 숨결이 새어 나오고, 알은 자신이 더없을 만큼 오금을 펴지 못하고 있음을 깨달았다.

이 안개가, 죽은 자니 산 자니 불문하고 상대와 연고가 있는 사람을 재현한다는 사실은 눈치채고 있었다. 그러나 이건 아니다. 이건 반칙이다.

이걸 하는 건, 생사를 초월해서 이 세상 모든 것에 대한 모독이다.

"아, 아아아아아──!!"

끈적거리게 늘어지는 분노가 분출되어 알은 격정대로 소리를 질렀다.

그 목소리가 빚어내는 분노에 따라 지면을 박차고 가진 힘 전부로 눈앞의 그림자를 베었다. 그래야만 한다.

그런데 기백을 담은 외침은 뒤집히고, 내디뎠을 터인 다리는 떨리고, 그림자를 후려쳤을 터인 검은 힘 빠진 손가락에서 미끄러져 지면에 떨어졌다.

움직일 수 없다. 움직이지 못했다. 감히 움직일 수 없다. 왜냐면, 무리였으니까.

몇천, 몇만, 몇억 번, 무리였으니까. ──지금도 당연히 무리다.

"────."

딱딱 잇소리를 내는 알의 무릎은 당장에라도 그 자리에 허물어질 것만 같다.

그런 알 앞에서 그림자는 천천히 앞으로 나섰다. 흑색에 뒤덮인 인영은 그 어둠색과 같은 드레스를 입고 있었다. 드레스 옷자락이 그림자에 일렁이며 가는 팔이 곧게 올라왔다.

가늘고 낭창한 손가락 하나하나가 보였다. 그것은 우두커니 선 알의 목으로, 조용히, 자상하게, 보듬듯이 다가든다.

닿으면, 편해진다. 편하게 된다. 그렇기에——.

"_____."

돌연한 공포에 허릿심이 빠진 알은 그 자리에 엉덩방아를 찧었다. 다만 무의식의 경직은 그걸로 벗겨졌다. 가까스로 뒤로 빠지며 거리를 벌리려 했다.

"그……만둬. 나……는…… 나는……!"

"_____."

목소리가 갈라지고 외침은 온전하지 못하다. 그림자는 거절을 개의치 않으며 벌어진 만큼 거리를 좁히고 여전히 만지고자 걸어온다.

그대로 알은 절망적인 비명을 지를 뻔하고——.

"어?"

다음 순간, 붉게 빛나는 보검이 그림자의 가슴을 뒤에서 꿰뚫고 있었다.

그 광경에 알은 어안이 벙벙해지고, 그 직후 빛이 발생했다. 붉고 하얀 빛이 교대로 부풀어 올라 안개로 이루어진 그림자는 순간적으로 불타올랐다. 온몸이 남김없이 불길에 휩싸인다.

"——별것 아니로군. 어차피 허깨비의 수준은 뻔한 법이지."

붉은색으로 증발하는 안개, 그 건너편에서 지루해 보이는 소

녀의 목소리가 들렸다. 알과 불을 사이에 두고 선 것은 진홍의 검을 한 손에 잡은 프리실라였다.

그 보검의 힘이 안개가 형성한 그림자의 존재를 불살랐다. 알 앞에서, 저 그림자를.

"감……히……."

"_____."

"무슨 짓을 저지른 거야. 내 앞에서, 감히…… 다모레스크?!"

"시끄럽다. 소녀에게 애먼 분노를 보내지 마라, 우둔한 놈."

알이 이를 갈고 분노에 떨자 프리실라는 검으로 가차 없이 그의 따귀를 갈겼다. 그 한 방에 벌러덩 뒤집힌 알은 충격에 눈이 휘둥그레졌다.

"아, 컥……. 고, 공주……. 워어! 뜨거워! 끄아아! 불, 불이이!"

"무례에 대한 벌이다. 양검(陽劍)의 불로 조금 머리 벗겨지고 반성해라."

무정한 프리실라의 벌을 받은 알의 쇠투구 일부가 불탔다. 필사적으로 땅바닥을 구르며 불을 끄려 시도하다가 간신히 진화에 이른 알은 칠칠치 못하게 주저앉았다.

양검을 땅에 박은 프리실라는 그런 알을 내려다보며 콧방귀를 뀌었다.

"굴레가 많은 자일수록 이런 마에 홀리지. 흥미가 없다며 큰소리칠수록 이 꼬락서니야. 실로 꼴불견, 실로 우스꽝스럽구나."

"고, 공주, 공주는 진짜? 가짜가 아니지?"

"여느 때처럼 밟히면 그 쾌감으로 기억이 나겠느냐?"

"재현도 쩔어! 진짜 공주다!"

잔혹하게 고개를 갸웃거리는 미모를 올려다보며, 알은 자신이 제정신의 세계로 돌아왔다고 안도했다.

직전의 사건, 재현된 공포의 영향은 남아 있지만 안개에 녹아 든 지금 와서는 가짜였다고 자기 자신에게 타이를 수 있다. 문제는 없다. 없어야 한다.

지금은 우선 합류한 것과 서로의 무사를 기뻐하면 족하다.

"공주는 아무렇지도 않아?"

"이렇게 수준 낮은 마에 소녀가 홀릴 턱이 어디 있을까. 너는 그 자리를 쓸데없이 움직이지 마라. 곧 안개는 갤 거다. 슐트가 쫓을 것이야."

"슐트가? 어떻게?"

"해법은 가르쳤다. 슐트가 한없이 어리석지만 않으면 문제는 없어."

이 자리에 없는 소년 집사를 가리키며 망설임 없이 단언한 프리실라에게 알은 곤혹했다. 그러나 알의 곤혹은 말이 아니라 결과로 풀렸다.

"―――."

꾸불텅. 그렇게 형용할 수밖에 없을 만큼 명확하게 알의 시야가 크게 일그러졌다.

왜곡되는 세계, 일그러지는 것은 경치뿐이고, 팔짱을 낀 프리실라는 그대로다. 그녀와 알을 무사히 남긴 채로 세계만이 크게 일그러지고 뒤틀리며 찢어진다. 그리고 점차 안개는 난잡하게 찢겨 뿔뿔이 흩어지고——.

"레알이냐."

눈을 깜빡인 직후, 그토록 대량으로 존재하던 안개가 깨끗하게 사라지고 알과 프리실라는 숲속—— 그것도 샘 기슭에 있는 수풀 위로 이동해 있었다.

멍해진 알의 눈앞에 썩 크지 않은 샘이 펼쳐져 있다. 투명한 샘에는 무수한 수초가 떠 있으며 언뜻 바람에 꽃잎이 흔들리는 걸 알 수 있었다.

그리고 그 샘 한복판에 허리까지 물에 잠긴 소년이 두 손을 들고 서 있었다.

"슐트?! 뭐하고 있어?!"

"슐트가 샘을 둘러싸는 마를 쫓았다. 안개를 만들어 내고 헤맨 인간을 현혹해 마음을 사로잡아서 샘에 가라앉힌다. 그런 추악한 마성의 마를."

놀라는 알에게 그렇게 말한 프리실라는 언짢은 표정으로 샘을 노려보았다. 그런 두 사람의 존재를 알아챈 슐트가 활짝 밝아진 얼굴로 둘에게 향했다.

"프, 프리실라 님! 알 님! 제대로 찾았습니다! 수경, 프리실라 님께 배운 대로 물에 잠겼지 말입니다!"

"공주가 가르쳐 준 대로라면……."

"받은 책에, 동화에 나온 거랑 같았습니다!"

물을 헤치며 건너오는 슐트의 말에 알은 책을 떠올리고 말문을 잃었다. 슐트가 외울 때까지 읽게 하고 숲속에서도 암송시키던 책, 그 내용이──.

"샘에 호수, 물가 근처에서 이 방면의 일화는 끝이 없지. 하여튼 물의 흐름이 고이는 곳에는 마나도 고이기 쉬워. 자연히 이런 현상을 일으킬 때도 간혹 있다."

"물가의 요마, 홀로에게 현혹당하지 않기 위한 비밀이 쓰여 있었지 말입니다!"

"아이들에게 재미나게 읽어 주기 위한 동화지."

아무렇지도 않게 프리실라는 한쪽 눈을 감지만 알의 충격은 식질 않았다. 다시 말해 프리실라는 소문의 단편을 들은 시점에서 샘의 진상을 깨달았다는 뜻이다.

"프리실라 님, 수경이에요. 깼더니 안개가 사라진 겁니다."

샘에서 뛰쳐나온 슐트가 젖은 몸인 채로 프리실라 앞으로 달려갔다. 소년은 들고 있던 희미하게 하얗고 투명한 결정을 내밀었다. 그것이 수경인 것이리라.

"잘했다. 칭찬하마."

"감사하지 말입니다! 이바지해드릴 수 있어 기쁩니다!"

수경을 받아 들고 끄덕인 프리실라의 말에 슐트는 함박웃음을 지었다. 그 둘의 대화를 뒤에서 바라보던 알은 겸연쩍은 기분대로 뒷덜미를 긁었다.

"그럼 이걸로 사건 해결이란 뜻이야? 사건은 고인 마나가 말썽을 피웠다고."

"──무능한 작자라면 그리 단정하고 떠났을지도 모르겠군."

야멸찬 발언에 살기를 느낀 알과 슐트는 동시에 눈을 부릅떴다. 직후, 프리실라의 손안에서 수경이 불타올랐다. 투명한 마나의 덩어리가 불에 쬐이고, 그리고——.

『카으으——.』

수경이 갑자기 형상을 바꾸어 프리실라의 손에서 뛰어 올랐다. 네 장의 날개, 작고 파란 몸, 희번덕이는 겹눈. ——그것은 인간의 몸에 벌레의 날개와 머리를 가진 괴이한 존재다.

괴물은 째지는 비명을 지르며 그 자리에서 도망치려고 했다.

그러나——.

"——소녀가 호락호락 놔줄 줄 알았더냐? 사정령아."

번쩍이는 양검의 칼끝이 작은 괴물의 날개를 치고 몸통을 꿰어 지면에 박았다. 곤충표본처럼 땅에 박힌 괴물은 손발을 바동거리며 필사적으로 발악했다.

『카으으——.』

"삑삑 지저귀지 마라. 추악한 겉모습과 어우러져 네놈의 존재에 구역질이 나와."

프리실라는 가증스럽다는 듯 검을 뒤틀어 괴물에게 더한 비명을 끌어냈다. 그 광경을 목격해 슐트는 기겁하고 알은 크게 숨을 집어삼켰다.

"공주, 그놈은 정령……인가?"

"보는 바와 같다. 수경이 자연스럽게 생겨난 것으로 위장해서 우리를 피하려고 한 것이겠지. 그 약은 소갈머리도, 소녀를 얕잡아본 것도, 백 번 죽어 마땅해."

"사정령이란 놈이군. 처음 봤는걸⋯⋯."

프리실라의 양검에 꿰어서 필사적으로 헐떡이는 정령—— 사정령을 보며 알은 얼굴을 찌푸렸다.

사정령이란 정령의 일종으로 엄밀하게 따지자면 차이는 없다. 다만 인간 및 동물을 해칠 의사를 품은 정령을 가리켜 그 호칭이 퍼졌을 뿐인 존재다. 원래 정령은 마나를 그릇으로 삼은 초자연적인 생명으로, 물질적인 세계의 선악과는 거의 얽매이지 않는다.

그러나 극히 드물게나마 이 정령처럼 명백하게 악의를 가진 존재가 발생한다. 인류에게 해를 끼치는 대적, 마수와 똑같은 존재가 사정령이라고 불리는 것이다.

"수경의 힘으로 인간을 꾀어내어 샘에 빠트려 오드를 모조리 빨아먹는다. 그 수법으로 힘을 축적한 것이겠지. 마치 식충식물 같은 습성이로고."

거듭해서 행방불명된 사람들은 여기서 사정령의 마수에 걸렸을까.

망자와 만나고 싶다는 바람으로 한 가닥 희망을 건 사람들이 안개 속에서 만나고 싶은 사람과의 재회를 이루고 죽은 거라면 그나마 낫다. 하지만 소원은 허무하게 잡아먹혔다면——.

"프리실라 님, 이 사정령⋯⋯? 어쩌실 것이지 말입니다?"

"당연히 처분한다. 소녀의 영지에서 이 만행, 몇 번 죽어도 갚지 못하리라. 하지만 소녀는 자비롭고 관대해. ——백 번 죽기에 마땅하나 한 번으로 마쳐 줄 테니까."

아직 어린 슐트는 비통한 비명을 흘리는 사정령에게 살짝 동정적이다. 그러나 프리실라는 그런 동정을 싹둑 잘라냈다.

다만 슐트의 그 태도에서 희망을 봤는지, 사정령은 버둥대는 팔을 멈추고는 슐트에게 보이게끔 고개를 쳐들어 뭔가 필사적으로 호소하듯이 울기 시작했다. 그 몸짓은 마치 살려 달라고, 그 때문이라면 뭐든지 하겠다고 애원하는 것처럼도 보였다.

"──으."

그 모습에 슐트의 말문이 막혀 눈물을 글썽거렸다. 말을 잃고 자신을 쳐다보는 슐트에게 프리실라의 붉은 눈은 한 톨도 흔들리지 않았다.

그리고 그녀와 소년 사이에 불필요한 알력이 생기기 전에, 알은 참견했다.

"만약 지금, 그놈이 한때의 실수였다, 앞으로 다시는 안 하겠다, 마음을 바꿔먹을게, 그렇게 호소하더라도 말이야."

"알 님……?"

"마을에서 들었을 텐데. 첫 희생자는 숲에서 힐끔힐끔 흔들리는 빛에 꾀였다고. 다시 말해 이놈은 처음부터 인간을 표적으로 삼았다는 뜻이야."

사정령은 사정령, 그 심성은 갑자기 일그러진 게 아니다. 놈들의 악의는 이유도 없고, 그저 인류에게 적인 것이다. 따라서 동정도 자비도 필요 없다.

"최대한 천천히 타죽도록 하라. 그로써 소녀의 백성의 넋을 달래기로 하겠다."

알의 말에 슐트가 입을 다물자 프리실라는 그렇게 선언하고 양검에 힘을 넣었다.

그녀의 의지에 따라 양검의 도신이 붉게 빛을 내기 시작했다. 그리고 형형히 타오르는 불길이 칼끝을 타고 사정령의 작은 몸이 타올랐다.

날카로운 비명이 터졌다. 그러나 목소리는 이윽고 불길에 휩싸여 천천히, 천천히 흐려지다가―― 별안간 뚝 끊기고 다시는 들리지 않게 됐다.

그것이 연속 실종 사건, 『라드리마의 악몽』의 종막이었다.

6

"그 샘 바닥에서 행방불명된 녀석들의 뼈가 잇달아 발견됐다네. 거의 다 뼈가 된 모양이지만 장식품으로 어떻게 구별할 수 있을 거라더군."

샘의 사건이 해결되고 며칠 뒤, 알은 막 들은 이야기를 프리실라에게 전하고 있었다.

장소는 바리에르 저택의 2층 발코니, 집무 사이의 티타임 때였다. 슐트가 탄 홍차를 마시던 프리실라는 모습을 보인 알의 보고에 얼굴을 찌푸렸다.

"그 샘? 웬 말이냐."

"바로 요전번, 사정령 관계의 후일담이라고! 진짜 같아서 엄청 기겁하겠네!"

"샘, 사정령……. 아아, 라드리마 이야기인가. 이미 흥미에서 벗어난 이야기를 도로 꺼내지 마라. 무슨 일인가 했지 않느냐."

"내가 잘못했나? 내가 잘못한 거야? 네, 죄송합니다—!"

알은 흥미와 함께 기분도 상한 얼굴의 프리실라에게 사과하고 그녀의 맞은편에 앉았다. 발코니에는 미지근한 바람이 불고 있어 햇살의 따스함에 졸음이 올 것 같은 날씨다.

그 나른한 태도의 알을 향해서, 프리실라는 컵을 테이블로 내려놓고 콧방귀를 뀌었다.

"애초에 네놈은 용케도 그 꼬락서니 가지고 다 끝난 이야기를 꺼낼 수도 있군. 말해 두겠지만 그날의 네놈은 슐트 이하의 활약이었느니라."

"부정 못하니까 그만둬! 잊고 있었으면서 그건 기억하고 있는 거냐!"

수경의 환혹에 사로잡혀 족쇄가 된 사실은 잊기 어렵다. 그 기억이 떠올라 투구 속의 얼굴을 붉힌 알은 차를 다시 타는 슐트를 손가락으로 가리켰다.

"애당초 왜 공주도 슐트도 수경의 함정이 안 들었는데? 공주는 틀에서 벗어난 존재라고 수긍할 수도 있겠지만 슐트는 그냥 쇼타잖아!"

"아, 네. 그냥 쇼타입니다……."

"쑥스러워하는 차에 뭐하지만, 쇼타란 말은 딱히 칭찬이 아니거든."

알은 쑥스럽게 웃는 슐트의 머리를 엉망진창으로 쓰다듬으며 소년에게 얼굴을 들이댔다. 환혹을 깨트린 비결, 그것을 묻는 알의 태도에 슐트는 난처한 기색으로 고개를 숙였다.

　"특별한 건 아무것도 안 했지 말입니다. 애초에, 환혹이라니……?"

　"그 부분부터?!"

　"어려운 이야기는 아니다. 슐트에겐 허세 부리며 숨길 만한, 만나고 싶은 망자 따위 없었을 뿐인 것이야. 수경의 환혹, 그 전제 조건이 애초에 너와 다를 뿐이지."

　붙들린 슐트를 알에게서 빼앗은 프리실라가 소년을 자기 가슴골에 끼웠다. 그 부러운 광경을 보면서 알은 프리실라가 언급한 내용에 투구 속에서 눈을 가늘게 떴다.

　──환혹에 사로잡히지 않은 건, 사로잡힐 만한 추억이 슐트 안에 없기 때문.

　고아이며 죽을 뻔한 순간에 거두어진 슐트에게는 가족의 추억도, 프리실라가 거두기 전의 행복한 기억도 없다. 그렇기에 환혹은 통하지 않았다.

　그렇다면 그 안개에 사로잡히지 않는 것은, 행복일지 불행일지, 어느 쪽일까.

　"적어도 나는 행복했단 느낌이 안 드는구만……."

　안개 속에서 반복된 만남. 산 자와도 죽은 자와도 얽힌 시간이었지만 알로서는 양쪽 다 바라지 않는 재회였다. 그리고 어차피 전부 가짜다.

　"────."

투구로 표정을 숨긴 채로, 알은 슐트를 안고 흡족한 프리실라를 쳐다보았다.

그 불꽃의 양검으로 그림자를 꿰뚫은 프리실라는 알이 안개에서 무엇을 봤는지 캐묻지 않는다. 당연히 자신이 무엇을 태웠는지 마음에도 두고 있지도 않으리라.

그것은 그녀의 배려고 뭐고 아니라 오로지 본연의 자세 때문임을 알고 있어도, 그 사실이 알에게는 기분 좋고 위안이 되는 것이었다.

"무어냐, 알. 소녀를 빤히 보고. 슐트와 위치는 못 바꾼다."

"부럽지만 그런 생각 하는 눈이 아냐! ……그러고 보니 공주는 결국 그 안개 속에서 아무것도 못 본 거고?"

"공교롭게도 소녀 주변의 망자는 사랑하는 남편 정도뿐이라 말이다."

"안 죽었다니까! 나도 죽지 않았는데 안개 속에서 만났지만!"

바라지 않는 재회 중에서도 라이프는 톱클래스로 거북한 상대였다.

그 고백에 프리실라는 작게 웃고 슐트는 놀란 표정을 지었다. 그렇게 한바탕 웃고 나서 프리실라는 살짝 갸우뚱했다.

"그런데 알. 지금 마을의 보고, 어디서 주워들었지?"

"아아. 그건 아까, 그 마을에서 사자가 왔거든. 지금의 전말과 공주에게 잘 부탁한단 이야기랑…… 맞아, 맞아. 그리고 꽃이 현관에 배달 왔지."

"──이런 미련한 것! 그것부터 말하지 못하겠느냐!"

"으햐아! 프, 프리실라 님?!"

프리실라는 알의 보고 끝부분에 눈을 빛내며 슐트를 공주님처럼 안아 들었다. 그리고 힘차게 발코니에서 뛰쳐나갔다. 맹 스피드로 달리는 프리실라에게 알은 잠시 멈칫했지만 그 뒤를 화급하게 쫓았다.

그렇게 알이 두 사람을 따라잡은 것은 저택 현관── 꽃송이가 큰 꽃이 모인 꽃다발 앞이었다.

"음, 음! 장관, 우아, 실로 가련하도다. 라드리마의 주민, 칭찬하겠노라!"

허리에 손을 짚고서 프리실라는 기분 좋게 꽃다발── 보고와 함께 저택에 반입된 새빨간 꽃잎으로 흐드러지게 핀 극상의 꽃에 환히 웃고 있었다.

프리실라의 그 반응은 호화로운 황금의 용차거나, 이상야릇한 예술품들이거나, 그 밖에는 슐트를 아낄 때의 그것과 가깝다. 즉, 환희작약이다.

"이 꽃, 그렇게 좋은 거야?"

"하, 무지란 가엾은 법이로군. 이건 루그니카 왕국의 일부에만 피는 꽃, 그 라드리마의 샘이 있는 숲에서만 피는 『쿠레나이』다."

"모르겠네……. 응, 어엉? 방금, 그 샘의 숲에서만 핀다고 그랬어?"

"이 시기에만 말이지. 그 볼품없는 마을에 존재하는 유일한 가치라고 해도 되지."

프리실라는 팔짱을 끼고 풍만한 가슴을 들어 올리면서 확인하듯이 연거푸 끄덕였다.

그 태연한 옆얼굴에 알은 그녀가 유난히 사건의 해결에 적극적이던 이유를 이해했다. 돌이켜보면 그녀는 숲을 태우는 데에도 거세게 반대하지 않았던가.

모든 이유는 이 극상의 웃음이 설명하고 있었다.

"보아하니 공주, 처음부터 이 꽃만을 목적으로 그 마을을 구한 거군?"

"얼간이 소리를 하지 마라. 라드리마는 소녀의 영지니라. 그것만을 목적으로 자비를 보낼 리 있겠느냐. ──직접 움직인 이유는 부정 안 하겠다만."

프리실라는 숨길 작정도 기죽은 기색도 없이 당당하게 꽃다발 쪽으로 걸어갔다.

그 진의를 알면 프리실라를 자비의 여신이라고 칭송하는 마을 사람들도 놀랄 것이다. 물론 알릴 의미라곤 없다. 아무도 모른다. 그러는 편이 행복한 일도 많이 있다.

"실제로 공주는 마을을 구했지. 자신의 욕망을 우선하는 모양새이긴 하지만."

꽃송이 큰 꽃들을 보고 싶으니까, 그러기 위한 행동이 마을을 구원하고 결과적으로 지지로 이어진다. 그야말로 프리실라가 주장하는 '세상이 그녀에게 편리하게 이루어졌다' 는 말의 증명이다.

"프리실라 님, 꽃은 어디로 옮기지 말입니다?"

"소녀의 방, 그리고 온 저택에 장식해라. 꽃의 생명이 있는 동안은 그 아름다움으로 소녀의 눈을 즐겁게 하거라. 시들지 않게 배려를 빼먹지 말도록."

"알겠지 말입니다! 노력하지 말입니다!"

프리실라의 지시에 따라 슐트가 온 저택의 꽃병을 모아오려고 달리기 시작했다. 소년 집사의 분주를 배웅한 프리실라는 알을 알아채고 말했다.

"이 녀석, 알. 뭘 하고 있느냐. 너도 멀뚱히 서 있을 짬이 있으면 슐트를 도와라. 이 꽃잎 한 장 한 장이, 네 생명의 곱절은 가치가 있는 줄 알아라."

"……그건 말이 심하지, 공주."

신나고 흡족한 기분에 독설 또한 물이 올라, 그 설봉에 알은 처량하게 쓴웃음을 머금었다.

그리고 붉은 꽃다발을 등진 붉은 소녀, 잔혹하고도 자비로운 주인에게 엉덩이가 차이기 전에 허둥지둥 꽃다발을 옮길 준비에 가담하는 것이었다.

작가 후기

　네, 안녕하세요! 어쩌면 이번 달에 두 번째 뵐지도 모르는 나가츠키 탓페이입니다! 네즈미이로네코이기도 합니다! 이쪽이 첫 번째일 경우, 두 번째로 인사할 기회도 꼭 기다리겠습니다.

　자, 그럼 뭐가 뭔지 모르겠단 분도 계실까 싶으니 설명 드리자면 이『리제로 단편집 3』은 본편 쪽인 15권과 동시 발매거든요!

　즉, 이번에는 후기도 두 번 쓰는 관계로 혹여 본편과 동시에 구입하신 분과는 두 번째로 얼굴을 볼까 싶어서 털어놓는 바입니다.

　이번 권은 줄거리에서도 강조한 대로 '주인공이 죽지 않는다!' 라는 아주 별난 내용이므로 '본편은 주인공이 죽기 때문에 무서워서 못 읽겠지만 단편은 안 그러니까 마음이 편해―.' 라는 분이어도 즐길 만한 한 권이 됐습니다. 아니, 그런 분은 딱히 리제로를 접하지 않을 것 같지만 가능성은 무한대니까요!

　어쨌든 이번에도 노도 같은 두 권 동시 진행은 강적이더군요. 지난번에도 단편집 후기에서 언급한 것 같은데, 이번 권에 수록된 내용은『월간 코믹 얼라이브』에서 연재하는 리제로 단편에서 발췌한 것입니다.

그래서 이미 원고가 있으니까 편할 줄 알았는데, 연 단위로 과거에 쓴 단편은 다시 쓰고 싶어서 못 참겠어! 시간이 없네! 아냐, 고칠래!

　이런 느낌으로 이번에도 쓰윽 수정이 들어간 바람에 작업량은 여느 때와 같은 수준!

　그래도 그만큼 나아졌을 테니 내용 포함해서 문장 쪽에서 퀄리티가 오른 한 권을 즐겨주셨으면 좋겠습니다.

　그런데 요즘은 본편 사정 때문에 후기 공간이 적어서 근황 보고를 할 여유도 없었는데요. 이번에는 후기가 3페이지! 근황 보고! 할 수 있어!

　실은 저자 근영 쪽에서도 슬쩍 이야기했지만 이번 권이 나오기 전에 효고 쪽에 한 번 들렀습니다. 목적은 관광……이 아닙니다. 맞아요. 건강 진단이에요.

　현명한 독자 여러분께선 다 아시겠지만 작가란 매우 건강을 소홀히 하기 십상인 직업이죠. 아니, 개인차는 있으니 싸잡아 말할 수 없지만 적어도 나가츠키가 아는 범위에선 대체로 그런 축입니다. 당연히 나가츠키 포함해서.

　그러나 좋은 집필을 계속하려면 건강이 빠질 수 없는 법. ──따라서 마음을 단단히 먹고 참가한 '건강 진단 정모'. 여기에 참가하고자 나가츠키는 효고로 점프했습니다!

　그리고 효고의 테마파크 '태양공원'에서 있는 힘껏 즐기며 사진 찍고 의기양양하게 우리 집으로 귀환한 겁니다! 우리 집이 최고! 건강 진단의 결과? 내년을 기대합시다!

　그런 기세와 흥을 실어 써낸 게 이 단편집입니다! 건강을 희생해서 썼어요! 재미있지, 엉!

　그럼 모두의 정신 건강에 공연한 불안을 건넨 참에, 늘 하는 감사의 말을.

　담당자 I님, 2권 동시 출간은 못할 건 없었는데 나가츠키뿐만 아니라 관계자분들도 다 죽어가니까 다음엔 기 모은 다음에 하죠! 그건 그렇다 치고 이번에도 수고하셨습니다! 감사합니다!

　그리고 이번엔 일러스트 쪽 감사를 보내는 곳이 다릅니다! 놀랍게도 리제로 제2장의 만화판을 담당하시던 후게츠 마코토 선생님이 이번 권을 담당해 주셨습니다!

　만화판에서도 나온 나츠미 슈바르츠를 비롯해 2장에선 나설 차례가 없던 왕선 후보자 등등을 후게츠 선생님의 그림으로 볼 수 있어 기뻤어요! 정말로 감사합니다!

　디자인에선 쿠사노 선생님께 매번 신세만 질뿐인데, 이번엔 두 권이 각각 다른 일러스트레이터분이 붙은 호화 사양. 마무리 해 주셔서 정말로 감사합니다!

　그 밖에도 MF문고 J 편집부 여러분, 만화판 담당하시는 마츠세 선생님, 그리고 이 위치에서 인사하는 게 너무나 신선한 오츠카 신이치로 선생님, 영업 담당자님에 각 서점 관계자 여러분, 신세를 많이 졌습니다!

　진짜로, 2권 동시 출간이란 과격한 짓은 나가츠키 혼자서 분투한다고 가능한 게 아니에요. 관계자 여러분 덕분에 즐겁게 하고 있습니다.

　무엇보다 읽어 주시는 독자 여러분 덕분이죠. 항상 정말 고맙습니다.

　소설에 만화, 신작 에피소드 제작이 결정된 애니메이션까지, 아직도 리제로는 잔뜩 타오릅니다!

　앞으로도 아무쪼록 잘 부탁드립니다!

2017년 11월,
올해가 슬슬 끝이라고 생각하자니 가슴이 떨리는 공포로

나스미 슈바르츠

처음 뵙겠습니다.
리제로 만화판의 제2장을 담당해서 그렸던
후게츠 마코토라고 합니다.

만화판 제2장은 이미 완결이 난 상태여서
'리제로와 함께했던 나날은 참 즐거웠지' 하고
감상에 젖어서 지냈을 때
이번 단편집 3권의 삽화 제의를 받았습니다.

리제로를 더 그릴 수 있다!
그런 생각이 들어 기쁜 한편, 겁도 많이 났습니다.

그야 리제로 팬이라면
나가츠키 선생님이 쓰시는 리제로의 이야기를
오츠카 선생님의 일러스트와 조합해서 즐기는 게 제일이라고
저 자신도 그렇게 생각했기 때문입니다.

그 공포에 대항한 방법은
'나 자신부터 리제로를 사랑한다!'
라는 리제로 팬으로서의 리제로 사랑.
부족한 부분도 많겠습니다만
사랑만큼은 최대한 듬뿍 담았습니다.

이런 기회를 얻은 저는 참으로 행복한 사람이겠죠.
진심으로 감사합니다.

후게츠 마코토

프리실라

Priscilla

"자자, 그라카서 중요하고 중요한 예고 시간인디……."

"어처구니없군. 어이하여 소녀가 감히 이 같은 잡무를 맡아야 한단 말이더냐. 하물며 너 같은 여우가 짝이라니, 웃기지 말도록."

"여전히 자기중심적인 양반이네. 그라도 일은 일이지. 투정하덜 말고 제대로 해야지? 도저히 내는 몬 한다 카믄 나가 별수 없이 전─부 치다꺼리 하겠는디…… 우얄 끼나?"

"소녀를 위해 눈물겹게 정성을 다하겠다……는 기특한 말은 아니렷다? 네가 하는 짓이지. 이걸 두고 소녀에게 빚을 지웠다며 불쾌한 장사에 이용할 게 눈에 선하군. 좋다. 이번엔 네 수작에 굳이 넘어가 주지."

"그랴그랴, 서두가 길었으니 쭉쭉 나가 보까. 우선 이 단편집 3하꼬 같은 달에 리제로 본편 15권이 발매된데이. 길었던 4장이 완결이니 내는 다시 첨부터 읽어 보는 것도 맛깔날까 싶은디?"

"참 용하게도, 눈코 뜰 새 없이 잇따라 내놓는군. 그 밖에는?"

"이건 또 같은 달 얘기지만도, 리제로 만화판 제2장 5권, 『빅 간간』판의 최종권이 발매되어서 아마 파는 데 옆에 나란히 있을 끼다."

"그럼 담당은…… 흠, 이 단편집 3을 그린 자와 같은 범우던가. 좋다. 이 권에서 소녀를 아름답게 붓질한 것을 높이 사서 앞으로도 애쓰도록 허락하마."

"참말로 거들먹대는 양반이다카이. ……그라고 본편 16권은 2018년 3월에 발매 예정이라

아나스타시아

Anastasia

카데. 신장 개막에 해당하는 권이고 슬슬 우리도 나왔으믄 카는다."

"웬일로 소녀 또한 여우 계집애와 같은 의견이니라. 어리석은 대중이란 구제 불능이라 아무리 기억에서 광휘를 두르고 있을지언정 하루하루 지나면서 경의가 흐려지. 얼굴을 적당히 비추어 주지 않으면 덜 떨어진 머리로는 영광과 기쁨조차 잊을 수 있어."

"아―, 내는 그라게까정 생각 안 한다? 노파심에 말해 두께―?"

"더해서 호평받은 행사인 오니 메이드 자매의 탄생제 개최가 내년에도 결정되었다더구나. 자세한 내용은 나중에 아랫것이 범용한 것들에게 소개하겠지."

"말투는 쪼매 거시기하긴디…… 뭐꼬, 생각보다 훨―씬 온건하게 진행했데이. 생각 외로 내캉 프리실라 씨 궁합은 안 나쁠지도 모르긋네?"

"하, 웃기지 마라, 여우 계집. 경쟁하는 입장에 서는 한, 소녀가 너희에게 관용을 내비칠 일은 결코 없다. 목도리하고나 자기 앞날을 열심히 상담하도록."

"아유, 발 좀 맞춰 보자 싶었더니…… 참말로, 마음을 못 놓을 양반이다카이."

※일본어판 발매 당시 내용입니다

Re : 제로부터 시작하는 이세계 생활 단편집 〈3〉

2018년 05월 25일 제1판 인쇄
2018년 06월 01일 제1판 발행

지음 나가츠키 탓페이 | **일러스트** 후게츠 마코토 | **옮김** 정홍식

펴낸이 임광순
제작 디자인팀장 오태철
편집부 황건수 · 신채윤 · 이병건 · 이홍재 · 김호민
디자인팀 박진아 · 박창조 · 한혜빈 · 김태원
국제팀 노석진 · 엄태진

펴낸곳 영상출판미디어(주)
등록번호 제 2002-000003호
주소 403-853 인천광역시 부평구 평천로 132 (청천동)
전화 032-505-2973(代) | **FAX** 032-505-2982

ISBN 979-11-319-8130-6
ISBN 979-11-319-0097-0 (세트)

Re : ZERO KARA HAJIMERU ISEKAI SEIKATSU TANPENSHU Vol.3
ⒸTappei Nagatsuki 2017
First published in Japan in 2017 by KADOKAWA CORPORATION, Tokyo.
Korean translation rights arranged with KADOKAWA CORPORATION, Tokyo.

 노블엔진(NOVEL ENGINE)은 영상출판미디어(주)의 라이트노벨 및 관련서적 브랜드입니다.